《昆仑圣殿格尔木文学丛书（第二辑）》
编委会

# 在广袤的土地上放歌

## ——写在“昆仑圣殿格尔木文学丛书（第二辑）”出版之际

在我们这个星球，自有人类以来，精神和智慧的火花就一直与生命的长河相伴相生。文学、艺术的发展也莫不如是。

近年来，格尔木这座耸立在戈壁荒原上的城市，依托独特的地理优势和丰富的昆仑文化资源，各项社会事业发展迅猛，文学艺术的发展也一日千里，呈现出勃勃生机。尤其是国家西部大开发战略的实施，使柴达木盆地各项事业的发展面临千载难逢的历史机遇。柴达木盆地已成为一片激荡着大开发热潮的西部热土，成为我国西部经济快速发展的一个亮点。

格尔木这个20世纪50年代因路而生、因路而兴的新兴工业城市，因其特殊的发展历程，城市文化中蕴含着昆仑文化的丰富内涵，体现在军旅文化、农垦文化、知青文化、移民文化诸多方面，反映到文学中，就出现了各种文化相互交融，既有区别又相伴而生的特点，辨识度较高。格尔木市前前后后涌现出了一批知名作家，如军旅作家王宗仁，知青作家卞奎、魏忠勇，诗人曹有云、陈劲松等，作家唐明、梅尔更是当下青海省儿童文学创作和现代长篇小说创作领域的中坚力量。他们都是格尔木发展的亲历者，正是他们的这种经历，使他们在创作中体察百姓的所思所想，与百姓心有灵犀，作品更贴近百姓的心。他们在日常的创作中勤于思考，敏于领悟，在平淡无奇的生活中发现人生的真谛，于人们不经意的细枝末节挖掘出微言大义，让更多的人认识和了解了这片土地的人文

历史和自然风貌，也让这片土地上建设者的身影出现在了大家的视野之内。

都说文化是一个地方最深远的语境，文化环境也不能单纯理解成物理意义上的环境，对它的理解更不能局限于当下的一时一地。格尔木市文联为不断给广大人民群众提供更优质的文化环境，这几年一直在不断拓宽各个艺术领域，文学、美术、书法、摄影、音乐、舞蹈、影视等各协会都硕果累累，成绩斐然。

2017 年格尔木市文联出版了“昆仑圣殿文学丛书（第一辑）”，这是文联成立以来第一次出版系列文学丛书。今年我们又迎来了“昆仑圣殿格尔木文学丛书（第二辑）”的出版，在第一辑的基础上，我们欣喜地看到，这次作者所在的行业更广、涉及的地域更广。在戈壁新城这片广袤的土地上，文学新人不断涌现，文学作品层出不穷，文学队伍不断壮大。他们在这片充满梦幻、蕴含着无限可能的土地上，汲取着丰富的营养，迸发着无穷的灵感，跟随着新时代的脚步放歌，创作出了一大批富有时代精神的可圈可点的文学作品。

使命召唤担当，事业需要人才。新时代的社会主义文艺繁荣发展，需要我们坚持思想精深、艺术精湛相统一的创作理念，需要一大批德艺双馨的艺术工作者付诸实践。要做到德艺双馨，每一位文艺工作者都要时刻保持高度的责任感、紧迫感和使命感，运用我们熟悉和擅长的艺术形式，以胸中有大义、心里有人民、肩头有责任、笔下有乾坤的精神，践行繁荣发展社会主义文艺的历史责任。

习近平总书记指出，当代中国共产党人和中国人民应该而且一定能够担负起新的文化使命，在实践创造中进行文化创造，在历史进步中实现文化进步。这是一种期待，更是一个目标。新的时代已经到来，新的机遇也在等待着我们。

“昆仑圣殿格尔木文学丛书（第二辑）”的出版，是我们培育、壮大本地文学队伍的具体举措，也是对近年来我市文学工作者创作成果的一次较为集中的展示，更是对今后文学事业发展的期盼和祝愿。

此套丛书的出版得到了市委、市政府及相关部门的大力支持和帮助，在此，我们向各位领导和所有相关部门表示诚挚的谢意，也向为此丛书的出版奋力笔耕的各位作者表示深深的敬意和诚挚的感谢!

青山元不动,浮云任去来。愿这片充满希望的广袤土地,今后诞生更多更优秀的作者和作品,愿格尔木这方热土在昆仑文化的滋养下,呈现出更广阔的文化气象和多元化格局!

是为序!

格尔木市文联主席　王　韬

2019 年 7 月

# 不闻尘世的喧声

赵海勃，是我非常佩服的作者，我钦佩她的勤奋阅读，钦佩她的笔耕不辍。在我看来她是一位出色的书写者，也是一位用文字记录生活的诗人，更是一位绝代风华的散文作家。之所以说“绝代”，一则是表明她在散文上的成就与特色，二则是表明她是一位洞晓文字魅力的温婉雅致女性。

严又陵曾为翻译提出过“信、达、雅”的三字标准，很久以来被人们奉为翻译作品的圭臬。同时人们也参照严又陵的做法，对文学批评也提出“才、学、识”三个字，作为衡量的尺度。我觉得这是一种不失为比较全面、中肯的看法，而且也不只在文学批评中才适用。“才”，我以为包括了才能、文采、写作的本领等。“学”就不同，通常仅仅狭窄地理解为读书多，其实这是一种误解。“学”不只包含了书本上的知识，还有更重要的生活知识。社会上的一切事物与它们之间的内在联系，这是比起书本来更为丰富、深刻、生动的。所谓“读万卷书，行万里路”，早就此说得清清楚楚。“识”当然是识见，也就是立场、观点。如果用这样的标准来衡量赵海勃，就将发现，她最突出的特点还是写作上的才能，她的主要成就也正在这里。就文化素养来说，赵海勃博览众书，而且兴趣广泛，平时非常注意观察周边的各种人物动态、生活风俗习惯，以至食物、蔬果等许多方面，而且有加以欣赏、记录的兴趣与勇气。这往往是许多自诩严肃的作家所不屑一顾的。说到“识”，赵海勃更关注的是生活态度、美学观点等，

因此她的主导思想当然是非常正能量的。虽说生活中的挫折，确曾给赵海勃以巨大的震撼，但到底未能改变她阳光看待生活的态度，并尽可能有质量、有内容地过好每一天。

前两年，赵海勃出版了首部散文集《碎月》，是她对白驹过隙时光的零碎记录。而这种天然喜欢捉弄文字的生活，随着她进入退休生活而变得愈加纯粹。于是在大家的期待中，她的第二部散文集《分晓》呱呱坠地。应该说赵海勃在《分晓》中延续了《碎月》中的笔法，并把对生活的礼赞发展到极致。在这部作品中收录了她新创作的作品和少部分前期作品，细心梳理会发现两部分作品之间的关联，还有文学语言、隐喻象征以及思索思考等方面的变化轨迹。这些无疑是赵海勃像荷兰著名显微镜学家列文虎克那样，守住时光、打磨岁月，对创作、对生活、对阅读，进行了更为深刻、更为深入探索的硕果。

赵海勃的"生活经验"，多数化成了书写出的文稿，用这种方式把"经验"印刻在富有神性的文字中。《寒夜听风》写得多少有些沉痛，那是妻子对千里之外病患中丈夫的念怀，因工作不能衣不解带时时照顾照拂，一种迫于生活、迫于现实的无奈便油然而生。在这个失眠的寒夜里，除了盯着昏暗灯光，拥被听风外，剩下的就是被寒夜无限拉长的思念。"默默思忖，心里的苦楚无处诉说，默然听风"，无奈之选，黯然之选，在这寒夜唯有从无垠旷野吹过的风相伴，一种"驿外断桥边，寂寞开无主"的自怨自艾便自心底升腾而起。如果仅仅如此，必定是一片凄婉，然而赵海勃笔锋一转，她写道"简直第一次听见这么美好的风声，太奇异了。旷野的风，不比城里的风带着兵气。它的回声无比脱俗、悦耳，听得久了，甚是慰藉，黑夜不再漫长"，原来人心融溶在大自然中便会生出几分不驯服的野性来，还有种五柳先生笔下"问君何能尔，心远地自偏"的淡泊宁静和坦然处之的旷达。我想若干年后，人们开始把关注的目光由向外到向内时，自然会理解赵海勃文字的价值所在。

赵海勃最擅长的是对社会生活和自己感受的真实而生动的速写。她写下这些洋洋洒洒的文字时，从没有青史留名的"雄心壮志"，而更多的是让自己的心暂时挣脱现实的束缚，博取霎时的放空思想的愉悦和放飞灵魂的超逸。赵海勃如一位出色的“新闻记者”，她写的那些速写有话则说，无话则收，随意而不逾矩。“每一次徘徊于菜市，都极迷惘，转来转去，一点采买的欲望也无。无非土豆、青椒、莴笋、菌菇……对一切菜式均提不起兴趣”，记录的是大家习以为常的买菜经历，话语中发泄着散漫的不惬意。接着转而说起“江浙一带，湖南湖北，一直有腌制禽类的传统，南京的咸鸭尤为著名，确实是独一味的香，一般都是讲究隔水蒸透”，人虽在高原但肠胃却在江南。文章最后从吃食转换到人生，喟叹着“昨夜风狂雨骤，清早出来一看，小区里柳枝似乎纷纷爆芽了，惹得我站在那里看了又看，心里自是异样——万物真是神奇”。如此等等，赵海勃拿捏得恰如其分、分寸最适的怡情小文，在《分晓》中可谓比比皆是，篇篇精彩。如同你亲临她的雅舍，没有应酬的谈吐，偶尔一两句简短的问答，显得分外的静。客人大都自来自去。那一份真朴简谧，真使人回味不尽，景仰不尽。这样的书写取向，使得时间变得具体、生动、充实、完美，具有蓬勃的生命力。不仅如此，赵海勃在注重瞬间细节把握的同时，更为重要的是在她的文字世界里，还迸发出一种强烈的生活情趣，原来生活是那么的有意思、有滋有味。在她的笔下简单的一茶一饭、一人一事，都洋溢着令人流连的浓情。

一路读来既能感受到赵海勃的思想之阔大，又能体味到她的女性之和煦。这在她的文字世界里有太多的感同身受，对女儿的宠爱，对女婿的支持，对丈夫的照顾，对亲人的体谅，对友人的疏解……这一切在她的笔下都闪烁着人性的光辉，散发着人性的温暖。她笔下的父母亲是天下大爱的化身，更有对这份大爱脉脉温情的思考：我们该带着怎样的心情对待人事匆忙的上一代，又将如何面对无可言说的下一代？她还尝试跳出当下，尝试拉开距离观照：在时光的漂洗中该如何思索生命的来去，又将如何迎接、如何告别、何时拥抱、何时松手、何时愤怒、何时深爱，以及该如何在“夜静春山空”的时刻与自己相向面对？而这些深挚的理性，则隐在她轻灵飞翔嬉戏的文字间，鸢飞戾天者、经纶世务者难窥其“真”，用心爬梳方能从中体察刹那蜂针刺透的震颤。

赵海勃非常喜爱看电影读书，这被她视为生活中精神上的“柴米油盐”。阅读和观影构成了她大量的文字，也成为她表达自己此心光明和洞见生活的篇章。带着对历史的虔诚和感恩的心，看《无问西东》，得出的是“因为真实和善良值得你我用一生守护”；看《芳华》，得出的是“青春就像是一场盛大的流离失所，在洗尽铅华之后，许多人对人生满是失落，而只有那两个相同的温暖灵魂靠得越来越近”；看《山楂树之恋》，看到的是“时光安静地走，景物安静地变，不变的是那永远淡淡的不太炫目的色彩，干净得如冰山上流下的未经过任何尘世沾染的雪水”；看《我不是药神》，看出的是“贫穷究竟有多绝望”背后人为体制造成的生与死的悲剧；看《万箭穿心》时，看出的是“这踏实中有种正处其时的难以回转的艰难，那一种焦渴中舔舐干裂出血嘴唇时的况味”……读书是赵海勃的最大乐趣之一，视阅读为一种习惯、一种生活的重要的内容，而不是作为一项事业。因为至少就我的经验而言，它是各种乐趣之中最具自我治疗作用的。是以经典书籍常伴她左右，触手可及处皆被书“侵占”。她爱《红楼梦》锲而不舍地反复卒读，当然也会读值得认真对待的《白先勇细说红楼梦》，借助名家视域读出其中真解。除了经典层面的阅读外，赵海勃非常喜爱木心的文字，以及现当代名家汪曾祺、梁晓声、贾平凹、萧红、董桥、余华、方方、六六等人的作品。阅读让赵海勃对自己的人生和生活整体以观，把个人的、家庭的、时代的记忆扩大为整个时空的本质性体悟，这让她的书写境界大为提升，臻及超越性的思考层次，观照面既广，洞察力更深；阅读使得她的叙述更为纯粹，有诗境那样的深远，有诗意那样的玄妙，更富有一种清和婉约之气于笔墨之间，带给你的审美感受，是一种“自我”省思的氛围，一种对生活岁月的思考所留下的缓慢而精微的刻痕。这些篇章中，赵海勃有率性的表达、深挚的思考，还有健康的愤怒。在表达这些主题时，她力图简洁，但显得平易；苦心铸辞，却不失自然。特别是她用这样短的篇幅，写出如此丰富、生动的内容，是值得佩服的。

其实在我看来，赵海勃是把散文创作作为一种自发的值得珍视的力量，它的功能恰恰是激励人继续生存下去，纾解心灵的压力，并反哺给生活“养分”。另一层面，她又是把生活当作“风景”来发现，她既是制造“风景”的，也是享受“风景”的，更是阐释“风景”的。这只是她在书写中整理属于自己的“过去”和“现在”，其中有欢娱亦有困惑，她没有试图通过叙述渴求别人的理解和宽慰，而是在书写过程中完成自我欢娱和困惑地整暇以待。正因为如此，她的书写没有名利干扰，所有记得的都是忘不了的刻骨铭心，所有不重要的都已经自动过滤而烟消云散，因此留下来的都是必要而必然的，在“现在”与“过去”的对话中“复活”，透过书写的升华而更臻温暖美丽。

生活中的赵海勃，在众人眼中是惊艳时光的美人，是一本耐读的精彩的书。她认真生活，认真工作，有过际遇巅峰，也有过沉沦低谷，甚至生死离别，但她始终保持着对生活的优雅姿态，从未辜负命运与岁月的馈赠；她聪慧美丽，但在美丽之内，更显一种风骨，那就是历经世事不曾消减的柔韧与执着。这才是真正的赵海勃，理性与感性兼具，既有小女儿的情态，更有大丈夫的心怀。

吴光亚

# 目录

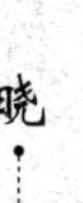

# 寒夜听风

盐湖的夜晚，入眠困难——恰好有风，顺便听了一夜的风声，也不觉得苦。

我把身体整个平放在铺得很厚的硬板床上，摊开双手，一次次深呼吸，尽可能地放松，力劝自己千万不要焦虑、恼怒、崩溃。不得已，近年来慢慢学会自控负面情绪，这样子，睡不着的痛苦会减轻许多，慢慢地，失眠成了一种享受，犹如历经生命的盛典，就当作思念一个人吧，思念我在西宁省城的爱人——是的，在黑夜里带着思念一个人的隐衷，默默思忖，心里的苦楚无处诉说，默然听风。

简直第一次听见这么美好的风声，太奇异了。旷野的风，不比城里的风带着兵气。它的回声无比脱俗、悦耳，听得久了，甚是慰藉，黑夜不再漫长。办公楼不高，只两层，窗户未曾安装双层玻璃，风声更加细腻入耳——先是徐徐地盘旋，盘旋，杂糅了更凛冽的风声，啪啪拍打在防雨篷上。初冬了，风是冷风，有凛冽的意味。风吹一会儿，许是累了吧，也就走了，但，仿佛又不放心似的，重又折回来，感觉总是绕着我们这个办公楼在吹。出青海玉的昆仑山甚高，延续到出和田玉的新疆，新疆山脉属昆仑山余脉，出闻名于世的和田玉——整个黑夜里，我就感觉是风把整个办公楼抱在怀里吹着了，到了上半夜，渐渐有了痛惜的意味。久了，恍惚间，觉得这风是专门来安慰我的——它深刻地感知到一个失眠的人该有多么痛苦、苦楚、虚无、孤单、落寞、凄冷……于是就留下来一直陪着，纵然不着一言，也是无边的安慰。这是多么宽广的胸怀啊，以天地之声来安慰一个失眠的人。

有了被安慰，人也逐渐温暖起来，有了想象力，生命有了驰骋感。它让我

逐渐感觉到，风吹秀发，风吹宣纸，风吹册页，风吹盐田，风吹盐池，风吹旗杆，风吹展板，以不同的侧面的回荡，来呼应我听觉的敏锐。有时，是大提琴在低音区滑翔，喑哑的，催人落泪的；有时骤然狂野，分明是柴可夫斯基的第六交响曲。狂野里深埋着人性的压抑，一匹野马不被驯服的高亢嘶鸣。大多时候的风声，都是森林中的鹿群，一齐低头吃草，雨声一样舒缓有致，让你的想象抵达溪水、青苔、石子铺就的窄路，局部的阴影、松针腐叶，以及日落时分的众鸟归巢，清晨的山岚雾霭……第二天早晨，推窗，惊愕不已，原来目力所及处——真的有一个盐田，碧波微漾。





近年，我的整个感官触觉一直在蜕化之中，唯有听觉愈来愈敏锐。夜里，我真的听见了风吹水面的回音，徐徐地犹如把一群羊赶了，一步步向前移动——羊是这个世上最温柔的动物，是佛。与世无争的，最后都成了佛。风的前面仿佛有着无际的桑树林，浓阴深处，遍布桑果的甘甜芳香。或者，黑夜里，人的听觉神经特别发达而已，每个人都能听见内心所愿意听见的一切。

一日寒似一日，不闻夜鸟的呓语，倘若没有风声，那黑夜就太单调了。我最喜欢听风吹云团的声音——穿不透的，一次次无功而返，但不气馁，穿不透它，那就合力抬着云团走。每次在飞机上，我总是趴着舷窗看那些云团，顺便劝自己，下机着地以后，一定要热爱生活啊。这么说吧，但凡每坐一次飞机，我接下来都会热爱生活长达几十天之久。当你在万米高空，望着身下这茫茫大地、河流、山岚，觉得人所栖身的小小星球有多么珍贵，它永远被一层大气包裹，阻止了辐射，又恰好有了空气与水，人类才得以慢慢进化，继而生存下来……而宇宙中数以亿计的星球，都是荒瘠一片，无从生命的迹象——我们幸而为人，不过是百年一世，又怎能不珍惜这短暂的活着呢？

听风，在最深的夜里。除却绚烂的燃烧，只有烟花的寂灭。听风，不再焦虑……

# 无问西东

在隔壁都去看热播影片《前任3》的时候，我毅然决然地选择了同样热播的影片《无问西东》。

当影片放映结束之后，并没有人离开座位，而是全体安安静静地带着一颗感恩的心，看着影片幕后的那些真实历史，向历史致敬！走出影院，我赶紧给闺蜜打电话：我一直以为《芳华》是我近年来看过的最好看的电影，没想到《无问西东》比《芳华》好看太多了！闺蜜问，凭什么，你要真实且善良地回答我。我只说了一句话就搞定了她：我真实且善良地回答你，因为真实和善良得值！《芳华》里的好人终没好报，《无问西东》里的好人终有好报。

是不是很绕？看了电影，你就知道了。电影里，梅贻琦说：什么是真实？你看到什么，听到什么，做什么，和谁在一起，如果有一种从心灵深处满溢出来的、不懊悔也不羞耻的平和与喜悦，那就是真实。

电影里，张果果说：愿你在被打击时，记起你的珍贵，抵抗恶意；愿你在迷茫时，坚信你的珍贵；爱你所爱，行你所行，听从你心，无问西东。

看完电影会告诉你，纵使人心叵测，我依旧会坚持选择善良。因为，你的善良，最终会回报到你或你的家人身上。

我不觉得它是单纯的青春电影，更是一部拷问人心和人性的哲学题。《无问西东》的主题就是一个字：“善”！

“每一个故事，其实都是洋溢着美好的青春岁月，他们活着更多的时候不只是为了自己，还有别人。章子怡演的王敏佳，她那么小的一个角色，在最痛苦的时候，也没有出卖别人，坚守住了自己的善良，更何况是历史上那些有名

有姓的人。”

三个时期、四代人，看似没有什么关系，却冥冥之中所有人的命运都被一个叫作“善良”的东西牵绊在一起。

是吴岭澜的勇敢，影响了沈光耀；沈光耀的大爱，又救助了陈鹏；陈鹏则用他的真诚影响了李想，进而李想拯救了张果果的父母，才有了前生今世的奇妙的缘分。

为什么要选择善良呢？你坚守住了善良，它就会像蝴蝶效应一样，在大洋的彼岸引起波涛汹涌，终将改变整个世界。你的善良，不是一个人的，而是我们所有人的，人之初，性本善，这是天性使然。

列夫·托尔斯泰说过：没有单纯、善良和真实，就没有伟大。雨果也曾说过：极端公正和善良的心是不属于庸俗的人的。良心的觉醒就是灵魂的伟大。

《无问西东》传达的“善”的价值观值得我们深思：世俗是这样强大，强大到你们无法忽视它的存在，可是如果了解到青春只有这些日子，不知道你们是否还会在意那些世俗让你们在意的事情，比如占有什么才荣耀，拥有什么才被爱？

听从你心，爱你所爱，坚持善良，无问西东。

# 同学群

就同学和友谊来说，随着年龄增长，二者的关系呈反比关系。到了毕业阶段，每个人的三观基本定型，如果不是一类人，则很难有回旋余地。明明是世故，却非要说成熟，就像干着轻薄的事，还得师出有名。

我清楚地记得，在临近毕业的某晚，一帮同学在临街的一个小餐厅吃饭，酒喝一半，某同学对某同学说：我将来用不着你，就不留你的联系方式了，云云。也太直白了！我当时很吃惊，看看他那样子，并没有喝醉，就算是喝醉了，这岂不是酒后吐真言？根据米兰达警告，完全可以作为呈堂证供。

此君来自楚地，与我算是湖北老乡，可身上透着股油滑，给人的感觉就是世故。上学时，我虽然对他并不欣赏，但还是把他视为老乡加同学。可自从那晚，我对他的印象彻底改变。毕业后，我们再也没有见面。这样的老乡同学不认也罢。

他作为失散多年的同学，入群后，他没搭话，我也没搭腔，尽管我很早就入了同学群。我犯不着和一个在十几岁就自认为用不着同学的人废话。

同学，就是一起上过学的人，它只能说明当初你们一起盯着同一块黑板，写过一样的作业，仅此而已。就像一个教师，教师只是他或她的职业，是个饭碗，并不能说明他们自身的人品有多高尚。把同学和友谊作无根据的链接无非是个人的一厢情愿。

人生在世，会经历许多个集体，大的小的，长期的临时的，就算在七拼八凑的旅行团里，我们也会结识一些人，在一段时间里彼此朝夕相处。

但是，这些都与友谊无关，是否曾经在一起，是否长期共事，都和友谊无关。真正与友谊相关的，是三观以及与三观相联系的某些人性元素。

说到这里，就不能不提热映中的电影《芳华》。作为一部回忆青春的作品，我想，编剧严歌苓和导演冯小刚想传达的一个重要理念是：活在集体中，保持你自己，不要对这个集体寄予任何不切实际的奢望，你只能和你的同类续写人生，其余的都是浮云。

对刘峰和何小萍来说，文工团就是他们那个年代的同学群。可是这给他们究竟带来了什么？

刘峰是个热心肠，出差给别人带东西，吃饺子吃破皮的，帮林丁丁修手表，把上大学的机会让给别人，为即将结婚的战友打沙发，连食堂的猪跑了都得刘峰去追。应该说，这个集体当中的很多人，都受到过刘峰的帮助。

可是，我们看不到感恩，平时是嘻嘻哈哈的调侃，等出现了所谓“猥亵”事件后，大家甚至把他视为内心不干净的人。下放伐木连时，那些得到过他帮助的人都不见了，唯一为他送行的只有何小萍。

那年说起来，刘峰与何小萍相识要晚于其他战友，相处的时间也短，可是，为什么只有何小萍来送行呢？

电影一开始，刘峰接何小萍回来，在进文工团大院前，他嘱咐何小萍：填写出身时，就写“革干”，因为你已与生父“划清界限”，我不会告诉别人，你也别跟别人说。

排练时，当男舞伴嫌何小萍身上有汗味时，刘峰主动提出与她跳，那时刘峰已有腰伤。

何小萍是善良的，刘峰对她的好她记在心里，所以，她在战地医院与小战士对话时说，刘峰是“最好最好的人”。

正因为如此，她才会在那个清冷的早晨为刘峰送行，并且按照来文工团报到时刘峰教她的那样，给自己的战友敬了一个标准的军礼。

那一刻，影片响起《送别》曲：长亭外，古道边，芳草碧连天，晚风拂柳笛声残，夕阳山外山，天之涯、海之角，知交半零落，一壶浊酒尽余欢。影院里很多人流泪了。这个送行，用惺惺相惜来形容远远不够，它是一个善良的人对另一个善良的人的友情和关爱。

相反，那些曾经接受过刘峰各种各样帮助的人，在刘峰被调查人员带走后，随着一声“解散”后各自回到自己的宿舍，而只有何小萍一人忧心忡忡地站在雨中；在何小萍为刘峰送行的清晨，这些人正安心舒适地在各自的被窝里做梦呢。

事实上，从来就没有一个值得我们盲目热爱的集体，而只有值得我们交心的同类。如果我们有幸能碰上自己的同类，那就让我们做朋友，做至交，至于那个集体，就当它是个背景，曲终人散的时候，那不过就是一块银幕。

对于毕业时的抱头痛哭，我一直持相当的保留意见，人是奇怪的动物，有时候会莫名其妙地张冠李戴，明明是为自己的某些不如意哭，却偏偏要安在友谊的纪念碑上。

如果多年后，你还觉得当年哭得其所，那算你“桃花潭水深千尺”，如果你觉得那把泪其实不流也罢，那说明你终于活明白了。

《芳华》中，最让我无法产生共鸣的，莫过于文工团吃散伙饭那场，大家唱着《送战友》，哭得死去活来，影院里的我非但滴泪未落，反而希望这场戏赶紧过去。

这不是假把式吗？你们哭嘛呢？你们把一个处处为你们做好事的活雷锋弄到伐木连的时候哭过吗？当何小萍从战场归来，精神失常的时候，你们哭过吗？你们在剧场天桥上，看着下面穿着病号服、目光呆滞的何小萍时，不过是指指点点，窃窃私语。那时候，你们的眼泪在哪儿呢？

多年前，我的一位同学在江南常驻，一位同学到该地旅游，临走时，我知道她和另一位同学有联系，就让她带了几袋我们青海本地的牛肉干给那个同学。可是我入群后，那位同学连招呼也没和我打。我想，如果是别人千里迢迢托人给我带回一个礼品，我一定会很感激，因为这是一份难得的情谊。

就比如，现在朋友、同事或同学之间相互做东请吃饭，有的人吝啬得就像把钱穿在心脏上。我请十次，你回请两三次总可以吧？一次都不请！就把别人的付出当成理所应当！别人的钱也不是大风刮来的。所以，在看《芳华》时，

听到萧穗子的那段旁白，我特别有感触：有些人就是把别人的付出当成理所应当。在文工团的人看来，带东西、吃破饺子、修手表、打沙发，甚至帮炊事班捉猪，这都是刘峰应该做的。

可是，只有何小萍不这么想，她把刘峰对他的每一点好，每一次帮助都记在心里。虽然自己生活艰辛，但还惦记着刘峰，在小站长椅上，当她得知刘峰曾经有过一个女人时，就问：她对你好吗？



电影中，萧穗子提到文工团的战友曾有过聚会，还好，冯小刚将此一笔带过，没有让那尴尬的场面呈现在银幕上。对于这样一个集体，刘峰如果在场，该对众人说些什么？对于这样一群曾经伤害过自己的人，何小萍会如何面对？

如果我是刘峰，我只会去医院看望何小萍，因为在整个文工团里，只有何小萍值得刘峰以诚相待，因为“一个始终不被善待的人，最能识别善良，也最能懂得善良”。如果我是刘峰，我绝不会在失去一只手臂后再走进那个文工团大院，修地板？还怕萧穗子把脚崴了？修他奶奶的地板！去他大爷的吧！

还好，冯导精心地呈现了这一幕：当面对身穿病号服、双目呆滞的何小萍，刘峰辛酸地转过身去，流着泪说“我是刘峰，小萍，你怎么了？”的时候，邻座的女观众流泪了，我的眼睛也湿润了。

真正的知音，不会因为时间的久远而淡漠。

小站一别，十年后刘峰和何小萍才再次相聚，但两人却能相依为命，把彼此当成唯一的亲人。

同学真的不算什么，就像文工团里的那些人，不过是个带某种符号的车厢，载着我们走了一程。

至于我们能有真心的朋友，并非因为我们是同学，而是因为我们是三观一致的同类。换句话说，即便我们不是同学，是同事、战友，也同样会成为至交。

同学群就像阑尾，有它可以，没它也罢。总拿同学群说事儿的人，不是还滞留在校园未断奶期，就是另有其他目的。

我有一个初中同学，读书时形影不离，中间失散多年，再相聚时依然无话不说，毫无陌生感。前段日子，他给我发来几张照片，是小时候我们家住过的房屋，文字里说：虽然这片要改造，但看公布的规划，你家的老房子看来会保留下来。这话让我很是感动。

小时候，我们经常相互到对方家去，这些老房子留着我们当年的记忆。其实，我俩从没在一个班，但关系要比同班同学还要好。人与人的相处相知，不在时间长短，更不在名头，比如同学。一个和你三观不合的同学，即便和你同窗数年，也不过是留下一堆腻歪的回忆，毫无意义。

同样是战友，《芳华》里的林丁丁给刘峰带来了什么？那些以嘲笑挤兑人为乐的人又给何小萍带来了什么？文工团不过是人生中的一站，过滤掉那些渣滓，刘峰的记忆中留下何小萍，何小萍的记忆中留下刘峰，这就足够了。

至于同学群，就那么回事。如果有交情，我们可以私下聊；没有交情，群里再装得热闹，我们也无话可说。如果见了面，那就真的只剩下尴尬：对对，你不是那个谁谁谁吗？

# 轮 回

我最早读《红楼梦》是1978年的时候，那时我十岁，还在上小学。看的书确切地说是那种有插图的小人书。说起来还真得感谢那个娱乐节目甚少的年代，没有电视没有手机没有电脑，更不能打游戏，最有吸引力的说来也就是收音机和小人书了，可父母怕耽误了我学习，根本不让听，每次我在收音机前待的时间只要超过五分钟，就会被父母撵回自己屋看书去。就是在这种情境下，我开始漫不经心地读《红楼梦》，为的是打发时间，却不想一看就上了瘾。看小人书不过瘾，后来，我用积攒下来的钱买了一本《红楼梦》小说，这本书就成了我的枕边书。

刘姥姥第一次进大观园，原著里面描写也不多。只是写了刘姥姥的女婿王狗的爷爷，当年是个小京官，贪图王家权势，在王夫人父亲跟前自认作子侄辈。到他父亲这一代，家业萧条，搬到郊区去生活。这年天气渐渐转冷，眼看日子就要过不下去，刘姥姥跟女婿一合计，想出了到荣国府求救济这条路。周瑞家的是这样对凤姐传达王夫人的指示："太太说，他们家原不是一家子，不过因出一姓，当年又与太老爷在一处做官，偶尔连了宗的。这几年来也不大走动。当时他们来一遭，却也没空了他们。今儿既来了瞧瞧我们是她的好意思，也不可简慢了她。便是有什么说的，叫奶奶裁度着也就是了。"还好，那天凤姐心情格外好，一向疾声厉色的荣国府CEO在刘姥姥面前，格外体恤，不仅接济了她二十两银子，还怕她舍不得坐车，又单给了一吊钱让她雇车，这些钱，对于刘姥姥一家来说，足可以帮助他们度过眼前的困境了。

刘姥姥第二次进大观园，正巧贾母无聊，想找个积古的老人家说话儿，就请了来见一见。这一次，书中用了浓墨重彩，描写了刘姥姥在大观园的耍宝。吃饭时，贾母这边说声“请”，刘姥姥便站起身来，高声说道：“老刘，老刘，食量大似牛，吃一个老母猪不抬头。”自己却鼓着腮不语，众人先是发怔，后来一听，上上下下都哈哈地大笑起来。

小孩子都有一个习惯，无论是看书还是看电影，都会不自觉地把里面的人物分成好人和坏人，那时少不更事，我喜欢林黛玉，我站的是林黛玉的阵营，凡是她觉得不好的，我就都说坏。黛玉很不待见刘姥姥，刘姥姥问惜春讨一幅画，黛玉说：“她是哪一门子的姥姥，直叫她是个‘母蝗虫’就是了。”黛玉紧接着又说：“我想好了画的名字了，就叫‘蝗虫大嚼图’。”妙玉没说得这么直接，却更加嫌弃，让道婆把刘姥姥用过的茶杯搁外面，不要收进来。就连一向不爱表态的宝钗也大为赞赏“母蝗虫”三个字：“把昨儿那些形景都现出来了。”我当时也觉得刘姥姥真是太 LOW 了，装疯卖傻，扮丑扮蠢，为了得到点钱，舍了一张老脸来取悦贾家的人们。那些带着很大优越感的想法，都是在少不更事时。及至经了些世事，懂得人人都有在屋檐下要低头的时刻，这才对刘姥姥感同身受起来。

我很小的时候就记得，父亲是个孝子，母亲也非常孝顺，对老人尤其好，每年春节前都要给奶奶和外婆寄钱。至今记得一到年底就听着父母在合计着给奶奶和外婆寄钱，为筹到钱低三下四四处去借钱以致夜不能寐的情景，直到现在家乡人说起我父母的孝顺都是赞赏有加的。记得我上小学三年级的时候，冬天，到年底了，我父母又要给奶奶和外婆寄钱了，好像是差一百元钱。爸爸妈妈合计了几个晚上，决定去找一位湖北老乡去碰碰运气，那位老乡是某单位的一把手，也是他们认识的最大的官，尽管父亲是县级干部，母亲也常年干零活补贴家用，但家里孩子多，用钱的地方多，日子总是捉襟见肘。那天，母亲带着我，买了一袋水果就去了。老乡的夫人礼貌但淡然地和我们打了招呼，就在桌前做起了针线。母亲用我从未见过的讨好的表情，吞吞吐吐说明来意。其实，就算母亲不说，人家那位见多识广的老乡夫人也能猜出我们去是为了啥，她听母亲说完，没有搭腔，也没有抬头，过了半天问了一句：你看看我哪个鞋垫绣

得好？我母亲受宠若惊，赶紧过去看，拿起一摞鞋垫说，都好！又拿出其中的两个说，我觉得这两个绣得最好，当然，剩下的也不错，我看您这一手女红做得真是和卖的一样好……对绣花略知皮毛的老妈，滔滔不绝挖空心思说了一大堆阿谀奉承的话，夸得那位老乡夫人一脸泰然。母亲和那位老乡夫人有一句没一句地说着话，不知不觉过了很长时间，可人家也压根没有提借钱的事。这时，一个十来岁的小女孩推门进来，喊：妈，吃饭了！母亲起身告辞，边往外走边夸赞那个小女孩长得好看，说什么你女儿真是个美人坯子之类的话。老乡夫人把我们送出门，对我母亲说，你明天来吧，明天我把钱借给你。母亲千恩万谢的样子，又说了些奉承的话。看着母亲说话的神情，我竟然不合时宜地想到了刘姥姥，那样子，真像刘姥姥在荣国府和凤姐说话的场景。那段时间，母亲一次又一次碰壁吃闭门羹，我才懂得了求人的艰难和父母孝敬老人的隐忍，开始对刘姥姥有了一丝理解，如果不为了生活，谁愿意去低三下四？

我的朋友娟娟，结婚没几年就离了婚，因为怕女儿受委屈一直没有再婚。她给一个品牌家电做销售，工作内容基本就是促销。一次她让我和她去一家超市，超市的老板是我小学同学L，也是她的远房亲戚，好像比她辈分低，要叫她姨。那家超市的老板，虽然知道这样的关系，但根本不给她什么面子，就让我陪她去试试。见到L，娟娟一副夸张的热情：哎，你小姨和你同学来看你了，还不把你最好的茶拿出来给我们尝尝。L似乎并不买这位长辈的账，只是很官方地客套着，让我们坐下。我看出了娟娟的窘色，可她还是拿出样品，语气变得恭敬了起来，称呼也变成了“L总”，显得生分了许多。娟娟一直保持着职业的微笑，那笑容里有谄媚，也有不易察觉的酸楚。我心里暗暗叹了一口气：曾经的娟娟也是位文艺女青年，特别腼腆，说句话都脸红，如今变得恐怕连她自己都不认识了。是啊，每个人都在自己的生命中，孤独地走过春夏秋冬，谁又没有求人的时候呢？而我们，对于他人的无奈际遇，总是要在自己经历过人生的风霜之后，才会感同身受。

如今，我一遍遍再读《红楼梦》，在刘姥姥身上，看到了母亲的影子，看到了朋友的影子，看到了许多人的影子，也看到了自己的影子。于是，今天，当我再看到这样的面孔时，心中都会生出一种敬意，也深深懂得了那句名言：世界上只有一种真正的英雄主义，就是认清了生活的真相后，还依然热爱它。穷和弱，只是暂时的缺失和轮回，只要你一直心怀希望去努力，你想要的，命运都会一点点兑现给你。多年以后，已过上殷实生活的刘姥姥，终于有能力回报帮助过自己的恩人了。贾府败落，凤姐病重将死，女儿被卖，刘姥姥拼了全部家当，在烟花柳巷赎出了凤姐的女儿巧姐，让巧姐成为整部《红楼梦》中命运尚算不错的女孩子之一。或许，这也是《红楼梦》借助凤姐和刘姥姥，告诉我们关于善良的最好的结局吧。

# 往 昔

前几天，当19岁的法国男孩姆巴佩长途奔袭，阿根廷竟然没有一个人可以阻挡得了他。望着那一幕，我对于人类的身体局限深感悲伤。足球是一种青春的运动，每一届世界杯都要上演英雄挂刀美人迟暮的桥段，梅西、C罗老矣，芳华黯淡，名流雨打风吹去，绿茵场向来就是迎新送往之地，狂喜洒泪之地。

这些年，我一直挂念法国的另一个男孩亨利。他早已退守疆场当上父亲了——当年，同样年少的他，青涩得连点球都不敢看，悄悄躲在特雷泽盖身后，无力承受所要到来的一切。

一晃，二十年往矣。近年，不再熬夜看球——回首凌晨爬起连美洲杯都不放过的往昔，真是恍然一梦。一个人纵然好强，但身体到底透支不起了，何必强撑呢？深夜一个人看球的时光像水一样流走，永远不再了。

我的看球生涯里，流淌着罗伯特·巴乔、巴蒂斯图塔、菲戈、因扎吉、亨利、罗纳尔多、特雷泽盖、欧文、贝克汉姆的青春岁月。如今，连德尚都当起教练了，还有什么可说的呢。前阵，贝克汉姆悄悄现身新桥机场，这是要去皖地一个五线小城参加一场关于足球的活动——反正我们钱多人傻嘛。除了我们的体育记者，还有谁要去关注呢？世间的英雄美人，留给大众的，唯有背影，才是最美的收梢。惋惜逝去的年华，其实，人活着本身就是收获。留他如梦，送他如客。

1990年夏天的一个晚上，一家人热得翻来覆去睡不着，只得把电视捣开，长期禁锢于灰暗的眼睛突然被眼前的绿草地刺得短暂的目盲，慢慢地，一片片豁亮，世界仿佛给我们开了另一道门，通往天上的门——许多人追一只球，好玩得要死。于是，津津有味地看下去了。更神奇的是，都是一帮大人，却为了一只皮球，有的狂喜，有的痛哭，跟孩子似的。那是足球史上独一无二的意大利之夏。

看完意大利之夏的 12 年以后，2002 韩日世界杯，尚年轻着，有足够的精力看完转播的一切赛事。2002 世界杯给我留下的印象永难磨灭，同在亚洲，没有时差，有时黄昏一场球赛结束，就是晚餐时分。

2002 年，荷兰队早早出局，央视播了马友友的大提琴曲《短暂的回家之旅》为他们送行。荷兰的传统打法注定是悲剧性的，全攻全守水银泻地般的绚烂，满足了积极进取的审美需要，但太过消耗人的体力，到最后，后防线总是被人打成筛子，注定走不远。许多球迷喜欢荷兰队，也许正是出于人生处处遗憾的同理心吧。我唯一对荷兰队共情，觉得那种打法是一种情怀，出于一种浪漫主义的理想，写诗一般，一路如遇行云，一路如送流水。对于德国等以防守为主的球队，从来没有喜欢过——精致的利己主义者，沉闷，平庸，从无美感。有一种长传冲吊的打法，简直庸俗至极，即便走到了最后，也是没有意义的。

2002 年，非洲的塞内加尔将强大的法国队干掉，一战成名。想不到吧，小小一粒皮球，可以令一个原本默默无闻的国度顷刻间闻名于世。齐达内一个踉跄，左脸颊深深蹭于草皮的狼狈，映现出一个长期被列强殖民的非洲小国借以足球一雪前耻，简直要长啸了。

2002 年，黄健翔尚在央视，他的每一场解说总是那么风轻云淡，如珠落，如雨停，是翩翩惊鸿照影来，堪称解说界唯一的诗人；韩乔生也挺可爱，总要说错话，我们可以揶揄，但，依然喜欢——因为他真挚。现在的解说，真的没法听了，琐碎，唠叨，庸常，恨不得一把推开，我来！

什么时候，我成了九斤老太，总要慨叹一代不如一代？实则，是时代不需要我们这样的老人了。现在的年轻人活在二次元世界里，不是我们可以进得去的。两代人之间总是无以避免地隔膜起来——当“90 后”们在微信里为梅西、

C 罗难过时，我总要回忆起遥远的巴斯滕、古利特、里杰卡尔德时代——那是一个什么样的时代？辉煌的精湛的雅炼的二十世纪八九十年代，我们正当年少的时代。只有一次，所以难忘。

转眼，纸媒萧瑟，伟大的互联网时代来临，山河也旧了，人也老了。如今连出去散步，身边一律都是“80 后”“90 后”了。总是被一种深深的孤独掣住，无以突围——怅望千秋一洒泪，萧条异代不同时。

# 生　日

转眼就到 2018 年 5 月 24 日，今天是女儿的生日，清晨，我写了个长长的生日祝福语发到女儿的微信，给女儿发了五千元红包，把冰箱里早已准备好的所有的好吃的都拿出来消冰，准备给她做一桌子好吃的，要给女儿隆重地过个生日，感觉顿时有了仪式感，生日的仪式感也来自在这个日子里特别准备的美食。

去年的 5 月 6 日是个雨天，我已经在四川绵阳父母家待了十多天了，陪伴父母的时间飞逝，转眼就要回青海我自己家了。临近中午，我拉着行李箱走到楼下，一眼看见妈妈在路口等我，我悄悄走过去，喊她一声，她说：今天是你生日哎。我好感动，多年来，她一直记得我是哪天出生的。我在就近的餐厅点了爸妈爱吃的饭菜，四菜一汤，有一道菜叫捶肉，就是我们小时候的家乡菜，还有瓠子面汤也做得非常地道。我加了这家餐馆老板的微信，留了一千元定金，嘱咐老板每周至少给我爸妈送四次饭菜，钱用完了我会继续给她转的，我爸妈节俭惯了，他们才舍不得下饭馆。临别，雨依旧下个不停，我挥手向爸妈道别，想到年迈的父母又要在期盼女儿再来的日子里度日如年，心里就万分难过，我哭得很厉害，天在下雨我在流泪，脸上流淌的也不知是雨水还是泪水。

小时候，妈妈做瓠子面汤，凉开水和面粉，揉，捏，稍微搁一会儿，醒醒，再揉成条，揪成一个个面团，摊在案板上，擀成薄片，切成广东米粉一般的宽度，抖抖落落地堆在那里，或可撒一点干面粉，以免面条纠缠在一处。这边把灶点上，铁锅里放油，清炒切好的瓠子丝，三下五下，入盐，加水，待滚开，下面，灶里火焰大得燎人，面汤嘟嘟嘟嘟的，跳跃着，歌唱着，冒着

泡，好了，妈妈盛一碗，端过来，我们捧着碗，跑到外面去吃……是的，我们那儿的人连吃饭都喜欢与天同在，不爱坐在屋里假模假式的，都是一群天然的人。至今犹记，一个早晨，四邻都聚在屋外的场基上吃早饭，大妈趁人不备，搛一根大山芋放到我碗里——因为她晓得我妈妈从不种山芋，可我爱吃这玩意儿。大妈家的后院有一块好大的菜园，各式菜蔬应有尽有，真是羡煞旁人。前些年，我也做瓠子面汤，吃过无数顿，瓠子并非童年时代的鲜美，面汤嚼在嘴里，丝毫不见麦香。什么是麦香呢？形容不好。嗅觉是最敏感的人体器官，童年的气味会跟随终生，也是另一种基因密码，溶于血液里的，任凭日后怎样的稀释，它依然在那里流淌。老公也爱吃，我就继续做，他误解了我，以为我也喜欢吃，实则，吃下去，胃已经不舒服了，可是我不想扫他的兴，在他的捧场下继续做瓠子面汤，但再也吃不到小时候的味道了。吃完一碗碗面汤，那些黄昏，我在白杨下散步，不免思前想后，半生往矣，人为何连一碗童年的面汤都求之不得？这些小而又小的愿望啊。

儿时，捶肉这个美味，只能红白喜事上方能遇见。我们村上，比如谁家娶媳妇，关系好的，自会去镇上买一床毯子或一床被面，送去贺喜，然后呢，大喜之日，你作为孩子，也可以跟着爸妈去那个人家赴宴。孩子不上桌的，带一只小茶缸跟在大人后面，上来什么菜，大人都会搛点给孩子。如今忆及，好丑，好丢脸！我们村上的孩子早早把尊严丢了，真是沉痛。可是，二十世纪七十年代的乡村原本如此贫瘠空落，这是我们的灵魂不能回避的。那年，有一家生了六七个女孩以后，终于喜得贵子。我爸妈是他们尊敬的人，即便并无亲故关系，他们也一样送来喜蛋，我妈接过喜蛋，肯定要送贺礼的。最后理所当然去赴宴。我渐渐地大了，有了自尊和敏感，并未跟去，我记得妈妈给我们带回了油炸肉丸。好吃得所有的形容词都失色，我可以一辈子记住它，并不忘记。

我也可以一辈子记住，是上小学的时候，有一年生日当天，下了好大的雨，我妈妈一向忙得很，从不往学校送伞。一个小孩子放学，肚子饿了，自然冒雨跑着回家。我妈妈见到我非常鄙视：下雨都不能等等再往家走，就想着回来吃。我背着书包望向饭桌，还是平时的饭菜，没有为我的生日准备一丁点好吃的，哪怕是一个鸡蛋。满心的希冀顿时化为泡影，加上妈妈的冷言冷语，我委屈得哭了，怕妈妈打，用手擦眼泪，眼泪越擦越多。妈妈一脸茫然一脸无辜地看着我：我没说什么呀，就你眼泪多。多年过去，屈辱犹在。我妈妈对孩子何等苛刻——她永远不知道，一个孩子多么羡慕同学们有爸爸妈妈哥哥姐姐送伞的雨天，多么希望自己的生日有人记起，多么希望生日这天哪怕一丁点的美食。我的生日是立夏的第二天，总是雨水泥泞，我这一生都是雨水泥泞。

小时候，大舅家盖房子，作为小字辈，我肯定要去帮忙。新屋落成，大宴宾客，我帮着给大厨洗菜，一趟一趟，往小河边跑。大厨听说我喜欢吃红烧肉，慷慨地盛了一碗。我没舍得一个人吃，端回家一家人吃，吃了五六块，那个晚上，我胃疼了。一个孩子寡淡的肠胃何尝受得起这突然到来的重荤？还是清炒菱角米和清蒸山芋好吃。

有一天，在菜市看见有卖山芋干的，立刻想起外婆来。小时候，舅舅将山芋一担担挑回家，暂时吃不掉，外婆就切成片，一篮子一篮子地挎在胳膊上，攀上木梯，撒在屋瓦上，曝干，储存起来。冬日，搭在早饭粥里，抵饱。山芋干粥简直好吃得要死，山芋干上留有阳光的味道。这时味觉也可转化成嗅觉——把棉絮放在太阳下晒一天，晚上抱回来，小身体躺进去，情难自禁地要拿鼻子去嗅棉被的味道，漫山遍野的，怎么那么好闻？要说我的童年何曾有过什么丰腴和繁华？那简直是藏在山芋干稀饭和隆冬盖过的棉絮里了。

山芋干还有一种吃法。把它磨成粉，做粑粑，揭开锅，黝黑发亮，巧克力一样的成色，入嘴，微甜。一个吃过山芋粑粑的人，他一定是幸福的人。早年，到江浙旅游，在杭州酒店，用罢午餐，站起来踱步，酒店门口摆着一个大塑料筐，里面装有海南糯山芋对外售卖，三十元一公斤，真想买几根回来，可是，想着别人见缝插针地去逛奢侈品店，我这样地拎几根山芋走来走去的乡下做派，未免沦为笑柄，也忍住了，可是，到现在我都后悔。

# 无 奈

前两天，无意间在网上看见一则新闻，觉得啼笑皆非。于女士到南京出差，在机场捡到一个LV钱包，里面有1000多现金和数张银行卡，因为当时已经是深夜，她又带着两个孩子，于女士便先把包带回了酒店，然后发微博、报警找失主。

结果没想到，好不容易找到了失主，随后前来的失主却因为去酒店的路程很远，向她要了170块钱打车费，还说得振振有词："东西的确是没少，但她为什么要把包拿回酒店？谁知道是不是想据为己有？"

每一个看过新闻的人都很无奈，我为你雪中送炭，你为我徒增烦恼。说实话，我不知道这位失主是怎么想的，但她可能不知道，自己恩将仇报的样子有多难看。更可悲的是，这样的事生活里比比皆是，人们不禁问，这个世界到底怎么了？的确，我们不应该因为这些个别案例否定整个世界的善意，但这些人却可以让我们明白一个简单的道理，懂得感恩是件多么宝贵的品质。生活里，你可能也经常遇到这种情况：好心帮人代购，却被嫌弃买贵了；好心帮人带饭，却被责备饭凉了。有时候，我也不明白，为什么总有些人会这么肆无忌惮地消费别人的好。

直到又一次，在网上看过一个女孩无奈地说起自己的妈妈，我才明白，得寸进尺的人都是被惯出来的。这个女孩的妈妈，从小就特别迁就自己的弟弟——女孩的舅舅。女孩小的时候，两家人都不富裕，但因为爸爸很文艺，所以就买了台很贵的照相机。后来被舅舅借走了，至今没有还。妈妈总是一句："没关系，那是我弟。"于是，舅舅就这样一次次地从姑娘家里扫货，大到饮水机、榨汁机，小到碗碟、梳子，最可气的是自己借了什么东西都不承认。可每次，姑娘的妈妈都是那句话：“那是我亲弟弟。做人要善良，别人家没有的，我们家有，不应该借吗？”

后来，小姑娘长大了，做了一件霸气的事。有一次，去舅舅家玩，发现舅舅招待她用的茶壶是自己家的，气不打一处来，当着一群人的面说：“舅舅，我家茶壶原来在你这啊。”舅舅慌了，连忙解释。姑娘在众目睽睽之下拿起茶壶带回了家。那一刻，默默给姑娘点了个赞。无条件付出有时就是一种愚蠢，而愚蠢的善良会培养出一种寄生虫。不仅会把你对他的好当作理所当然，还会把这种招数用在别人身上，久而久之，这个世界，就会有越来越多忘恩负义的人。远离你身边得寸进尺、忘恩负义的人，其实就是在对这个世界作贡献。不仅是生活，在职场更是如此。我们很容易把别人的好当作理所当然，所以那些懂得时时刻刻感激别人的人，会特别与众不同。

我有个闺蜜，处事果断，雷厉风行。她做事有个原则，我特别喜欢：帮你一次是我乐意，帮你第二次要看你表现，连句谢谢都不说，还要我帮你，凭什么？过去，和很多人一样，我也曾经陷入一种困境，就是明知道不应该理会忘恩负义的人，可就是怎么甩也甩不掉。我和很多人聊起过这个问题，其实说到底，是因为我们缺少拒绝的能力。从小，老师和父母就告诉我们，要友善地对待这个世界，宽容地对待别人，就算有人辜负你，也要学会去原谅。这个道理没错，却有一个经常被遗忘的前提，有些人配不上你的好。

这些年，每次看到有人拒绝朋友的时候，身边总会有人指指点点，说这些人为什么这么小心眼，真的不是，真正的善良需要一条界限，无条件地付出，不是善良，而是一种纵容。没有谁会在一夜之间丧失界限，我们的界限都是一点一滴在对别人的纵容里失去的，而很多成年人的是非不分、善恶不明也都是从没有界限开始的。过度的宽容和善良，正在破坏世界的秩序。

这些年，身边的人感叹，世风日下，人心不古，但其实，生活里值得感恩的事比比皆是，只不过你经常看不见，习惯把别人的付出当作理所当然，却对那些忘恩负义的人格外宽容。分明告诉自己，不要在垃圾堆里交朋友。人有一

种天性，喜欢欺负对自己好的人，宽容对自己残忍的人，想想真的挺傻的。所以，我们要时常提醒自己：不要把别人的付出当作理所当然，也要远离那些忘恩负义的垃圾人。毕竟，生而为人，已经很不容易了，千万要让自己活得贵一点，特别是最宝贵的善良，不要错付，也不要浪费。

# 孔　雀

看顾长卫的《孔雀》，甚为震动。第五代酣畅荼蘼之作。好些年前拍的《青红》不及它，虽然均是“七十年代”题材，《向日葵》也不及。

“姐姐”蹲在满目西红柿边，拿指甲抠着抠着，然后扭头痛哭，无声无息，所有的理想破灭殆尽。

“姐姐”的大胆令人生畏，为了理想，敢于偷拿“巨款”——那个年代，两条烟两瓶酒的价格可能是全家五口一月的生活费。妈妈以为自己弄丢了，她说：我来来回回找了十几趟啊……“姐姐”又是一个极度陷入自我毁灭的人，就那么着，把酒轻轻推入河里，就为看到另有两个女孩也在与那个人打球。既然如此大胆，何不视眼前为无物？把这些昂贵礼品送掉，从此改变一生……

为了有个固定工作，那么舍得把自己轻易许给那个人。当初，她原以为，可以过下去的，可是不然，就那么离婚了。就为了离开那样的环境，不惜搭上自己整个的人。理想破灭了，一切也就不在话下，结果还是跳出来。

她把自己一双洁白修长的手臂抓破，去骗那个拉手风琴的老头……这一节，最为毒辣，一个少女的自残叹为观止。生活里，我看见过这样的女孩子，为着什么，而自残着，拿精神的伤口给别人看。“姐姐”的举动令人胆寒，心计，毒辣，恬不知耻，不惜代价地把自己搭上。

若干年后，她哭了，非常汹涌地哭。

——这仿佛暗示着整个二十世纪七十年代人的命运缩影，也许。

挣扎于时代的河流，美梦失而不得，叛逆，倔强，自伤，自残，外带着极度自尊，终归不彻底。八十年代、九十年代与七十年代的唯一区别就是彻底，即便无耻，也要彻底，不哭，不后悔，把自己整个地豁出去。我们身边很多这样的人，更多的世故，富于心计，活得累，其实也可怜，仿佛立于不败之地，实则底子上早已被人所洞穿。

# 悲 悯

你有没有想过，如果有一天你得了一种病，而这种病只有一种药可以治疗，需要终身服用，但这种药的售价是 4 万块钱一瓶，即使是短期内的服用也足以让一个普通人倾家荡产。如果没有钱买药了，只能孤独地死去。你有没有想过，还有这样一种药，它的药效和 4 万块钱的完全一样，售价只有 500 块钱，然而它是不合法的，是别的国家生产的仿制药。但是许多得了病的人只能买得起这种药，它是最后的希望。这意味着所有代购或销售这种药的人，都是违法的，但许许多多的人需要它来救命，这里面包含了太多人性的丑陋和世间的悲悯。

上面我说的这一切都是真实的，这种病叫慢粒白血病，这种药叫格列卫，电影《我不是药神》就是根据真实事件改编的故事。

卖印度性保健药的程勇（徐峥饰演），生意差到交不起房租，妻子急着和他闹离婚，而他的父亲因为血管瘤急等着他的救命钱，于是他被逼上了一条不归路。



电影有个场景很心酸，程勇的父亲因为病重躺在他的破面包车板子上，他一边开车一边焦虑。如果没有钱，他的父亲只能死去；如果没有钱，他的儿子将要被妻子带到国外去；如果没有钱，他的店子马上就要被房东给关闭。这一切对他来说，太难太难了。中年人的崩溃是无声的，只能硬扛。

程勇的命运其实和众多慢粒白血病患者是一样的，没有钱，他终将失去一切。影片中有两个场景让我泪流满面。

为了找到违禁药贩子，警察把买违禁药的慢粒白血病患者都给抓了，因为药贩子只卖 500 块钱一瓶，根本没有赚他们的钱，如果他们把药贩子供出来，药贩子被抓他们只能买 4 万块钱一瓶的正版药，这意味着死路一条，所以都没有作声。这个时候，有一个老奶奶示意想要说话，周一围饰演的警察以为她想要招供。可是，她却紧紧握着他的手怯怯地说："4 万块一瓶的药，我吃了好几年了，房子吃没了，家也吃垮了！现在才好不容易有了便宜的药，才 500 块一瓶，他真的不挣钱！他只想帮我们！你们把他抓了，我们就没法活了！谁家还没个病人呢？你能保证自己一辈子不生病吗？我还想活着，我不想死……"




说实话，那一刻我的眼泪就哗哗直流。一个场景让人哭并没有什么厉害的，真正厉害的是，这些哭点都来自他对曾经遭遇的感同身受。

最让我痛哭不已的是小黄毛，他是慢粒白血病患者，为了保住程勇，他驾着程勇的面包车逃跑，在警察的追踪下他丧生于大货车的轮盘下。在抢救的医院里面，程勇冲着周一围饰演的警察发火，愤怒的眼睛里充满了红血丝，我隔着屏幕都能感受到他的锥心之痛。他大声咆哮道：他才只有 20 岁，想活着有错吗？

他所不知道的是，这个不到 20 岁的小黄毛，生病后为了不拖累家人从家里跑了出来，到了屠宰场做工人，收入不高，连便宜的药都买不起。可是他拿到药之后，想的不是自己一个人，而是分给其他病友。他想回去看自己的父母，他还特意剪了一个头发。可是这一切都等不及了，他的生命只能到这里画上一个句号。

有人说："落在一个人一生中的雪，我们不能全部看见。每个人都在自己的生命中，孤独地过冬。"可是我们所不知道的是，还有人拿着自己的蜡烛去照亮每一个人冬天的雪，直到把自己燃烧干净。

贫穷究竟有多绝望？

我看到了许许多多的答案。深圳有一位 63 岁的林女士，她的儿子楚先生得了强直性脊柱炎没钱治疗，她总是对儿子说："当妈的帮不了你，太难受了。"她记得自己之前有一份保险，如果她出事，可以赔 20 万。那一刻，她就动了一个念头。一向节俭的她，买了一份饺子，吃完饺子后，她从九楼的阳台纵身一跃，跳楼而亡。可是，她不知道，自杀是不能获得赔偿的，她更不知道，那份价值 420 元的一年期意外险，已经过期了。

她在遗书中写道，“你放心，妈一定会帮你筹到那个治病的钱”，可是她用死亡都换不来那 20 万的治疗费用。

有人说穷人只能用命换钱，可是有时候用命也不一定能够换来钱。

知乎网上有人问，中国真的有很多穷人吗？

我看到了几百个答案，每一个答案都是触目惊心。你所看到的只是这个世界的一部分，我们所轻视的现在，殊不知有很多人为了它倾其所有。人类的悲欢并不相通。这个世界对每一个人来说并不都是美好的，你万箭穿心，你生不如死，那也只是你而已，别人永远体会不到，也永远不会感同身受。有的人光是活着，就已经竭尽全力了。他的内心经历了怎样的煎熬，你永远不会懂。

电影《我不是药神》中有一句最戳心的台词：“世界上只有一种病，就是穷病。”没人愿意死去，其实都想活着，可是没有钱，连活着也变成了奢望。

程勇看过无数个因为没钱治病而死去的病人，一次次看到统计的患者人数的变少，一次次把药品的价钱卖到最低，甚至是贴钱进去，最终他由坏人变成了好人。

可是他不是药神，他治不了穷病。他穷尽一己之力，最后还是失败了。

被抓后，他在警车上面看到有数不清的慢粒白血病患者为他送行。审判阶段的时候他说：他们吃不起天价的进口药，他们就只能等死，甚至是自杀。不过，我相信今后会越来越好的，希望这一天早点到吧，我相信我们的国家会慢慢变好。

我时常在想，韩国有一部电影叫《熔炉》，推动了一个国家的立法，那我们国家有自己的“熔炉”吗？

现在终于等来了，它就是《我不是药神》，震惊中外的“陆勇案件”确实推动了我们国家的医疗改革。

在我们国家，患慢粒白血病的是一个庞大的群体，每年新增 5000 人。在 2002 年，慢粒白血病的存活率仅为 20%，他们大部分因为吃不起天价药而死

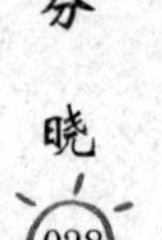



亡。到了 2016 年，慢粒白血病存活率达到了 80% 以上。现在格列卫已经纳入了很多省市的医保报销体系，人们再也不用为天价药发愁。无论是加入医保，还是国家对原研药的支持，还是抗癌药零关税，我们必须承认，国家也在进步。

我相信《我不是药神》上映之后能让更多人关注白血病患者，关注他们所面临的困境，从而加快改革进程，让更多的地区将格列卫纳入医保，这样就不会再发生电影中的悲惨境况。

这就是《我不是药神》特殊的社会意义，我为我们中国有这样的国产电影而感到自豪。这是我近几年所看过的最棒的电影，没有之一。

看完影片后，我内心只有一种声音：要向每一个演员致敬。

我能够说的就是，希望更多的人能够看到它，希望更多的人能够关注到慢粒白血病患者，曾经有那么一个群体，他们来自千千万万个家庭，他们受尽煎熬，但他们依旧满怀希望。“我们一路奋战，不是为了改变世界，而是不让世界改变我们。”这一部电影让我们看到时代，也希望这部电影能被这个时代善待。

# 听　歌

十月的阳光，安详如有所待。我静静地坐在窗前，思绪随着歌声飘得很远很远，柔曼的乐曲如行云流水般倾泻下来，而我的心也沉浸其中……

喜欢轻柔如水的歌。它如轻风，如流云，如淡霞薄烟，如幽林曲涧，带给我心灵的温暖和抚慰。

“春天的黄昏，请你陪我到梦中的水乡，让挥动的手在薄雾中飘荡，不要惊醒杨柳岸，那些缠绵的往事，化作一缕轻烟，消失在远方……”听着这样的歌曲，我感觉到自己化作水面的一簇水藻、一片落叶、一叶小舟，在悠悠的水波中漂游，有小鱼儿和候鸟与我一起出发，在淡蓝色的水光中，穿过无数遥远的季节。天高云淡，偶尔有风吹过我们的额头，带来缕缕花香，而那满天的花瓣雨，已在我的心头飘落。

同时我想起徐志摩的诗：那榆荫下的一潭 / 不是清泉，是天上虹 / 揉碎在浮藻间 / 沉淀着彩虹似的梦……

喜欢听哀婉缠绵的歌。无论是邰正宵的《九百九十九朵玫瑰》，还是《红楼梦》中的《葬花吟》，都曾深深地感动过我。无数个寂静无声的深夜，我坐在黑暗中静听这些凄婉的歌，思绪时而跳跃，时而停驻，时而做轻巧的回眸，青春时晶莹而粗糙的爱情，绵延在心底的伤痛、柔柔的爱恋在这如泣如诉的歌声中，听来让人备感渺茫的忧伤。“凄雨冷风中，多少繁华如梦，曾经万紫千红，都要随风吹落，蓦然回首中……”这歌声吹皱的岂止是一池春水，无数年少的心都会在歌声中停留、落泪。

听着听着，我想起了许多人，他们曾走过我身边，带给我鼓舞和信心；而又有许多人离我而去，留下无言的伤感和叹息：“漫漫旅途回头望……只留下一盏盏灯火，伴我梦一场……”深沉的感慨，带我进入深沉如海的境界。

喜欢听歌，喜欢听人类词与曲完美的整合与交融，更喜欢听大自然无字的天籁。

喜欢听鸟语对答，那是大自然清丽的歌。每天我从鸟声中醒来，初夏的梦被鸟声渲染得青翠欲滴，而那鸟声也唱醒了山间的每一片绿叶。

喜欢听雨，听急骤的雨点儿敲打着屋檐和绿叶，体会“大珠小珠落玉盘”的节奏，体会“雨打梧桐响清秋”的洒脱；听轻飘的细雨漫叩窗棂，淅淅沥沥，犹如一首缠绵的歌。

喜欢听雪花下落的低吟，喜欢听风过树梢时的细语，喜欢听大海浪花的欢呼，喜欢听火车汽笛的仰天鸣奏。

听大自然的歌，在这喧哗的城市边缘，我似乎也化为其中的一种韵律、一种色彩。

人生有如偌大的演奏厅，万物组成庞大的乐队，日夜不息地演奏着各种各样的乐曲。他们或多或少地成为人们生活的启迪、困境中的支撑、艺术创造的灵感以及心灵上的愉悦和享受。我愿以一生的时光倾听这些唱不尽的歌，倾听人间笑和泪的拥抱，在歌声中徐徐起舞……

# 听　月

夜风盈盈，诱得无眠的人推窗而立。风如泣，又怎知是谁把那百尺清愁撕扯了个丝丝切切？

忘了有多久，匆匆碌碌间无暇凭风看月，依稀了那些年少时曾缠缠纠纠的梦，恍然间竟是难为了这轮月儿，还是那么婉婉约约独挂在空中。倚椅懒懒地在思与不思之间流连，拾一捧花香轻放在嘴边，冥冥中，忘了归途。

月如水，荡尽了谁给谁的思绪，洗褪了谁予谁的挂牵……纵然豪气千丈又哪堪沙漏里消磨得纸碎花黄？水声潺潺，何处诉起柔肠丝缕，辜负了，故燕北还、故燕北还！隐约千山后，老母的发梢上又染上了几抹秋霜？父亲的老花镜下压着的还是那三十二面的旌旗猎猎吗？一声平安，怎能抚慰尽朝朝暮暮的眺望，两处思绪，一点枫黄……

月如曲，声声怯。童年的鸽哨几度在梦中闪隐，蓝风筝、纸飞机，还有嫩嫩的笑、翘翘的小揪揪，这样的月夜，你是否也在臆测远方的小妹梳着长发伫何廊？哭笑的小嘴儿，却是在发黄照片里悄悄的一份揣摩……谁许与你喜？又是谁放在我怀中一抹羞？若是千里可婵娟，听到了吗？还是从前傻傻的那个笑声里烙着未曾更改的祝福……

月如梦，却是知交零落。不再奢求会在哪个驿站重逢，相见难，别亦难！一张张在思忆中依然稚气的容颜，早已是回首时坐化在岁月里的斑驳路牌，标点在、标点在那风花雪月的青春里，都曾是怎样的彼此徘徊……悲也好，喜也好，唯有这轮不畏时光的明月还是一如既往地默默无言，被日子点拨得面目全非后，散落下一场布好的局、最好的局……

月如刀，割思断念，背影森然的一幕幕黯然嗟叹的离别。明白世间从来不会实现哪怕一个“如果”，明白就算是只准许某个“假设”被兑现成功，都又得换了张面孔冷对长街。从青涩走到了花谢，眷顾牵强到分离，想得通也好，想不通也罢，其实每一段同行之后都被安排了个分道扬镳。责怪中忘了责怪，叹息中淡了叹息。记得些好的，那是个造化；忆不清了因果，却也应该是情理之中吧！既然岁月不会从头，重返那道落叶如絮的巷道，还是不要再费心东张西望……悄悄念一句：十六岁的花儿，只开一次，却也不指望谁来相和……

月光寂沉沉，弯弯曲曲地绕过枝枝丫丫后，竟然只是为了在薄衫上拢起一层轻愁。

月影空落落，辗辗转转地昭示着人生无常、尘世苦渡却是谁也走不脱的劫！

没有无来由的失，也就没有无来由的得，说什么大爱无情、大道不惑，却不都是个丝丝绊绊、牵牵连连！佛既然只敢说句无言，然后转首向南，自修自挂，又何必总要盘桓出个理由谋它个气壮理直？讲什么无欲无过、大彻大悟，不还是丈量着前程、计算着功过？如蚁相碾……

推窗、听月。莫道月无声，其实人无觉……拼不全那勇气直面明镜时，还是再燃支香烟给长夜缕出张青纱，月满西楼、月满西楼，几人故栏独倚？滴一枚细泪，却是那年华匆忙间的心殇……

# 落 雨

有人在竹楼上听雨，有人于陋室中弹琴。而我，独居一隅，拉开窗帘便可以看见外面明亮的阳光，还有那一抹青翠的树梢。有一只鸟儿，颜色鲜艳，在枝丫间时不时鸣叫几声，于是便觉着心情大好了，有如被雨水洗过的清亮。梦里总是在落雨，雨声淅淅沥沥。那个撑着一把油纸伞的姑娘，在小巷里袅袅娜娜地走着，有着丁香一样的哀愁。一梦一醒间，许多往事如炊烟一样，渐渐散去。

在窗台上养着一株月季。我看着她，她望着我。这一刻，彼此相依为命。或许，她明天就可以开出明媚的花儿来。而我的明天，将依然烟雨朦胧，看不清前方。于是，心戚戚然地和一株月季含情脉脉地对望，像一只惘然的小甲虫，不知将要去向何方。开始一直落雨，不分天黑天亮。开始蜗居起来，看着漫天的雨丝微微叹气。这样缠绵的天气，让手指都长起了寂寞的青苔。不敢随意写字，怕字里行间都是灰扑扑的湿气。雨扑棱棱地打在窗玻璃上。水珠儿调皮地往下滑行，留下一幅朦胧的风景图。天空灰蒙蒙的，像谁此时的心情呢？不如笑起来，蘸着雨水写诗吧，亲爱的。

雨水清凌凌，从早到晚。有一首曲子便在心间起伏荡漾，像叮叮咚咚的泉水。这样的天气，拉过一床被子，耳蜗里蜷着清脆的落雨声，沉沉地睡去。我是喜爱雨天的女子，经常在雨里走来走去，将水花踩得朵朵飞溅。雨滴哧溜溜地钻进脖子时，一瞬间的清凉，可以驱走多日里积郁的烦忧。凉意四射的雨，能让人感觉到一种意外的解脱。雨铺头盖面，白色牛仔裤湿漉漉地贴在身上。而我，仍然固执地在雨里仰望天空。

雷声轰隆隆，像是谁赶着金马车从天空上经过，骨碌碌的车轮轧歪了云朵。于是云儿都疼得哭了起来，眼泪一直在落，滴滴答答。各种各样的植物，开始蓬勃地生长起来。文字也喜欢在雨天蔓生蔓长。比如，随意地播下一颗文字，浇了几场清凉的雨水，便能长出密密麻麻的篇章。

几场雨后。地面上，卧室窗外草坪上随处可见大大小小的苦菜花，顶着小巧的嫩黄色帽子，乖巧地列队站着。有时真想摘一些，种在文字中间。如此，写字饿了的时候，撕下一页稿纸，便可以拌一盘美味的苦菜，营养又美味有野味。有羞涩的小蒲公英，挤在草丛间，偷偷地张望。偶尔淘气地朝我挤挤眼睛。我回头去看，他们却马上转开了脸。榆叶梅花们用雨水洗了澡，躲在绿叶间，温婉地看着我笑。那些清淡的香味，完全可以入诗了。若逢了文人雅士，必能遣词造句将她们赞美一番。可惜，我只是一笑而过，我有时真的心情很郁闷，感觉有些对不起这些花花草草！

此时在微雨飘飞的时间，某些故事可能刚开始萌芽，某些故事可能已经零落。某个国家可能在打仗，炮火连天。而某个人的婚礼正热烈举行，礼车排成长龙，气宇轩昂，招摇过市。车窗上端端正正地贴着大红的喜字。而那新娘子捧着好大的一束花，羞红着脸。这一对新人是走向幸福的甜蜜还是走向爱情的坟墓，我不得而知。而某个人却躺在安静的棺木中，等待泥土覆盖过她曾经生动微笑的脸庞，在见不到阳光的地方腐烂成花。而有关她的故事，将在某朵花的心事里热烈绽放。我的好朋友张姐已逝去一个多月了呀！原来，旧去的时光只是跌落在雨水里，湮没在记忆的泥泞中。这些天，格尔木格外的冷，我好几个早晨都在抱怨："什么鬼天啊！这哪里是夏天，害得我都没法穿衣服！"在办公室放了一堆衣服备穿。

换下了湿漉漉的衣服，用手一拧，便可以拧出一摊水。笑了笑，跑去洗澡。淋了雨后，洗一个痛快的热水澡，别提有多惬意了。用一条白色的大毛巾，懒懒地擦着湿漉漉的头发，坐在电脑前，听一首柔情婉转的歌儿，千万遍地听《在我心中从此永远有了一个你》《当我孤单的时候还能抱着你》，个个音符都能浸心入肺。手里握着一杯温热的绿茶，看着那些茶叶舒展开来，像少女修长的眉。于是，觉得这样的生活刚刚好了。

赏心原本是难事，一个人的独舞才是绮梦，世间的好原来只是一小块，手中有就有了，没有也不要强求，有的时候，生活姿势的迷人与否，实在只是和一种情调或个人的修为有关呢。所以，我愿意在春风牡丹的日子里，听听轻音乐，坐在花架下，看半个月亮升起来，而空气中，有兰的清幽花香，扑面而来。几天前，我看到一个回民阿娘在中山路种马莲花来着，还蹲下看了好长时间。

# 换一种心境

昨天是周末，傍晚我对女儿说："明天你上学去了，你爸又出差了，就我自己一个人在家，我干脆到办公室去加班好不好？"女儿立即噘起小嘴表示强烈反对："妈妈上了一星期班了，没有要求加班，你还去加班，明天早晨我把你的手机和钥匙都藏起来，我不让你去加班，你在家好好休息。"女儿知道心疼人了，今天早晨女儿真的把我的手机和钥匙藏起来了，我只好打消加班的念头。

最近一段时间，有好长一段日子我都很烦躁，整天心里急急的，上班，忙，下班后做家务，带孩子，也忙。总感觉日子紧张而忙碌，没有松闲下来的时候。有时给同事开玩笑说："做人太辛苦，下辈子托生成猪也不托生成人，一头猪绝对不会说另一头猪活得像人，下辈子就托生成猪！"同事们哄堂大笑。看着别的同事做起工作来得心应手，颇有了些成绩，职位"噌噌噌"地往上爬，名誉有了，地位有了，而我却常感江郎才尽。好不容易做出点成绩，却得不到肯定，你说这能不叫人心急？

虽然老公笑口常开，幽默有加，可这有什么实际意义呢？这能挽回我因操劳而过早憔悴的容颜吗？能帮我留住转瞬即逝却没有能尽情领略风骚的青春吗？我感到我的处境是这样的尴尬而绝望。

日子一天一天地过去，自己也感到自己的心态过早地衰老了。老公看我这样子也不知所措，每次给我领回订的书报，指名道姓地叫我看哪篇文章哪篇随笔。我心里也在千百遍地问自己：就这样继续吗？不，我不能让这种平庸和迟钝湮没掉。唯一能拯救自己的，还是自己。

我试着改变工作方式和目的，不再把升迁和奖励看得很重。工作体现了我能独立，能为社会创造财富，社会上下岗工人那么多，我应该珍惜工作。只要不是那么注重结果所带来的成就感，我发现工作带给我的快乐要多得多。就像织毛衣，如果老想尽快看到那美丽而完整的图案，你会觉得那个过程很累很长。

在家庭生活中，我也做了调整。回到家中，换上舒适的家居服，进入休闲状态。做家务时放上爱听的音乐，不知不觉就做完了。动手把以前家里没有多少实际用处的家具狠狠心扔出去，布置一个舒适温馨的家。人生负荷那么多，干吗不走走停停，看看风景，慢慢品味其中的快乐和美好呢？虽说和别人比较起来，我承受了更多的苦和累，但勤劳和执着本是一个人的美德，我又怎能只想逃避而不面对责任？

我终于走出了那个心灵的沼泽。我仍旧忙碌，但是充实；仍旧平凡，但是乐观。忙里偷闲也听听音乐，练练琴，看看夕阳，赏赏明月。假期还独自一人带着孩子外出游览。在这样的静夜，我记录下自己的这段心路历程，激励自己在人生路上走得更好。

# 温 馨





家，是生命的摇篮，生活的港湾，是芸芸众生赖以生存的巢穴。拥有一个美丽温暖的家，是所有人的梦想。这梦想企望实现，说难则难，说易也易。说难，有人以金碧辉煌为美，以盖世豪华为美，这样的家，是空中楼阁，是海上仙山，对大多数人来说都是遥不可及的幻想。说易，有人以温馨适宜为美，以自然舒心为美，这样的家，可宽可窄，不拘形式，只要居住着觉得舒服合适便好。孔夫子说“饭疏食饮水，曲肱而枕之，乐亦在其中矣”，便是此理。

原始的家居，不过是树枝草叶和岩石泥土的混合，是生存的需要，其功能只是为了遮风避雨，为了抵御野兽的侵袭，随着人类的进步，对居室的要求也越来越高，墙加厚，楼增高，式样迭出的建筑成为人类最重要的实用艺术，形形色色的房屋是人类文明和智慧最显眼的标识。人们家里的装潢和摆设也越来越讲究，讲究情调、讲究风格，讲究人与环境的和谐，它展示着人类的个性，表现着人们对美和幸福的追求和憧憬。

何为家之温馨？何为家之美？

家之温馨、家之美在展示个性。金玉满堂是美，单纯空灵也美；精致繁复是美，简朴清淡也美，只要符合人之性情，无论淡妆浓抹，总能恰到好处。有人以现代人的心情，追寻古雅之风，此为美；有人以中国人的眼光，撷取欧美情韵，此亦为美，中西合璧，南北交汇，取天下之妙物为我所用，虽只是一鳞半爪、寸木片石，却能将奇妙风光汇集于室内，这当然也是美。家不在大，有情调则美，家不在豪华，有品位则美，居室为人而筑，为人而饰，为人所住，理应以人为本。如果家中的装饰只是为了展示炫耀，那美便会变质，便会成为生活的累赘和负担。本末倒置，何美之有？

家之温馨与美，在于贴近自然。人在四壁之内，如果和自然隔绝，会使心情荒芜，呼吸凝重，如何将小居室和大自然连接？开窗能见山林日月，能闻流水鸟鸣，那当然让居者心旷神怡；更多的居室，嵌于城市之林，被钢筋水泥和砖石高墙包围，人在家中，如幽囚于箱笼之中，不见天日，何其可怜！聪明而有情趣者，能以自己的方式移植自然于室内，年轻时代，如想直接将自然的气息和色彩引入家中，则莫如养花植草，有几盆绿色花草点缀，室内便春意融融，如以精美的玻璃瓶和古瓷花坛插玫瑰和蜡梅，名花名器相映生辉，当然是美事；以青花粗瓷或塑料盆养几株伞竹、扶桑、石榴，同样美妙。记得很多年前，母亲在洗菜之余，常常将一颗菜心或一段萝卜养在一只青花小碟中，置于窗台案头，但见绿叶漂动，其清新怡人不亚于水仙蕙兰。在我关于家的记忆中，这是极温馨美妙的一曲。

家之温馨与美，其神髓应该是人性之美。

# 最忆是西湖

“上有天堂，下有苏杭”，这句流传颇广的俚语将苏州、杭州夸到了极致。可在苏州与杭州间白居易在《忆江南》中道“忆江南，最忆是杭州”，“江南忆，其次是吴官”（即苏州）。可见，在这位唐代大诗人心中将杭州摆在多么高的位置。但这位诗人又在另一首诗中道：“未能抛得杭州去，一半勾留在此湖。”可看出让他最忆的还是杭州的西湖了。我在初春时节，也忍不住踏上了杭州的列车去一览西湖的秀色，一抒胸中郁积多年的渴慕之情。

我沿湖滨上白堤进孤山，一路走一路瞧：西湖的水虽不及千岛湖、洱海的水清澈透明，但映衬于吴侬软语似的自然风光中，细浪拍岸，给人一种软软柔柔的亲近感觉。沿湖地带绿阴环抱，山色葱茏，画桥烟柳，云树笼纱。逶迤群山之间，林泉秀美，溪涧幽深，环湖山峦深浅不一的绿色，一坡坡一岭岭，倒映湖中，阳光下生出灿烂的光波，艳影荡漾，妩媚顿生。我不禁吟起苏轼的诗句：“水光潋滟晴方好，山色空蒙雨亦奇。欲把西湖比西子，淡妆浓抹总相宜。”难怪白居易也不禁慨叹“处处回头尽堪恋，就中难别是湖边”了。而湖内有岛屿、长堤，兀立于水中孤山，东西狭长，好似水中卧牛。山的东麓有白堤与湖岸相接，它是西湖文化荟萃之地，也是赏湖的最佳处。我登上孤山，目接锦缎般的湖山景色，宛如置身蓬莱仙阁之中。湖中美景一览无余，胸中豁然开阔，将尘世的烦恼统统抛之脑后，身心为之一震。湖中观景，登高临风，别有一番情趣。托着湖心亭的是一个不大的小岛，仿若莲叶一片，漂浮在湖中。置身其间，佳景尽瞻。远眺苏堤，那六座拱桥一字排开，波光掩映，似一脉烟痕左右伸展，又似卧龙摆尾，真是一幅绝妙的画卷。

而苏堤、白堤纵横湖上，仿佛两条绿色缎带，漂浮于清凌凌的水上。苏堤由于远离市区，少了许多游人，多了几分宁静。我缓缓踱过映坡桥，往堤尽头的跨虹桥走去，六桥一线的苏堤，在绿阴中穿行，听流莺在枝头鸣唱，体味物我两忘的神清气爽的感觉。湖水在微风吹拂下，轻轻拍打着堤岸，发出柔柔的声响，时而有鱼儿跃出水面，湖面随之漾起涟漪。美回归了自然，美在这一刻凝固于宁静。

西湖既揽山水之胜，林壑之美，又造园独特，将人工造景与天然美景融为一体，相得益彰。灵隐寺、净寺、圣因寺、湖滨公园、柳浪闻莺清波公园、花巷观鱼公园、太子湾公园，如今都成为西湖一道道亮丽的风景线。绿阴丛中隐现着数不清的亭台楼阁、寺院宝塔，亭台楼阁、寺院宝塔又串联着色彩缤纷如巨大花环似的西湖，使西湖更加摇曳多姿，美丽动人。

西湖不仅独擅山水秀丽之美、林壑幽深之胜，而且也是人文荟萃的历史文化圣地。古遗址、古墓葬、古建筑、古寺、石窟、石刻碑碣、革命史迹等各类文物，样样俱备，个个精伦。西子湖滨，有在全国仅存三千多座古塔中独树一帜的六和塔，有我国元朝石刻重要集中区的飞来峰石刻造像，还有我国古代最早、最准确和世界上最古的钱元瓘墓石刻星象图，南宋高宗御笔书刻和元代大书法家的重建佑圣观武殿碑题刻等，犹如一座巨型的博物馆，应有尽有，包罗万象。孤山东侧有秋瑾纪念馆，馆外草地立有白玉塑像一尊，以纪念这位为中国革命不惜抛头颅洒热血的先行者。她临终前的绝笔“秋风秋雨愁煞人”亦成了千古绝唱。她的侠义为世人敬重，人们立风雨亭以纪念这位伟大的女性！

西湖，秀丽清雅的湖光山色、璀璨丰富的文物古迹和文化艺术融为一体。春夏秋冬各有景色，晴雨风雪各有情致，梦幻般诱人的西子湖啊，也许这就是她会令我魂牵梦萦、久久难忘的缘由吧！

# 天 赋

立秋了，酷暑过去，喜欢夜里在另一个小区的外墙外疾走，他们的围墙上攀的是干柴牡丹和大理花，一墙粉红，间隔一墙米黄，简直有一份无缘无故的美。贴着墙根疾行，花朵的芬芳如潮水，一波一波把我淹没。有时，恰好有月，挂在不远处的树梢上，秋天的月光是磨砂质地的，就那么洒然而下，筛出了一地小碎花。我一个人默默走在花香里，走在月下，不经意地跌倒在古诗的意境……一次次，竟想不出一句好诗来比衬那些夜晚。但我一定知道她们依旧睡在我身体的某处，不过是被白天的庸常和辛苦屏蔽掉了而已。

诗是中国文学的高峰，无论四言、五言，抑或七律，一律意象纷呈，边界宽广，张弛有度的，可滋润，更可影响一个人一辈子。人一辈子也短，一辈子都用不完她，我们就死去了。

古诗最大的特点——意在言外，以少少胜多多，是空山不见人，但闻人语响，所以，意蕴无穷。再看：池上碧苔三四点，叶底黄鹂一两声。多有张力，动静适宜，画面感、空间感，应有尽有，最重要的是，句子瘦，富于骨感，瞬间立起来，经络毕现，轻声念一念，仿佛夏天一下扑到你怀里了，春深似海啊。短短十四字，道出了美的边界。

一篇文章，最忌排比句，倒海翻山的，恨不得把《古诗源》里所有形容词都搬出来，文章并非刷墙，一遍一遍又一遍地堆砌，做什么？都是无用功。所以，赋，总是为人所诟病，这种文体注定速朽。所有甜熟的东西，都是速朽的。

孙犁怀念亡妻，短短千字，看得实在难过——纵然把曾经的过往的悲欢苦辛甜蜜都隐去，却也如此意重情深。同样缅怀亡妻，梁实秋不然，洋洋三四万言，一针一线，密密缝，一点一滴，慢慢捻，到了后来，风烟俱尽，一股气眼见着，都散了……

我们常常苦于——眼高手低。

眼，是眼界，是审美力、鉴赏力；手，是技术，是锤炼的功夫。杜甫主张“语不惊人死不休”，还有更悲辛的——两句三年得，欲语泪先流。

李白翩然不同，你读他的诗，哪一首哪一句，不是如有神助？李白是天才，无须运用技术或锤炼的功夫。贺知章说他是谪仙人，一点不假。

那么，写作需要技术吗？技术是努力的结果。写作拼的是天赋。假若天生手低眼高，会有什么样子的结局？做评论家，一流的评论家，比如木心，他的原创欠火候，但他对于艺术的感知力领悟力一流。天才无须技术，天才的文章自然天成，比如李白、王勃、李贺、李商隐……

# 枯 索

秋天里，放眼而望，什么都是薄的，轻的。草木顿枯，犹如箫声遍布，人在其中，惘惘地要落泪。这样的季节，没有了欣红悦绿，处处流于枯索幽清。

四季流转，犹如参禅——盛夏呢，好比金刚手段；一旦入秋，自是菩萨心肠了。地上的草尚绿着，但这种绿，再也不是蓬勃的绿，是不出声的哑绿，克制的绿。

秋天是克制的，如人到中年，苦的，冷的，历经得多了，一颗心难免荒凉苍老，唯有身体里装着一卡车的疲惫。

晌午，躺在沙发上起不来，漫山遍野都是疲倦，犹如门前的野菊花，克勤克俭开了一夏，真的累了——这样普通平凡的花，不为别的，径自一日日里开着，直到把自己都感动了吧。秋葵差不多全部枯谢，刺梅仍有花骨朵，一夏开了三茬，简直不老的神话，不死的光荣梦想。秋天成了果实的天下，小区里，刺梅、沙枣、白刺果一日日地收服自己，渐趋饱满。

时日已经到了九月了。微风振枝，熟果坠地，是糖炒栗子的幽香甜冽……

秋天的气质散淡，不失锐气，但不张扬。

杨树叶子，每天哗哗哗往下掉，铭黄色系，锦幛一般华丽，衬得原本萧瑟的秋天有了贝壳的脆响。栾树正值花期，碎小的黄花，绛红的蕊，旗帜一样风中猎猎，美好得让人想唱几句《盗御马》：御马到手精神爽，金鞍玉辔黄丝缰。左右镶衬赤金镫，项下的提胸对成双，认镫扳鞍把马上，扬扬得意我转回山岗。

前几日天色，是汝窑的淡青，衬了泾宣一样的云朵，偶有风过，慢慢地，又轻了，薄了，狂草里添了飘逸，是王献之的草书，浑然里尽是勃勃生气，仿如虫声唧唧……

也只有到了秋天，我们才能感知到，天地均在发声。近期，连日来都是阴的，沟渠旁，园林工人在割草，草汁的甜香沁人心脾，来来回回一趟一趟，闻着闻着，恍如置身深山泉林，有长风万里的辽阔。荒坡上，除了杂草，更多的是榆树、柳树幼苗，年年如此，确乎凭空长出来的。《诗经》里有“桑梓之地”这样的说法，望着这些幼苗，犹如两千年岁月滔滔而来……

最大的苦恼是屋子前后草地里野猫开始了大面积的鸣叫，吵得睡不踏实，前后窗户关起来，又闷，开一扇吧，即便用上耳塞，也阻挡不了野猫们潮水般汹涌的叫声，要到霜降以后，这些野猫们才会停止鸣叫，意味着还要煎熬一个半月，只能睡三四小时的觉，疲惫不堪。

人生苦多乐少，没有法子。

# 感 念

夜里读萧红的《生死场》，悚然而惊，行文纵然克制淡浅，却一样让你听见生命的骇浪惊涛，简直澎湃着的，是大海的波澜，一波一波于虚空里翻滚。萧红太了不起了。不清楚，她师承于谁，或可就是自然而成的一个腾空的天才。

她写一个叫月英的女子，嫁过来时很美，过后生了病瘫痪在床，丈夫起先还照顾，后来不闻不问。月英深夜里哀号，无非想喝口水……邻居们能听见，丈夫听不见。白日，村里女人们过来看她。她一排牙齿都绿了，一直九十度地坐在床上，无法躺下，下肢没有知觉，女人们挪挪她的身体，臀部下面是蠕动的白虫。丈夫想，反正离死不远了，也不要浪费了棉被，索性把她垒在几块方砖里……

萧军向来轻视她的文笔。她坐在床头奋力地写，他则报以冷语恶言的嘲笑……那么敏感纤弱的她，却有着一根无比强大坚韧的神经，面对最亲近的人的否定，却不曾对自己的书写有过一点怀疑；端木一开始也挺欣赏她的，后来也有了轻蔑的态度。她照样兀自燃烧，像极南方一年年的秋桂，难得一回的奢靡阔气，却连遭阴雨打击……简直蹊跷的事情，对于摆在面前的这么一位不可多得的宝珍，他们大男人一律无视，那么好的文字呈现出来，他们竟然一起目盲，同时失去了审美鉴赏力。鲁迅确实要高超得多，甘愿写序推荐。在用笔浅淡克制方面，恐怕连鲁迅也是自叹不如的吧。他一直挺爱惜她。那样的年代，一个女文青能被一位有着巨大声望的长者欣赏并提携，也算幸运了。所以，临死，她都还那么天真地感念着，要与鲁迅先生埋在一块儿。

萧红短暂的一生实在太苦——倘若张爱玲的一生都活在了秋天，那么，萧红的一生一定活在了寒冬，一推门，便是大雪纷飞，“鲁迅先生”只是她寒屋里一盆青灰色的炭，给过来一丝暖意。

一直在思考——书写中，我们到底需要不需要运用技术？技术与情志是相互背离的。比如下笔浅淡这一块，它到底属于技术，还是情志呢？应该是技术。一篇好东西，有了情志，却未处理好克制的技术，难免漫漶，还是失败的。那么，技术与情志同等重要，一样不可或缺。现在的新诗，大多是意象的堆叠，人人善于运用科幻一样的高级技术，却读不出一点情志，可统称为“小冰”体诗歌。情志与技术同在，才称得上好诗。有一诗人非常著名，不久前还得了一个什么大奖，几乎人人夸，我特意看了他的几组，无以共鸣。他运用了非常高级的技术堆叠意象，意象后面空空荡荡，脱不了的平庸。

一首高级的诗，是可以触及灵魂的。杜甫的诗里，我们可以看见一个悲悯苍生疾苦的灵魂，他即便缺乏李白的天才。李商隐的诗里，可以看见一个情深之人的敏感纤弱以及百折回肠。李贺的诗句波诡峭崛，怎么看都是一个激烈燃烧的短命天才。苏轼痴心不死，一直有不放手的天真，一波一波的激情让他的生命愈挫愈勇——“山高月小”的卑微，他受得；“江海寄余生”的归隐，他也心安；一次又一次的贬谪，让他写出了层出不穷的失败之书。我还是最欣赏晚年的王维，他那些诗篇，就是天地万物与小我合而为一的产物。王维的成佛之路是每一个虚心求静之人的必经之路。静能生智，比起王维来，苏轼简直是不智的，杜甫亦如是。

这是诗歌。小说呢？曹雪芹塑造宝玉，可以无所顾忌地睡丫头袭人，然后以父母之命去睡妻子宝钗，但是，宝玉的心一直在黛玉那里。灵魂层面，宝玉不仅懂黛玉，他同样是晴雯的知音……然后这一切灰飞烟灭，留给我们最后的意象是一袭红氅衬着白茫茫雪地——人生都是空的。但，置身同一个时代，刘鹗比曹雪芹更为高级，《老残游记》里，女道士逸云可以无忌地与男道士赤龙子同住一个多月。所谓精神上有戒律，形骸上无戒律，也是因人而施。妨害人或妨害自己的，做不得；若两无妨害，就没什么做不得的。当灵魂相契，倒不必拘于俗世礼节了。

好比任何形式的好的写作，大抵都是彼此寻找灵魂的相契吧。

# 油腻

很想重读《围城》，找了一遍又找不到了。李梅亭、顾而谦、赵辛楣、苏文纨、校长夫人的形象太经典了。尤其是方鸿渐回国途中被鲍小姐调戏那一场，简直是颠覆性的两性革命。苏文纨整天端着，累，特能装的一个原本驯良的知识分子，但没有法子，她不是方鸿渐的菜。赵辛楣醒里梦里都是苏文纨，可惜他又不是她的菜，导致赵后来移情校长夫人。校长夫人的气质里确乎有那么一点苏文纨的影子……但，谁又会料到命运的变迁来得如此讽刺，苏文纨最后嫁的却是四喜丸子曹元朗，典型的中年油腻男，还写古体诗。所以赵辛楣说，这女人呀，要是堕落起来就没个底！

近来，“油腻”一词很火，尤其是中年油腻男一说，油而不腻一说更是诙谐带调侃，有点意思呢。

《围城》里就没有一个囫囵人，唯有唐晓芙成了初冬的月，想起来都熠熠生辉——方鸿渐一生的心头病。

钱锺书的唐晓芙怕是赵萝蕤吧，弄得杨绛一辈子放不下。晚年，她一再书写丈夫对自己有多好，有多依赖自己……归根结底，还是放不下。这么说前辈，也未免唐突了。

扬之水的日记里提到过一笔，赵萝蕤孤身一人去弟弟家搭伙吃饭的片段……看着特别难过。陈梦家去世多年以后，有一家杂志好像是，记不大清了，请她写一篇怀念文章，她说，两千字，写不出。对方讲，那写一千字吧。

也不晓得，她后来可写了。这世间，许多事情，无法言语。

沈从文回老家一趟，走的是水路，给妻子写出了那么好的信，《湘行散记》

是根据《湘行书简》的蓝本修改的，两两对照着读，高下立见。天然的东西消失了，后者即便有语法错误，都是珍贵的。书信体是最纯粹的文体，从心而出，像小孩子吃糖，专注而不去顾及任何东西，更不要起承转合，无须谋篇布局，拿起笔，就把一颗心捧给你了。

年轻时期的钱锺书访欧，也是天天写信，不寄，攒在一起，带回来亲手交给妻子。所谓民国佳话，莫过如此。那个年代什么都是慢的，犹如木心的诗：一生只够爱一个人。

说到文章的“起”顶难写——“心上紧挤了千言万语，各抢着先，笔下反而滴不出字来”；讲英国一个哲学家的文字没火气，是“一种懒洋洋的春困笼罩着他的文笔，好像不值得使劲的”；讲另一个哲学家的东西厚、密，带些女性，阴沉、细腻，“充满了夜色和憧憧的黑影”。擅于驾驭一个人，然后才有通感，轻易把一个人给解决了。

读完学术性的论文，再去读他的信，那么多的信，给长辈写，给晚辈写，通篇文言，简直哀哀不能言。开头，总是“感愧”“感刻”，把年轻时候的傲气一下收起来了，不再随便议人长短……仿佛变了一个人。满纸悲哀。估摸着他盛年写给宋淇的那些信，是不能公开的，要不，把所有的人都给得罪了。吴兴华给宋淇的信里，议论李健吾，只懂得一门外语的皮毛，就怎么样怎么样子的了……简直，一棍子置人于死地。

宅心仁厚的人，可能都是缺乏才华的人。一个人心里的莽气必须仰仗才气一起冲出来，不然，憋得难受。

# 敦煌之行

敦煌这样的天地真是神奇，仿如置身不同时空，是小我于茫茫宇宙间又被置换至另一个星球——天空充满了魔性，永是汝窑的淡青，白云伸手可捉。一个整日追求精神高度的人突然站在沙漠绿洲，眼界一下开阔了，整个身心飞驰起来。驱车于巍峨的沙漠群山间，当金山山脉绵延千里，晨岚暮霭飘拂腾挪，有前世今生俱在的虚幻。白杨松柏苍翠迎人，如若穿行梦境，整个的旅途，慢慢变成一册唐诗，走着翻着，就到了王维那一章，并非他的盛年诗篇，而是迎来了他晚年的五言绝句，“小我”顿时与自然合体，走到哪一处，皆是“明月松间照，清泉石上流”的清寂，日月星辰天地万物有了归处，小小的我之体内生物钟被一只无形的手拨慢下来，不再焦灼紧张，只晓得默默做一件事，望天，望云，望花，望树，不停地感叹……

一直在思考，为什么人一回到城市，则显得焦虑紧张急躁，是生活节奏过快导致的吗？为什么一颗心不得安宁？而去往僻野之地，精神上的病症不治而愈，人也分外的快乐宁静。

在敦煌数字模拟中心广阔的花海间，坐在角落，托着一片紫百合叶，百合叶上放一颗露珠。紫百合既香且韧，需要一点点抚慰。望着不远处白练一般的浮云，我争取把每一株紫百合都记在心里，望着望着，情绪顿时舒缓。身边的花海映衬至心里，倒是分外寂静。望云望久了，忽地眼热，如若放逐旷野，与孤独为伴，那一刻，生命真的很空很空……人生原本如此，就应该这么简单平常地坐在白云下，静静看花。

敦煌当地的葡萄特别甜，临走，我居住在敦煌城的大姑子小姑子准备了成箱的当地时令水果帮我装到车上，还非要把一大兜葡萄都要给我捎上路上解渴吃——从家人眼睛里，我看出了她们的真心，并非驾轻就熟的虚伪客套，她们是那么真，那么赤诚，简直把一颗心捧给你了。

想起2006年，在广西偏远的一个山寨，暮色四合，一群侗族人唱大歌，天籁一般的歌声唱得人热泪盈眶……不晓得哭为何来，一种失传已久的纯粹与趋真精神重又回来，把心弦拨动。拥有蓝天碧水、干净的空气、有机的菜地良田，顺应四时节序，自然本真地过日子，从容安宁，农家村旁小溪里永远游着红尾鱼，牛羊在山坡吃草，小鸟停在花枝上——难道不幸福？我们呢？虽人均年收入数万、十几万、几十万、几百万，却总是焦虑兮兮忧心忡忡。我们与他们，到底谁幸福些，谁困苦些？

所谓的城市文明，将一个人原本具备的自然纯真的天性日渐异化——我常常听见一个人评价另一个人的标准无非就是他情商非常之高，如此这么的，所以特别成功之类的。所谓的情商高，不就是指该人左右逢源、工于心计、会来事吗？“成功”到底是一个什么样子的标准？倘若成功代表的是一种精英主义犬儒主义的文化，我宁愿把自己定位成一个生活的失败者，充满尊严地做一个情商低的自然人，惯于反省，陷于自卑。

时代的车轮跑得太过迅猛，走着走着，竟把初心弄丢了。这一趟旅程真是一场洗礼，原来，我们一味愚蠢地追求加法，却不曾去做一次减法。人，怎样才能保持一颗初心，让一条小命步上“悦己”之路呢？我们为什么自甘被所谓的城市文明所异化，为取悦别人的价值观而活着？什么叫贫困？什么叫幸福指数？一颗焦虑的心如何体味得到幸福。

那么，一个致力于写作的人，是不是也该把一颗心捧出来呢？不粉饰，不虚妄，唯有真挚，方可动人，这叫情真无敌，也是另一种趋真态度。

# 火气

“北京大爷掌掴快递小哥”的视频一夜间火了。

视频里，操着一口“京片子”的中年男人，一边不断地口出脏话，一边连连向一个顺丰快递小哥扇耳光。小哥步步后退，对方步步向前。

看他那狂妄劲儿，就猜到：这位北京大爷，混日子混得一定不怎么好。果然，后续报道说，这位李姓北京大爷，是一个个体出租车主。按家属的解释，那辆出租车，“是全家生活的来源”。车被剐蹭，心烦气躁，就出手打人了。

谁都知道，我们这个社会，尽管早已消灭了阶级。但是“阶层”这个东西，还是存在的。开出租车的，在社会上大概属于比较低的阶层了吧。工作辛苦，不分昼夜，收入有限，甚至“一日不做，一日不得食”。因为属于服务行业，每天面对各色人等，难免遇到刁钻古怪之人，仗势欺人也是有的。

我就听说过有人因为嫌出租车师傅收音机声音大了点儿而暴打师傅。我这么说，绝没有歧视出租车师傅的意思。相反，我对服务行业的人充满尊敬。他们付出了很多的辛苦和委屈，让我们享受到便利体贴的服务。

这个社会能有条不紊地运转，是因为有各行各业的人在干好自己该干的事。哪一行都不可或缺，值得尊敬。

但是，人性总是复杂的。

一个人身处社会底层，尝到各种世态炎凉，生存困难，人际关系紧张，不太受人注意和敬重。日子久了，难免有人会心理不平衡。凭什么我在这里挥汗如雨，还要对你赔着笑脸，才挣来块儿八毛。而你一副傲娇的样子，打一通电话就是上百万的生意。凭什么我买菜都拣最便宜的，穿衣服都是地摊货。而你一身名牌每天燕窝鱼翅的，见了我还要皱皱眉头嫌弃我的汗味儿。

如此等等。负面情绪积累日久，又找不到机会宣泄出去。心里就有了一颗不定时炸弹，遇到一点小事，就爆发了。

比如这个开出租车的北京大爷，平时已经觉得自己混得不容易，心里充满怨恨，恨不得随便找人来发泄一通呢。正好，快递小哥不小心剐蹭了他的车。这下如同装满火药的炸弹终于等来了引线，一点就着，“轰”的一声火光冲天，脏话耳光什么的直接就来了。北京大爷的潜意识里，也觉得“快递小哥”属于“比较低的阶层”吧。至少，比自己所在的阶层要低，工作更辛苦，社会地位更不高，手里没什么资源可以自保，何况还只是个二十出头的孩子。也就是说，他觉得快递小哥比自己更好欺负。打了又怎么着，打了也白打！谁让你蹭了我的车？

等这个口实等了多少天了，手掌想打人都痒痒了。

我欺负你是因为你比我更好欺负。很多人将不公转化成一种戾气。他将自己受到的不公积压在身体里，装得满满的。他不消化也不分解情绪，而是总在伺机寻找出口，在遇到比他弱小的人与事的时候就会爆开。

这种人不与他打交道时感觉不到。一旦与他发生某种联系，尤其是一旦他认为你伤害了他，触及了他的利益，那种戾气，铺天盖地就来了。

此前报道过很多此类的例子：

因为争路而怒摔婴儿；

因为年轻女孩路过拾荒老人的车子时嫌弃地掩鼻就被对方残忍割头；

因为女司机别了自己的车就暴打女司机；

因为求爱告白被女孩子拒绝就百般刁难；

因为与同村老人有过口角就将对方孙儿强灌硫酸；

因为嫉妒同村的邻居家的孙子比自己家孙子聪明伶俐就将邻居家孙子活埋……

可怕的是，这些充满戾气的人，总是振振有词：

因为社会不公。

因为对方有错在先。

因为你们看不起我……

这些人其实是长期的心理不平衡致使心理有点扭曲了。他们根本没有“控制情绪”的意识，一旦哪天情绪不佳，遇到哪个倒霉蛋惹着自己，那就是大事了。

这位打人的北京大爷正是如此，内心负能量爆棚，整天都心烦气躁。刚好快递小哥撞到枪眼上，挨了他好几个大嘴巴，冤不冤。

退一步想，幸好只是几个大嘴巴。

若当时这位北京大爷火气再大一些，或者这位快递小哥也年轻气盛又同样心理失衡，不定发生什么更惨的事儿呢。



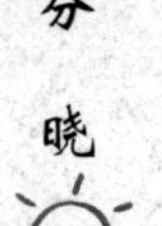

# 回味

一直向往秋天的东北，绿皮小火车穿行在莽莽苍苍的白桦林间，人依着车窗张望。秋天的白桦林是列维坦的画——高尔基说列维坦的才华不是一天天在生长，而是一秒秒在增加。还有新疆的南部，从图片上获悉，这个季节，所有的树都将变得妖娆，红得着了火似的，黄得令人落泪——看着这些树，别有一种痛感，是把自己点燃了，给季节取暖吧，那么不顾一切地燃烧，透过树顶的，是蓝得辽阔的天空，树下水流潺潺。

也曾许诺孩子，总有一天，带她去拜访大海、草原，以及一些辽阔之地。最好是深秋出发，沿着额尔古纳河，进入草原腹地，再转南疆，然后往东南方向的大海……蜿蜒的额尔古纳河水是钴蓝色的，因为清澈，把辽阔的天空都装下了。

二十世纪八十年代末和爱人去南京秋游，站在中山陵的台阶上，正暮色四合，望远处，层林尽染，落日浑圆，山风阵阵，胸腔里鼓荡的不免有“指点江山”的虚妄，可惜“滚滚长江东逝水”是望不见了——在中国，走到哪里都逃不了雾霾的包围，但极目处参天大树多少给了人安慰。仰头，树阴遮天蔽日，法梧，雪松，水杉，乌桕，梓，枫，槐，柏，杨……远处缓坡大面积的芒草，沼泽里的残荷，都是风景。我们坐了托马斯的小火车下山，右拐的一条岔道，通往明孝陵，让人恋恋，期望有机会再来。下山，路灯已亮，一对新人着繁琐的婚纱，在昏黄的灯光下拍照。

车过南京市区，南边中航那条路，植有四排梧桐树，高耸的梧桐，于视觉上异常奇幻，车行其中，如穿隧道，格外幽深。那些叶子将枯未枯，风徐徐而

过，仿佛为一场盛大的谢幕做着准备。南京的气质一如既往地出众，树，城墙，建筑，河流，几相辉映，到底透出了一种文化底蕴。相比较，我所处的青藏高原小城未免太土了。六朝古都的气质是沉淀下来的，并非十年五载就能打造出。十几年前，我在青藏高原小城八一路吃小笼包、鸭血粉丝。店家把醋碟放在笼屉里与小笼包一起蒸，端出来，白雾茫茫，竹夹子把洁白的醋碟夹出。这个意象，我一直记得。那年不是深秋，市区街道上的白杨树叶还是那么绿。我跟爱人坐车穿过绿树成阴的街道，街道上长满绿树。那一路，仿佛每一个好听的站名都饱含着历史底蕴。而今，拖家带口着一起来，只是多了疲惫，但似乎激情未减。

深秋的南京一直留在我的记忆里，回味了再回味。

# 浅 夏

就是这样的季节，浅夏，春夏交替之际，实在美好。月是弯月，颇瘦，宛如女子的细眉，只一撇淡淡扫过，挂在半空，你在杨树下一圈圈地来回，与其说是散步，不如说是在冥思苦想，甚至忘了自己，只有身体的影子被路灯光拉长拉瘦，特别单薄地贴在地上，一点点地移动——原本你就是睡在季节的列车上的，在一个深夜，悄悄来到了一个叫作“立夏”的季节小站。

我的生日就在立夏过后，所以对立夏节气格外青睐。今年的立夏时节，我恰好在四川绵阳陪伴父母，每天和各种鸟儿为伴。有几对燕子在房梁安家落户，一天里进出无数，勤劳地筑巢搭窝。

还是把目光投向乡下去吧，原本就是一个晴耕雨读的农业文明的古国，我们的根都在僻野田畈之中。

这个时候，中国大面积的油菜该动镰了。在城市的菜场里，豌豆以及蚕豆开始售卖了。一直记得的，每每豌豆上市之际，便是油菜动镰之时。大面积金黄的油菜，叶子悉数落尽，唯剩下饱满的籽实，沉甸甸的，密不透风的，犹如列维坦的画。小时，在乡下，赞美一户人家的油菜长势良好，用这样的句子形容：可以在油菜秆上滚鸡蛋都落不下去。而今想来，农人的话语实在传神，鸡蛋滚在油菜秆上都落不下去，就表明油菜结的籽实该有多么繁而密，一亩地能收近千斤，可以榨出许多香油来。

立夏时节，豌豆正当令。每到这个时节，总愿意买一两斤回来，挑皮壳泛黄一点的，老一点的，剥来煮豌豆饭吃。米，最好是糯米。把锅烧热，浇点隔年的菜籽油，切点腊肉丁，爆香，依次下洗净的糯米、豌豆，挥铲搅拌几下，加点水，没过糯米为宜，大火滚开，改为文火，慢慢焖至十几分钟的样子。揭锅，香气扑鼻，这香气里，有腊肉的咸香，有糯米的韧香，更夹杂了豌豆的糯香。倘若在乡下，更好——焖煮豌豆饭，以大灶为宜，灶洞里烧的是松柴，哔啵作响，松香飘得满屋皆是，用余火慢慢焖，焖出一大块黄锅巴，嚼在嘴里，香味可绵延余生……

立夏以后，日子更长了，太阳怎么也不落下去。漫长的夏日，浓阴匝地，燕子可真的回来了呢。黄昏，在池塘里点水，俯冲而下，自水面浅浅掠过，身姿何等美丽，把睡莲都看傻了。一年里最美丽的，除了草木皆发的春天，就数这夏日了，立夏前后，也是《诗经》里所言的“燕子来时”吧，自人类的家里出双入对的，要搭窝了，要生儿育女了，鸟类的天伦与人类的天伦是一样一样的。夫妇俩感情甚笃，你侬我侬，选好一个祥和人家，在其房梁安家落户，一天里进出无数，衔来枯枝稻草泥土，以唾液和之，搭出一个半月形窝，不几日，雏鸟张开硕大的镶着黄边的嘴儿，迎接爸妈衔来的虫子，又几日，都呼啦啦长大了，可以飞了。乳燕学飞的过程何等惹人怜爱呢！

你可曾忘了儿时站在房梁下看乳燕学飞的懵懂？当下忆及，不免心惊。

在微信里看到朋友贴出一对燕子在自家房梁做窝的照片，看着那些黑色精灵上下翻飞的仙姿，特为留言道：燕子只去祥和之家，可见你们夫妇感情好，平素肯定不吵不闹……

在这样的浅夏，谁不曾渴望有几间坐落于村野的房屋，把家里打扫得窗明几净的，只为迎接一对燕子来家做客。

春去了，浅夏又回，犹如梦中，燕子的呢喃纷纷落落，把人带回遥远的过去，那是古老的中国，而季节的列车从未停歇过，它不知疲倦，呼喳呼喳地一路开了来，山河，还是旧山河，这个站台也是古老的，纷纷攘攘地，有旧气缭绕。

季节站台的牌子上写着“立夏”两个字，再往前，走一站，就到“小满”了。

# 偶 遇

逛街，偶遇泛泛之交的小芪。这妞还是一脸惨白油光，一张血红嘴巴，看起来红红白白的，细看脸色发青，想必是墙体抹灰现象严重！

“亲爱的，我还以为你失踪了呢，根本找不到你，电话打不通，QQ 不理，微信不回……”声音还是那么甜腻得瘆人。

我退后一步，笑眯眯地说：“我没失踪，你找不到我是因为我把你拉黑了。”

小芪一怔，显然很尴尬。我倒是很淡定，依然笑眯眯地看着她。

她当然知道我为什么会拉黑她。

总有一种人，凡事只考虑自己的所图所利，根本不考虑别人是否接受。

小芪就是这种人。

小芪好多年前在一个企业单位打工，后来跳槽了，也不知道她后来的去向。大约去年夏天，在商场里，我们偶遇，小芪很是夸张：“哎呀，姐姐，几年没见，你怎么老成这样！”我心想：“你比我还老！我老不老和你没有半毛钱关系！”我淡淡地说：“你可是第一个这样说我的人，没听谁说过我老！”她热情地要了我的手机号，因我的手机和 QQ、微信都是绑定的，随之就加了我的 QQ、微信。我还真不好拒绝！

这次偶遇带来了灾难。

从此后我就没安生过。几乎每天她都给我打一两个电话，内容全是“姐姐你的皮肤真的好差，快来我这儿我给你上上美容课，再配一套适合你的护肤品！”QQ、微信也是，被她的某某牌化妆品的广告不停轰炸。据她介绍，现在她已经是某某品牌化妆品的“顾问”了。我反复表示抱歉，我实在很忙，没时间去上什么美容课，并且目前我使用的护肤品挺适合我的，没必要再去换一套。但是无论我如何找理由，她总有本事一一击垮，比如她说她可以上门来我家单独为我上课，或者她来接我去她那儿……这真像梦魇。后来发展到手机一响我就紧张，QQ、微信点开之前先要祈祷一下。

再后来我不胜其烦，干脆一狠心，拉黑了她。

其实原本我可以考虑抽时间去听听她的什么美容课的，假如她不是那么急吼吼咄咄逼人的样子。她那恨不得一把抓住我硬塞给我一套化妆品的样子让我害怕并生疑——敢情她就为从我身上赚一笔提成，而不是像她所说“我会让你变得更美”？



何况她那张总是泛着惨白油光的脸，以及那张血红嘴巴。“看，我用的就是某某品牌。”这下我更要逃了。

拉黑她后，我清静多了。

还有一种人，自我感觉总是良好，以为自己是全天下最让大家羡慕嫉妒恨的人，恨不得 24 小时直播 TA 的美妙生活。早晨刷个牙洗个脸也要对着镜子做个鬼脸发到微信上，然后中午在街上吃个盒饭也要发上来让大家瞻仰。

此处真想骂大街了。你那个鬼脸不是可爱是难看好不好！一堆横肉，一脸雀斑！你那个盒饭看起来就让人倒胃口，连点青菜都没有，旁边的例汤看起来像刷锅水。你的日子真惨到这个地步了吗？

或者，你以为大家跟你一样都是偷窥狂，想 24 小时偷窥别人刷牙洗漱吃饭？有点变态是不是？

不想看，真的不想看。要么就在朋友圈发一连串的微消息，或者好多张自拍，还不忘提醒你点赞！

还有那种，每天发链接让你为 TA 儿子女儿或者七大姑八大姨投票的，每天像个愤怒的群众一样骂国家骂政府连门前的垃圾箱都骂却提不出哪怕一条改进建议的，每天无数条养生知识搞得自己都不知道该早晨吃药还是晚上吃药的，每天各种牢骚抱怨叽叽歪歪负能量爆棚的……看这些东西简直就是身处垃圾场，让人各种讨厌各种不愉快各种不爽。可恨的是发这些东西的亲们毫无知觉还乐在其中。

不过也可能他们其实知道大家不喜欢这些东西，非要发上来不过是厚脸皮罢了。

于是就各种拉黑。“不让他看你的朋友圈，也不看他的朋友圈”，设置完成时心情那个好啊。世界太平，艳阳高照，心情顿时爽歪歪！

没错，因噎废食是傻瓜干的事，不能因为人家发个你不喜欢的东西就咔嚓一声拉黑人家从此老死不相往来。所以我的原则是，超过一个月我还是讨厌他，那么就“推出去斩了吧”，生命短暂，实在不值得花时间去忍受这些东西。

当然也常有人发现我拉黑了他们。但那又怎么样，点赞之交何必去费力讨好，频率不同干吗要强求共振？所以，没错，我就是把你拉黑了。

# 珍藏

某日晚餐，闺蜜来格，提议喝一碗小米粥。食罢，又去逛时装店，逛超市。闺蜜背包里装着我送她的两个超级大的陕西黄桃，看她背着沉重的背包，万分珍视的样子，我有些许感动。回家想着在沙发上歇息五分钟……哪知这一小憩，便再也起不来了……胃疼忽然来袭，那滋味无比熟悉，犹如吃过大寒的螃蟹引起的不适感。原来我的胃——寒湿到连吃寒性小米粥也不能的地步了，这是40多年酷爱吃甜食的结果。准备熬点姜糖水，真是疼得来不及，立即挖了两大勺蜂蜜冲水喝，以求快速缓痛——无比神奇的蜜水，刚喝下几口，疼痛感便缓解一点，待把半杯全部喝尽，疼痛感恍若影子般，也是若有若无的，淡淡的了。

早些年，朋友出差东北带回来的五斤椴树蜜，我无比珍视，平素舍不得喝，留给内火旺的女儿，每天放一勺至早餐奶中给她消火。

大家心照不宣，超市里几乎买不到真蜜的，曾经喝掉无数假蜜。假蜜，太甜，甜至发齁地步，简直是傻甜；真蜜，微甜，刚一入嘴，一股植物的清气冲过来。一般人，闻不惯。

是的，这个世界上，我以为的——最美好的甜，当然来自蜂蜜。

蜜蜂作为甜的制造者，值得人类歌颂。采百花而酿甜蜜，辛勤劳苦，兢兢业业，为的是未雨绸缪，给自己储备着用的，哪曾想被聪明的人类掠美了去——真是弱肉强食的世界啊。

蜜蜂太过勤劳，孜孜不倦酿得太多了，假若我们人类不吃它们的蜜，它们自己怕也是吃不完的吧。

多年来，一直受消化系统之困扰，看过一些医书，皆建议早水晚蜜：早晨空腹喝温开水，促进消化；晚上临睡前一杯蜂蜜水，养胃。早晨的温开水倒是容易坚持，但到了晚上，基本上就是一碗粥，或一碗面条，再喝蜂蜜水的话，胃便显得胀了。这理由也是，也不是——主要是真蜜，太难求了。

曾经在四川一个叫黄龙溪的小镇，看见山里人售卖野蜂蜜，一块块，玛瑙色泽的，透过太阳，泛着宝光。那一块块巨石一样的野蜜里，不均匀分布有气泡一样的小白点，闻之，清香。可惜路途遥远，携带不便，擦身而过了——野蜜那样的光泽接近琥珀色，也似玛瑙，黄溜溜的，无比坚硬，要爬到多高的山，才能采一点回来呢，甚至冒了生命的危险。东南亚人去巨崖上采燕窝，同样冒了生命危险的。我觉得，后者可吃可不吃——人类因为贪欲，不惜损毁小精灵燕子的窝，原本就是野蛮的行为，不值得推崇——要说养颜，桃胶、猪蹄同样含有大量胶原蛋白，一样养颜。燕窝大抵是阔太太们、明星们的座上客，不值得炫耀。

蜂蜜才是平民的，透着普世的气息。但，随着工业化的兴起，那种成批量的车间生产早已被虚假所替代了。曾经因为无知，吃了两三年之久某著名企业名下的掺了大量黏稠剂的假蜂蜜。这批蜂蜜里，竟然还标注有一款——天山雪莲蜜。后来被懂行的人揭露，蜜蜂怎么可能在低温的天气里飞去那么高的海拔去采雪莲花的花蜜？蜜蜂冬天是不采蜜的，它们躲在窝里过冬，春天才会飞出去采花蜜——这是常识。可是，无良商家却偏偏敢于反常识的宣传——是因为低智人群太多的缘故吧。我曾也是低智人群中的一员，不晓得花掉多少冤枉钱。

目前的中国最为缺乏的是诚信和品格，而执意做一个老实人就需要无尽的吃亏。也不知这列崩塌的火车开到哪里，才是尽头。

前些年，有一阵子，网购新西兰蜂蜜，价格昂贵。

多年以前，一位朋友说要送我非洲蜂蜜，我婉言谢绝了。无功不受禄的心理作祟，最怕欠别人的人情而还不起。

还是这位朋友，曾经寄过黑巧克力来，是歌菲颂的牌子，我珍藏了很久。

嗯，这个世界上，第二美好的甜——当然来自巧克力。是夏天，寄到我手里时，所有的巧克力皆融化成了一坨，我把它放在冰箱里冷藏一天，迅速变得坚硬。只是，吃相，颇不雅观——需要抱着一大坨巧克力，啃一口，再啃一口，鼻头上不得不沾上黝黑的巧克力屑，小丑一样。因为好吃，顾不得及时擦掉。那是至今吃到的最纯正的巧克力，丝滑柔软，云一样轻盈，渐于舌上化为虚无，是要感念，也是要抒情的，可是，又无从说起。起先简直有一丝丝苦意，悄悄地，过渡到甜里。苦与甜之间，有一根抒情的纽带，适时牵绊着你，自此岸到彼岸，需要一点点地探索。

巧克力的甜，是没有边界的，唯有纵深——有一种建立在味觉之上的深邃无底，让你思考，回味，品咂……无论如何，无以将其命名。巧克力吃到后来，忽然有忧伤——这个世界上，何以有如此尊贵的美味？它是如何制造出来的？不及几日，就把那坨巧克力啃完了。我的口腔里分明流淌了一首钢琴曲，应是肖邦的夜曲，或可是一种花香，无时无刻地弥漫。

无比怀念那坨“云一样轻盈”的虚幻，纵然消逝如浮云，却又深刻地印于脑海。彼时，我颇不善于与人交往（现今亦如是），充当的总是话题终结者的角色。我们的一生，因为机缘，可以遇见许多朋友，但，慢慢地，也都散了。

关于甜，让我又一次想起这位朋友。那时节，大家平素交流，习惯 QQ 交流。现在微信交流，格高一点？但，自从 QQ 交流突然宣告终结，我的许多朋友，一并沉之于海了。

女儿无比贪恋甜食——无非平常做一碟糖排，或者一碗拔丝带鱼。女儿小时候，我做各种各样的甜品小点心。现在做这些甜口，颇繁琐，也没时间侍弄，更没心情。很久不做这几道菜了。等明年到省城，再接着做给家人品尝。

近年，可能是味蕾退化之故，渐渐地，有一点点贪恋甜口。冬天，喜欢煮点银耳莲子羹，加黄冰糖，熬到粉糯糯的程度，银耳舀到勺子里，颤微微地抖动，夜里喝一盏，胃里妥帖舒豁。

这世上第三美好的甜，应该来自我家乡的山芋糖稀，承载了一个人整个童年的甜蜜记忆。每逢腊月，家家熬山芋糖稀，用它来做炒米糖。以麦芽作引子，经过漫长的加工程序，然后在一口黝黑的大铁锅里羽化出澄澈透明的糖稀，舀一口，仿佛一生的甜蜜都集中在舌尖上，慢慢滑入胃囊，连肠子都感受到了甜——不然，肠子为什么要呱呱呱地叫呢，它被甜得在腹腔里跳舞吧。

与外婆一起生活的童年，依稀记得，家里来了客人，她便去碗橱里拿出糖罐，挖几勺红糖，以焦褐色糖水招待客人。作为那个年代最为有情有义的待客之风，思之怃然。或者，打三只溏心蛋，也是加了红糖的，端给客人。家人也曾回忆小时候偷吃红糖的经历——趁家里没人，悄悄钻至厨房，搬一只小木凳垫脚，才可够着碗橱，飞速旋开糖瓶盖，把手伸进抓一坨已然结球的红糖，一把塞入嘴巴里……二十世纪七十年代的记忆里，无论城市，抑或乡村，糖均是稀罕之物，一直是短缺的，需用糖票购买。

八十年代的上海大白兔奶糖，也是一代人的心水之物……这些甜一直被珍藏于岁月深处，一点一点地发酵，羽化，早已踏上登仙之旅。还有什么可说的呢，不说也罢，都在记忆里了。

你我心底都拥有一段关于甜的记忆，纵使人世的风雨几番洗礼，早已青苔历历。

# 诠　释

作为一个“会写文章”的人，我经常会遇到这两个问题——“你每月能拿多少稿费啊？”或者，“你写的那个谁谁谁的事儿，是真的吗？”

每次我都要想半天，但还是不知道该怎么回答。因为要说清楚这两个问题，真是孩子没娘说来话长。并且，说着说着我就会想哭了。

好多年前，有一次我刚在电脑上打出一篇小说的第一句话“那晚我们在林中漫步，你不言来，我也不语”，立即就有人追问：“你喜欢上谁了？你老公知道吗？”我简直无语了。

我总不能给她上一节关于小说的普及课吧，小说是可以虚构的，“我”也不是“我”！小说中的“我”是特指，不是详指。

她会以为我脑子有问题了。

类似的笑话不少。有人看了我的小说后跑来找我，吞吞吐吐半天后忧愁地看着我，“你以前——真的和患抑郁症的人同居过？还打过胎？你老公知道吗？他不介意吗？”

或者，“你写的那个谁谁谁我认识，我们关系还不错，没想到她是那种人，背地里跟领导有一腿，恶心死了！”

还有，“你的三舅——他的老婆找回来了吗？他们现在离婚了吗？”“谁谁谁”“三舅”只是我小说里的一个人物而已。

我总是无语。给她解释，简直就是鸡对鸭讲，永远讲不清楚。

我写的文章都在自己最熟悉最真实的生活中，在只言片语间觅得对生活对生命对时间的照察。

我写文章只是解读诠释这个我自己生活的世间而已。

再说说稿费。该怎样才能让你明白，我喜欢写文章，我也喜欢钱，但并不代表着写文章就是为了稿费。中国的稿费标准很低你知道吗，低到我经常不好意思去取。而且版权意识很差，很多报刊是根本不给你稿费的。

我写文章，只是我愿意写，喜欢写。偶尔能得到几百一两千的稿费，那是意外之喜，不要真以为能靠写作养活自己了。顶多吃几顿火锅。

你还不理解的话，你听说过起点、晋江、红袖、榕树下这些网站吗，每天有那么多人在这些网站写文章，一分钱没有，他们还是热血沸腾乐此不疲。

没听说过这些的话，有人几十年来每天一篇日记从不间断，又是为了什么。死掉以后让子孙拿着日记去换钱?

还不理解的话，那么，现在，你正在看的这篇，也是没有一毛钱的。

但是我愿意写，那么多人愿意写，还真的不仅仅是为了钱。相比较小说，我更喜欢写散文，几十年来专注于在散文领域内耕耘。我的散文，一类是近似日记的记录之作，一类是敏感心灵捕捉一瞬的再现，一类是阅读之后不得不说的带有评论性质的随笔。

因为大量的阅读，我写的关于心情的文字自然而然要比粗鄙草莽之人更为繁多更为纤细。

写作，只是我们的一个宣泄情感的出口。世界太拥挤纷乱，需要一个出口来到达另一个空间。

写作，只是我们的一个随身小音响，我们用它向世界介绍自己，向其他人喊话，打招呼。

写作，只是我们一种自我放逐。人不能整天囚禁着自己，喘息困难。

很多人认为写文章是“不务正业”，尤其是个别单位领导。

领导最喜欢看你整天在电脑前忙个不停的样子，哪怕你是在装样子混日子。

他最不喜欢你干“与工作无关的事”，哪怕是在下班时间。

你的文章发表了，收到样刊了，收到稿费了，他第一个想到的不是你多么辛苦写文章，或者“我的部下多有才”之类的，而是“竟然还有时间不务正业?

看来工作量还是太少了”。于是心里各种不爽。

好几年前，曾有人对当时我的领导说，“她还写小说写散文呢，写得不错”，领导斜睨一眼，满不在乎地说：“还挺会自娱自乐嘛！这是不务正业！应该把聪明才智多用在工作上！”

说实话，当时心里真有点难受了。没错，写文章，说到底是一种自娱自乐，但，没必要说得这么直白，这么蔑视吧？我写文章耽误工作了吗？有哪项工作我没完成？

你还别不信，咱俩换活儿试试，你的活儿我多半能学会，但我会写文章，你不一定会写哦。写作这回事，不是每个人都能干的哦，写作是要有天赋的哟！

我还遇到过，有人仰着下巴说，“哟，文人啊，才女啊”，我们青海湟源老陈醋的气息扑面而来根本挡不住。

其实那是羡慕嫉妒恨吧，看我时不时地收稿费，看我总有杂志社邀请笔会，还邀请出书！

敢不敢说句真话，其实你羡慕得要死——不然为什么你给你家孩儿报了什么写作培训班，孩儿在报纸上登出个小豆腐块儿就恨不得裱起来供在你家中堂？

别人羡慕嫉妒恨，怎么说呢，嘿嘿，滋味挺爽的。

我就写了怎么了，我就不务正业了怎么了，有本事你也写一篇看看，你也收一张稿费单看看。

最近，听说我要出书了，马上就问我：“哟，你要出书了啊，你成为著名作家，我们也跟着沾沾光啊！”我心说，写不成三毛又怎么了，我这辈子写不成三毛，成不了著名作家，但你永远也写不成我的水平。怎么着吧。

话虽如此，还是得低调点不是吗，我的QQ、微信朋友圈，全都把我的领导屏蔽掉了。在单位，我就是那个整天盯着电脑忙个不停的好职工。

我们现在这个领导，说实话，人不错，从没为难过我们。我就不屏蔽掉他了，把有的领导屏蔽掉还有点歉疚感呢。

会写文章的人应该是一本百科全书。

这奇怪的论点是综合周围很多人的看法后综合得出的。

前几年不是有个节目叫《开心辞典》吗，王小丫主持的那个。我们全家人一起看的时候，老公和女儿总是扭头对我说："哎，你去参加节目吧，肯定能拿大奖。"

还有人会请教我一些千奇百怪的问题："蚯蚓有没有牙齿？""乌龟是怎样撒尿的？""莫代尔的面料和纯棉的有啥区别？""村上春树明年会不会得诺贝尔奖？""被鬼附身时是怎样的感觉？"

我统统不知道怎么回答。因为我真的不知道。

但他们会说："你怎么会不知道？你不是会写文章吗？"

这是什么理论，会写文章就应该天上地下全都晓得？

有时想想，自己先笑了。

多可爱，这些人。

他们是我的亲人，父母家人，或者我的同事、朋友、点赞之交，萍水相逢。

一旦他们知道我"会写文章"，自然会有天然的好奇。

"会写文章"的人，似乎和常人不太一样吗？

他们散发着一种独特的气息，气质独特，具人性光辉的综合之美。像南方的某种植物，浓烈，幽暗，敏感，脆弱。有时疑神疑鬼，有时感怀伤逝，有时又大笑大哭。这种气息，使他们很快地在人群中被人认出来，尽管他们拼命伪装。

因为，他们比一般人更爱憎分明，体味周遭世界的眼睛耳朵还有鼻子都更加敏锐，这使得他们有时看起来像是神经不正常，大开大合，瞬间雨住云收。

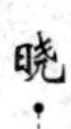


现在我已学会了和世界妥协，更知道了"一切皆有可能"。意思是，什么样的问题你都有可能遇到。

所以，常常问我稿费和"那个谁谁谁"的人，我爱他们。这至少证明，他们注意到了我，想了解我。关键的是，他们没有丝毫的恶意。他们只是好奇。

所以，尽管我仍然不知如何回答这些无解的问题，我仍然爱他们。他们也活在我的笔下，鲜活鲜活的。

# 外 婆

小时候，每一次，当乞讨的老人走到我外婆家，外婆犹如见了多日不见的亲戚，急急迎上去：来来，老人家，家里坐。乞讨的老人仿佛不好意思，窘迫地移动步子，坐到我外婆从大桌肚里抽出的条凳上，略显局促的样子。外婆从灶屋端出一蓝边碗白粥，上面盖着香喷喷的腌豆腐渣……乞讨的老人简直要哭起来，他想说什么，可是偏又说不出什么来，把头埋得低低的，静静喝粥。外婆在一旁跟他絮话：老人家高寿啊？家里有几个儿女？你是哪个庄上的？走这么远，真是辛苦了……

年幼的我，一直疑惑——是不是所有乞讨的老人，都是我外婆的远房亲戚呢？不然，外婆为什么都那么热情地把他们迎到家里来？别人家都是盛一碗粥倒到老人的瓷缸里，唯有我外婆让老人坐在桌子那里吃完，粥上还放了菜。腌豆腐渣非常适合老人吃，我也爱吃。记忆里只有过年的时候，才舍得磨一点黄豆，打几块豆腐，剩下的豆腐渣腌起来，平常都舍不得吃，偶尔掏一点出来，搁饭头上蒸熟，算得上一道好菜了。

我外婆就是舍得给。可是，家里也穷得很。四十多年过去，至今犹记——腊月里，来家上门讨债的人一直坐着不走的尴尬场景。外婆给舅舅盖了六间瓦屋，窘迫得连瓦匠的工钱都付不起。可是，但凡锅里有吃的，她照样给予别人。

后来，我长大了，终于明白，外婆时时给予别人尊重，她从不让别人难堪。虽然落魄到乞讨的地步，但，所有人在精神上都是平等的。外婆不识字，她说不出这些道理，但，她自有一颗善良的心，这就是佛所言的大爱吧。

那个村子里，无论大人小孩，一律喊外婆“大妈妈”，长大以后，每每我回去，他们总是老远就喊：大妈妈家的小姐姐回来啦！

童年的记忆里，觉得人世如此美好温善，也隐隐感觉得到，一村子人都敬重外婆。她一生施恩与人不求回报，连带着她的这个外孙女都一同被别人喜爱了。

而如今，外婆早已不在了。

外婆高寿，活到 96 岁高龄，无疾而终，没遭许多罪，是应了那句天佑良人吧。我居住的青藏高原海拔高，不是宜居的城市，我一直心生歉意，怪我彼时年少无能，不能把她接到城里负担。曾写过一篇怀念她的文章——《我的外婆》，写了一上午，边写边哭，简直哭昏过去。有一年，也是春天，我忽然跟妈妈谈起外婆……眼泪汪汪地说：为什么外婆要离开我们？我再也没有外婆了！

二十世纪八十年代末，父亲带着我和四妹回老家，外婆高兴得每天亲自下厨，乐颠颠地进进出出，我也总是陪着外婆陪她说话，祖孙之情胜过千言万语。

有一天在电视里，徐静蕾对着镜头说：我是奶奶带大的……她死后，我的童年就结束了……徐静蕾的眼泪在眼眶里打转……那一刻，我忽地又想起外婆，泪水潸然而下——祖孙之情胜过世间一切情感，它永远留在我们的生命深处——那是一个巨大的创口，永无止血的可能，即便我们一年年老去，稍一碰触，依旧痛楚难言。

童年的视野决定了一个人一生的底色。年岁渐长，越来越忆旧，所有的场景均离不开外婆的那个村子。这个村子在我的精神版图里愈见广阔，堪比星空和大海。



给我们楼前打扫卫生的是一个老人，在这里做了好几年了。她总是穿那种早已失传的蓝色褂子，这样的褂子依稀记得外婆也有一件。每一次看见她，便觉得亲。

家里空出的饮料瓶、鞋盒、纸盒什么的，我一律放在门口留给她。有时，她没来，我就藏在暖气房里，等她来拿。间或，偶尔下楼扔垃圾，但凡她打扫的时候，势必要接过来帮我拎到垃圾箱去丢掉。每次都不好意思，让她以后不要再拎了，我自己会拎的。她总是不听劝。

一次，急匆匆送孩子上学，忘记将门口的垃圾袋拎出去。等我回来，她在小区草地水龙头边正洗着拖把，我一眼看见我丢弃在垃圾袋里的一瓶泡椒静静蹲在她身边，遂急忙说：阿姨，这个不能吃了，你丢掉吧，口感非常不好。她不依：可以吃的嘛，我拿回去炒菜！

我像个做了一件错事的人，无奈地回到家，在阳台上看着她奋力捶洗着拖把，内心万分难受——为何世间，仍有贫苦之人——别人丢掉不要的东西，她要重新捡起来？

上午的时候，只要在家，她拖地拖到门口，我一听见动静，总是特意把家门打开，跟她说一会儿话，把新做的点心送给她。她把拖把斜撑在那里，两手搭上去，缓一缓劲的样子，她的脸上洋溢着被人敬重的幸福感。

有一回，我买菜回来，外面下了雨，她刚拖好楼道，我的自行车在地上留下了两道泥印子，我慌忙向她道歉。她嘴里说着没事没事，又要拖第二遍。我说：不必了，人来人往的，一会儿就踩脏了，别再拖了。她又把拖把斜在那里，深情地叫我一声：大姐啊，你人真好啊！有一次，我都出去了，你们楼上有个男人粗声大气地把我喊回来，非要我再拖一遍，说是没拖干净……我安慰她，叫她不要生气。

我对她所做的点滴，皆是发自内心的自然，没想到那天，她竟激动地赞美：大姐啊，你人真好啊……不晓得为什么，愈是处于窘境的人，我愈发对他们尊重——对于单位打扫卫生的大姐，也是如此，总是把报纸、纸盒送给她，每回见着都主动打招呼。像我这样的木头桩子性格，即便在电梯里见着领导，都不愿吭一声的，也算难得了。或许，自小受外婆耳濡目染，渐渐地，我的血脉里有了外婆的遗传，早早便懂得，要给予窘境里的人以尊重。这并非刻意去做，而是发自内心的惯性。因为我们每一个人都是平等的，每一个人的尊严都在高处。

# 尊　严

早年看一个地方台的什么什么“幸福”的节目，有个九岁的小姑娘怯怯走上台，说出她的“幸福愿望”——找到自己的妈妈。在主持人的耐心引导下，小姑娘慢慢说出这个愿望的由来——三年前，妈妈抛下重病瘫痪的爸爸和不足六岁的自己，跟别人走了，至今杳无音讯。小姑娘说，爸爸的病越来越重，没钱治疗，大家都说他可能快死了。她希望能找到自己的妈妈，回来看看爸爸，给爸爸治病，洗衣，做饭，照顾他。

全场静默，角落里的钢琴师不失时机弹起了悲伤的曲子。镜头急急摇过台下的观众，找到一个正在用手指擦眼睛的姑娘，立刻定格，那姑娘没流泪，只是擦了擦化了妆的眼线。镜头赶紧摇开，捕捉到台上的小姑娘。拉近，放大，定格。

我已经在叹气了。主持人配合着忧伤的钢琴曲，问出了我知道他要问的话：“你想妈妈吗？”一阵静默。我当然知道，此时小姑娘一定是咬着嘴唇，垂下眼帘，泪水就像雨后的池塘，慢慢涌上她的眼眶。镜头捕捉着她含泪的双眼。

然后又听见主持人在问：“那你是怎么想妈妈的呢？”钢琴声停了，小姑娘似乎是想了一会儿才说：“我想晚上和妈妈一起睡觉……想妈妈给我做饭……想妈妈拉着我的手送我上学……”声音越来越小，越来越慢，最后终于哭出了声，抽泣声一下下打在我心上。

主持人大概终于松了口气。煽情完成，目的达到。

不这样煽情，怎么打动观众的心，怎么让台上一边坐着的爱心人士们慷慨解囊奉献爱心，资助小姑娘去找到妈妈。

这些我都理解。但无法释怀。

想象台上这些主持人，是如何练就一颗残忍的、不动声色的心，能坚持问出那一个个像皮鞭抽打一样的残忍的问题。

这大概是他们的基本素质，不能像我，看个韩剧都要哭得快晕过去。那还怎么主持节目，怎么掌控全局。

但是，我就想问问主持人——非得那样吗，问那些明知会让她难堪的、痛苦的、不愿面对的问题，"你想不想妈妈？""你都是怎么想妈妈的？""你恨你妈妈吗？"节目开篇已经介绍过这位妈妈的光辉壮举了：抛下重病瘫痪的爸爸和不足六岁的自己，跟别人走了，至今杳无音讯。这样的妈妈还想她找她作甚？在我看来，这样的心如蛇蝎的女人，就不配为人母！

主持人能不能有点慈悲心呢？能不能尽量不要像撕开刚刚愈合的伤口一样，去粗暴碰触那颗幼小的心，把她的悲伤、窘迫、无助，都赤裸裸地展现在大家面前，博取大家的同情？难道不可以想点别的办法，让"帮助"这件事，做得更好看、更体面、更慈悲一些？

很早以前看过一篇小说，名字忘了，情节是一个成功的企业家，买了一百件羽绒服，专程开车去贫穷山村资助贫寒学子。当地媒体闻风而动，召集受资助的一百个学生，手捧羽绒服，与成功企业家合影留念。但照了一下午，怎么都照不好。因为总有一个男生，不愿面对镜头。他总是在摄影师喊出"一、二、三、茄子！"时，把头扭向一边。天越来越冷越来越暗，这男生使大家气急败坏，纷纷指责他。最后的结果是，男生把羽绒服放在了铺着红绒布的桌上，转身走了，寒风扑打着他单薄瘦弱的背影。

到现在，每当看到那些"受资助者与爱心人士合影留念"的照片，我立刻想起这篇小说，想起寒风中那个单薄瘦弱的背影。

可能对大多数人来说，接受别人的帮助，是很正常的一件事，坦然接受并心怀感恩，然后在日后有能力时"回馈社会"就行。但也有一些人，宁愿躲在黑暗里继续忍受贫寒困苦，也不愿在闪光灯下接受别人慷慨的馈赠。绝不只是"自尊心"的问题，而是，还关乎某种东西从此不再被看重，而另一种东西被他接受被他习惯。他努力地抗拒这种接受这种习惯。

大概在物质极端贫困时，“尊严”这看不见摸不着的东西暂时可以放到一边。活下去，或者能顺利上完学，才是最重要的。或者，是不是太矫情了，不就是接受一下别人的帮助吗，至于想法那么多吗。爱心人士都是一腔善良，帮助别人快乐自己而已，赠人玫瑰手有余香。这个世界，正需要“你帮我，我帮你，大家心相连”。

可是，能不能“帮”得低调一点，巧妙一点，不动声色一点，让被帮的人尽量避免难堪困窘，接受得不那么别扭呢？

为啥非得那么高调，那么笨拙，那么大张旗鼓，让“善心”这件事，搞得像是作秀？

不说，只做，不行吗？照样赠人玫瑰手有余香。

这些年，大概很多爱心人士们意识到了这点，很多的爱心捐助、关爱行动之类，都注意照顾到受助者的心理感受，方式更多，渠道更广。受助者不必暴露在聚光灯下，可以坦然体面有尊严地接受帮助。

这样多好。小说中那个放下羽绒服，在寒风中走远的单薄瘦弱的背影，希望再不会出现。

大约十多年前，有一次，我无意中在一个论坛里看到一个帖子，大意是“关于某某某的曲折情史”，说某某某曾经和谁谁谁生生死死谈过恋爱，却因为男方父母坚决反对而不得不“劳燕分飞”；后来又和谁谁谁结婚再离婚，又复婚，又离婚，最终又与谁“在一起”，过着神仙眷属的日子……我看后大吃一惊。因为这个某某某我认识，是与我不太熟的一个朋友，还比我小好几岁。虽然交往不多，但她活泼开朗，聪明而善解人意，长得也很不错，我对她印象很好。另一个女友也看到了这一个论坛里的这一个帖子，她当即就给她打去了电话，气愤地说了这事，让她快看论坛，是谁这么恶毒在对她造谣中伤。她一句话也没说，等这女友说完便轻轻挂了电话。再打过去，一直是忙音。然后打电话的女友的 QQ 上，她头像变灰了，第二天，好友名单里不见了她。至今打电话的女友再也没有和她有一点联系。

当打电话的女友给我说起这件事，我正色道：我也看到了，但我不会打电话提醒她，这样她会很难堪。有的事，不说，就是最大的慈悲。打电话的女友过了很久才突然明白，明白自己是多么愚蠢，干吗非要“说”呢，说了又有什么好处？那些东西，恶意中伤也罢，真实故事也罢，她看见了都会难堪，愤怒，伤心。或许是她一直隐藏在心底的故事，是不敢也不愿回忆的一些痛苦往事，不说，这往事就像沉睡的狮子，威胁不了她，她得以暂时的安宁。但打电话的女友“说”了，狮子被惊醒，她不得不再次掉入泥淖，面对那个曾经的自己。那是个不堪、凌乱、错误的自己，多想穿越回去亲手杀了那个自己。却偏偏有人提醒她：哎，还记得吗？就是你和那谁谁谁的那一段？

这之后，打电话的女友慢慢变成这样：开口说每一句话时，都变得谨慎起来，该不该说出来。

有的事，不说，就是最大的慈悲。我爱人前年猝遇车祸，现在身体状况大大好于从前了。但总是有人满怀万种心绪地“劝”我：你还是得想开些！每当听到这话我保证是盯住“劝”我那人的眼睛至少三秒以上，不语！因为我不屑回答。什么叫我要想开些？我当然想得开，有什么想不开的？难道每天哭哭啼啼的才能入你们的法眼？不至于吧！用不着你来提醒！有什么大不了的？古代被判了死罪的要拉到菜市口杀头都要高高兴兴地吃顿包子呢！你若遇到我这样的事，未必处理得比我好！更何况我没那么惨吧？我爱人现在很好啊！我们还是完整的三口之家是不是？爹还是亲爹，奶奶还是亲奶奶！我家的家务事与你有半毛钱的关系吗？

或许我们永远学不会“换位思考”，因为永远也做不到“设身处地”“感同身受”。所以，我们总是莽撞而不自知地让自己变得狰狞残忍，逼得别人丢盔弃甲，难堪无助。不能说我们心底有“恶”，大多是情商太低，并且缺乏悲天悯人之心。

例子很多，不用细说。每个人都应该体会过“哪壶不开提哪壶”的时刻。

不“开”的那壶，往往是我们永不想面对的那些，是一段黑暗的日子，是一个错误的决定，是年轻不知事时感情的遍体鳞伤，是再也不想踏入的一条河流，是没有勇气再触摸一次的秘密，是恨不得时光倒流重来一遍的悔恨。

是一遍遍小心地擦拭伤口，忍着钻心的疼痛换药清洗再细细包扎不露破绽，好让它终于有一天宛若新生不被人知晓。但偏偏有人要让你低头去一遍遍看它，每看一遍就重新撕开它一次。

宁愿在暗夜里流泪咀嚼千遍，也不愿笑着听别人说起而假装云淡风轻。

或许终有一天，可以做到自己笑着说起，真的再也无所谓。但那需要长久的时间，需要阅历与经历，甚至需要毛毛虫变蝴蝶一样的剧痛。

我们感激那些“不说”的人。因为慈悲，他们守口如瓶。

# 放逐

正值雨季，天地一派湿润之气，衬得人的心绪格外简淡。近期，最爱循环播放的都是那个人的歌，他早已不在这个人世了，依然有人怀念他。《偏偏喜欢你》《今宵多珍重》《心碎路口》《冷暖风铃》，然后便是那琥珀一样的《一生何求》。当他用粤语叹息：梦里每点缤纷，一消散哪可收……听歌的人确乎被什么东西重击，情绪上一时缓不过来，简直失态，一下颓在了原地，也仿佛冷不防被人推进深渊，不借助外力无法自己爬起来，宁可沉迷颓废——有时，颓废是另一种力道，将人铺陈得分外有韧性。每天每天，我就是在这种拉扯不断的韧性里坚持一个多小时的疾走、慢跑，极度枯燥，毫无意义可言——这种气喘吁吁的奔忙，简直是一种无能为力，不可挣扎，什么也不要做，深陷于生命里一段最幽暗的时光。

原本平凡的歌，通过粤语的特殊发音，却也有了另一个层次的升华，令人感念叹息，愁肠百结，深深喜欢，久听不倦。

也是这样的仲夏，马兰花谢了，田畈麦苗新绿，满天星花把洁白的小花开遍每一个角落，一种大面积的纯白衬着青翠远山的淡淡剪影，简直一幅幅唐宋长卷，如今回头看，怎么美誉都不为过。这样古画一样的人世，麻雀底空盘旋，发禾雀子飞来飞去，仿佛世间一切生灵都回到北方，人间处处绮丽繁华。放学后，独自一人在蜿蜒小路上，路也漫长，也疲累，衬得我这样一条渺小的小小生命，只有隐痛，何曾显赫过？喜欢的那个男孩，始终不能与我同路。黄昏的斜阳，把原本单薄的少年身影拉得格外瘦长——一次次，目送他的背影一点点没入山脊，不见……惆怅无限。多年后，当第一次听见《一生何求》，任凭怎样辗转踌躇，一律不见明朗。我们短短一生中，何曾不是陷在了这种“寻遍了却偏失去，未盼却在手”的窘迫里？灰色的情绪层层递进，中途，忽然一句：梦里每点缤纷，一消散哪可收。这样的时刻，十四五岁的青葱岁月偏要沉渣泛起——短暂的年少光阴，终究无从交集地流过去。当时年少，天地未开，一切都那么崭新鲜妍。多年以后，方才明白，生命正是一点点地从鲜妍走向灰旧的。还是曹丕的四言诗蕴藉深远：人生如寄，多忧何为。今我不乐，岁月如驰……

是啊，多忧何为？不如“策我良马，被我轻裘。载驰载驱，聊以忘忧”。良马、轻裘，说到底，不过是物质层面的殷实富裕，一个人真正的快乐还是取决于内心的丰腴吧。但，内心的东西是无止境的，它注定是一条断崖路，没有归途，不见尽头，是王维的“江流天地外，山色有无中”。这么看，人生就是一场放逐。

# 伏天

小时候，我一年里最怕暑季里的三伏天，湖北老家特有的黄梅天，空气湿度大，闷热难当，呼吸不畅，触手可及之物，一律潮迹迹的，连手掌心都是湿漉漉的，摸到哪里都不爽结，也是上海人所言的雾数不清吧，总之，很让人不舒服。伏天来势迅猛，蝉是开路先锋，每一年都少不了它们，报丧一样的准时。伏天酷暑难当，心烦气躁。旁边树上不识相的蝉分分钟不停歇地嘶吼，并非“知了，知了”的一句一歇式，而是“吱吱吱——”叫个不停，非常刺耳，令人肝火升腾，真想抬头冲这个畜生骂：叫什么叫，叫你妈个头哇！我现在居住的高原小城暑天里也是酷暑难当，炎炎烈日，晒得脸颊生疼，真是气急败坏了。

不过，说回来了，盛夏也是有景深的，比如元稹诗里面所说的“竹喧先觉雨”，倒是可爱的。盛夏的竹子最清秀，尤其雨后，那份柔逸青翠，惹人起远意。仔细观察过没有？竹叶是对生的，山下略微错开一丁点，像极汉字中的“丫”字。我家门前一片竹林，于下雨的黄昏，真是美极，所有竹竿上都写了“丫”字，甬提多有稚真的气质，有回到童年的幻觉，这种幻觉也渺远，恰好在雨后月亮透出的晚上，有叮叮咚咚的清澈感。中国绘画里的墨竹更好，黑乎乎的，竹叶上写满小丫，分明一个女孩的乳名。雷声隐隐，竹林里无数小丫滴滴答答地淌下雨水来，没有回音，因为地上全是腐叶，松针一样的，有隐居深山的野气。常常在散步归来，特意去小竹林前，与小丫对望良久，作为一种黑夜的福报，被我永久地珍惜着。

至于“户牖深青霭，阶庭长绿苔”的意境呢？这是要到文震亨《长物志》里，或者袁枚《随园诗话》里去寻觅了，属于旧中国的庭院气息。现在的城市逼仄乖张，遍布无以散热的水泥路面，罕见青草绿地，又何曾有过户牖、阶庭、绿苔的一席之地？依稀记得，我的童年时代，是有过这份“青霭”的。外婆家前后院子里青苔历历，四周篱笆以土基筑成，土基上遍植木槿（我们唤作“墙角篱”）。每到小暑，木槿开疯了，紫色的，绢纱质地的。那年月流行一种衣服面料叫“乔其纱”的，其质地与木槿花的质地相若，犹如把一匹绸缎，使劲团在手掌搓揉，然后就变成了木槿花瓣那样皱皱的绢质了。小孩子都喜欢掐来玩——那些日子，我们除了与蚂蚁玩，与天牛玩，与绿皮青蛙玩，就没得东西玩了，只能玩眼前的花。

把木槿花摘下，团在手里，一点点扒开花瓣，里面的黄蕊露出来，粉糯糯的，悉数掐去，中间则空了一个洞，然后把一只眼眯着，贴到洞口，透过那个小花孔，望人，望天，望一切可望的，是很快乐的新奇感。如若看厌了周遭的一切，再一片片地把花瓣拆卸掉，撒得满地都是，路过的鸡瞧见，慌忙来啄一啄。木槿是一种很疯狂的植物，似乎天气越热，它们开得越繁密，靠一个小孩子摘是摘不尽的，所以，木槿花一直在开着，偶尔也攀上几株野牵牛花的藤子，缠绕在木槿树干上，白天开红白相间的喇叭花，到了黄昏就把喇叭收起来，第二天早晨太阳出来了，才又打开。只是，野牵牛花少得很，形不成阵势，没有木槿花那么喧闹。

午睡醒来，坐在竹榻上，痴痴望着大门外烈日下的木槿花，一阵空虚，寂寞……

童年是没有孤独可言的，童年的气场撑不起孤独。这种平凡的木槿花，似乎构成了整个童年的基调。

# 诱 人

才上午十一点半钟的光景，也不太饿。看一眼自己调制的老卤，想到，中午用什么吃食调制呢，暂且搁置起来吧。但回头一想，觉得吧，若是一直把老卤晾在餐桌上，挺对不起它的。何不舀点出来下点粉丝先吃着呢？放下手中杂活，说到便做。老卤咸得很，兑点开水，粉丝放进去，小火慢慢炖，起锅前，再抓一把嫩茼蒿。不多不少，正好到碗边。吸吸溜溜吃着这粉丝，感觉这日子算是比较令人满意的。我的粉丝有些来历，是几个月前女儿寄给我的，只最后一包了，没舍得一次性泡完，尚存下一半。好东西，要细水长流。这是我妈妈从小教给我们的。最出名的还是徽州绩溪粉丝，看包装很是诱人。这粉丝，来源于徽州绩溪，买它前后，颇费周章，和女儿在网店逛了好久。

每天午后十二点半，王小丫女士在财经频道有一个“回家吃饭”的栏目，我是他们长年累月的实诚观众。秋天的时候，他们曾连续三期邀请了来自安徽绩溪的大厨以及民间高手，去到节目里展示拿手菜。至于徽州的臭鳜鱼、一品锅等菜品早已耳熟能详，不稀罕了，我唯一对那位绩溪大婶的炒粉丝产生了不可磨灭的兴趣。

大婶亲自背了一口绩溪大铁锅，千里迢迢坐火车去北京录节目，除了锅以外，她还带了家乡老法榨制的菜籽油，以及手工做的绩溪粉丝……她那一盘绩溪粉丝端出来，简直美人跨了金步摇，款款而来，肤色艳丽，又芬芳飘忽……隔了电视屏幕，都叫人仿佛闻到了奇异的香味，是被一唱三叹荡气回肠的幻觉所笼罩着……

过后好多天，那道绩溪炒粉丝，一直在心里袅袅不去，自此生了根。

好多年前去杭州，有一个星期天，忽然想吃杭州小笼包。在中国，若想吃到杭州小笼包，去杭州是唯一的选择。坐下，看菜单，一道“绩溪炒粉丝”赫然在列，我的心不禁颤抖了一下。简直太荣幸了，可真应了邹静之先生的一句电影台词——念念不忘，必有回响。

绩溪粉丝端上来，灿黄油亮，跟王小丫的节目里差不多的色泽，里面略点缀些香芹、肉丝以及笋丝等。一会儿工夫，这盘粉丝被我悉数食光。唯一的遗憾是，肉丝少了些，我觉得。

把油嘴抹了一下，忽然想起一位老师此刻正在走徽杭古道，看她贴出的图分辨，他们应该正在绩溪停留，于是把微信打开，准备给她留言，让她一定帮我买五斤绩溪粉丝带回来。女儿在一旁插话，干吗麻烦别人，淘宝上什么买不到？

第二天，克勤克俭花了一上午时间，抓着手机在网店上浏览，方才在千万家粉丝商铺里锁定了一家售卖绩溪粉丝的小商铺。二十九块八毛一份，每份300克。是不是很贵？

菜市里的粉丝，据说加了明矾和工业胶之类，不敢问津。

绩溪粉丝有什么好呢？因为他们的做法很特别。一般的粉丝都是从机器的漏网里漏出来的，呈圆形。唯独绩溪粉丝是方形的。他们把山芋粉蒸熟后，晾个半干，然后用刨子一点点地刨出来，这样子的做法就决定了粉丝的韧劲。炒一盘粉丝，头顿吃不掉，留着下一顿热了吃，一点也不糊塌塌，还是一样的有嚼头。即便下在汤里，搁四五个小时后，再吃，也不会变成一坨面疙瘩。

绩溪粉丝卖上了数倍于别人的价格，我也心甘情愿地买了。

下单以后，第三天就到了，并没有立即吃它，想等到星期天，隆重地炒一盘绩溪粉丝。早晨起来，把笋干泡上。买回芹菜、香干、精肉等辅料。殷勤地切了至少有半斤的肉丝，拌了姜蓉、小葱粒，拿生粉抓一下，备用。

更完美的是，我们家尚存有土法榨制的菜籽油。按照绩溪大婶的做法，还特地把肥膘肉也切了一点丝，放在菜籽油里一起煸香后，倒入瘦肉丝滑一下。一个“滑”字，相当传神。中国汉字如同中国山水画，一样的意蕴无穷。什么叫在沸油里“滑一下”？就是稍稍地过下油，关键是时间要掌控好，不过几秒钟的时间，稍有不慎，肉丝便老了。

我在滑牛肉丝这一样上，始终没有寸进，简直一点天赋都没有。每每出锅的牛肉丝，总是老了，吃在嘴里，颇柴。最关键的是，可能油温没控好，油温过高或过低，滑出的牛肉丝，都达不到滑嫩多汁的顶点。

做菜这门手工活，跟同样是手工活的写作类似，只可意会，无法言传，靠别人教是教不会的，只有自己去琢磨，去悟。有一回，在电视上，沪上一位离休多年的大厨说，他有一次给一位香港明星的沪籍老岳父做了一道失传多年的“鱼肺汤”。那位阔别沪上多年的顶级老饕舀了一小勺入口，一句话不言语，独对大厨翘起了大拇指。当大厨复述这件事时，我从他脸上看见了一个手艺人的尊严。鱼肺有多大一点儿？要用掉多少条鱼才能凑够一碗鱼肺汤？原来，鱼肺也能吃啊？你看，饮食界隐藏着多少高韬的艺术家，把我们平时丢掉的鱼下水都能料理得让老饕直翘大拇指。

题外话了。继续回头炒我的绩溪粉丝。遵嘱，事先用凉水把粉丝浸泡十来分钟备用。这边开火，把肉丝、芹菜秆、笋丝逐一炒好，盛起备用，最后一道工序炒粉丝，再把肉丝、笋丝等一起拌入，加老抽，开水，改中火，焖煮五六分钟出锅。

我自己做的这一道绩溪粉丝，口感滑溜筋道，色泽同样诱人，唯一遗憾的是，笋干浸泡时间短了（应浸泡十小时以上），吃在嘴里粗且柴，只好把它挑出来丢掉了；其次，肉丝放多了，香芹秆也多了，是配角硬要往前争，活生生把主角的风头抢了，一曲《罩龙袍》任凭唱得再经典，也会落下瑕疵。宋徽宗一幅《白鹅红蓼图》，偌大的画面，只一只鹅，依在一株绛红的蓼下，四周都是巨大的空。这才得中国画的精髓，以空无，去呼吸，去生发。要是画一群大白鹅偎在一丛红蓼下，便也失了那种欲言又止的意味了。好比你炒一盘绩溪粉丝，总是贪心不足，往里加了半斤的瘦肉丝，用绘画的语言来讲，是太满了。满则溢，于是那么的，这道菜便有了遗憾。

我们宋元时期遗下来的那批古画，为什么那么好？一卷卷画幅里，只肯立着一株瘦梅，或者一棵老桃树，或者一劈孤山一泻白水……如此苍劲有物，意在画外。

做菜何尝不跟绘画一样呢？愚笨之人，总是贪心，不懂得寒来千树薄，秋尽一身轻，只晓得拼命堆砌半斤重的肉丝，端出来，肉沓沓的，叫人一眼望去，便仓俗了。

吃饭这件事，本身不就很俗吗？不对，吃饭并非果腹，也是有可上升的空间感供我们追求的。

一共买了两包绩溪粉丝。自从那个星期天尝试失败以后，便意兴阑珊了，就一直把最后一包搁在那里了。直到今天早晨，我看到自己熬制的老卤后，才又想起它来。

这包粉丝盘来盘去的，碎得差不多了，在它们的身上，还捆着一根蔺草，青赭相间，特别好看，拿鼻子前闻闻，依然一股僻野的清香味道，它静静栖身于垃圾桶，默默衬托着这年末的日子，平凡，琐碎，又充满了荣光。

# 恶 意

当我看到《查无此人》时，好奇心瞬间被书名激起。而腰封上“被希特勒列入禁书名单的文学经典，纪念反法西斯胜利70周年推荐读物”的介绍则告诉我，它也许关系到某个生命的终结，甚至以突然消失的方式。

然而，我猜到了结局就是一场悲剧，却没猜到结局如此令人毛骨悚然，整部小说充斥着赤裸裸的恶意。

美国人麦克斯与德国人马丁合伙在美国做生意多年，两人关系密切，情同手足，彼此的家人也都很亲近。1932年11月，马丁回到了德国，小说的全部内容就是马丁回国之后到1934年3月之间与麦克斯的12封通信。在不到一年半的时间里，两人从政见一致、亲如兄弟，逐渐到观点分歧、形同陌路，再到最后麦克斯用书信的方式借刀杀人。当麦克斯的妹妹格丽赛尔被纳粹突击队员追杀过程中寻求马丁庇护时，马丁将这位曾经的情人拒之门外，最终格丽赛尔在不远处的花园里被杀害，马丁清晰地听到“几分钟后她不再叫喊了”。这彻底激怒了麦克斯，麦克斯的复仇计划也由此开始——在那个德国人的每封信都会被审查的恐怖年代，他开始故意在写给马丁的信里加上一些内容，好让审查人员以为马丁与犹太人有着某种特殊的联系。虽然马丁在回信中苦苦哀求，但麦克斯并没有停止计划，在他接连几封信后，马丁终于成了“查无此人”。我被狠狠震到的是，这部书信体小说呈现的是那种没有血腥的杀害，不着痕迹的反目成仇，你可以明显地感受到绝望，却看不到丝毫的撕心裂肺。

在小说的结尾，当看到麦克斯寄给马丁的最后一封信被退回，信封上盖着“查无此人”时，我差不多在那个瞬间万念俱灰。在午后安静的书房里，我甚至分不清隐隐听到的嗡嗡声是来自冰柜电机的震动，还是自己的脑鸣。

是什么导致了这场悲剧？我在后来查阅那段历史时，似乎找到了答案。

就在马丁回国之后两个月，1933 年 1 月，希特勒上台，纳粹党开始执政。那是一个全民被打了极端民族主义的鸡血，在为国家的复兴感到无比振奋，并且期待着跟随“伟大领袖”迈进“更好未来”的时代。这个时候，一个人的出现注定了马丁的命运——纳粹党执政之后，戈培尔担任了德国的宣传部部长，直到 1945 年在德国战败前一周自杀。戈培尔被称为“宣传的天才”“纳粹喉舌”，被认为是“创造希特勒的人”。美国心理学大师大卫・迈尔斯的《社会心理学》里有一部分专门讲“说服”，关于戈培尔，有这样一段话：“他曾经承诺，只要让他控制出版物、广播节目、电影和艺术，他就能够说服德国人接受纳粹思想。”戈培尔的承诺在马丁身上得到了完全的验证。作为一个自由主义者，马丁在返回德国之初，对纳粹党的做法有诸多不满，后来变得游移，最后彻底接受了他们的主张，并且主动维护他们。从善到恶的时间距离不到一年，虚拟距离只隔着一部宣传机器。

在《极权主义的起源》里，汉娜・阿伦特指出了宣传的作用。她认为在极权主义国家，群众由于缺乏自由交流的空间，已经丧失了由常识所提供的现实感，极权主义宣传利用逻辑演绎的强制性，为人们提供现实感的另一种替代品——“科学”的谎言。马丁正是被纳粹宣传机器炮制出的“科学”的谎言所蒙蔽，与良善、正义和真理渐行渐远，最终全身心地投入纳粹的怀抱。

马丁的遭遇仅仅是那个时代众多德国人命运的缩影。美国作家克莱斯曼・泰勒说她之所以写这部小说，恰恰是因为她看到身边的一些德国朋友在二战前回到德国之后，“本来都是有教养有知识且热心的人，却在很短的时间里就宣誓效忠纳粹，甚至拒绝听取有关对希特勒的最轻微的批评”——在庞大的国家宣传机器的围剿下，普通人的独立思考和判断显得不堪一击。

我瞬间闪过一个念头，如果导演把《查无此人》拍成电影时会怎样处理？麦克斯收到“查无此人”退信的这个情节，演员应该是什么表情？那一瞬间麦克斯究竟是什么感受——痛快、解脱、欣慰、歉意、不安、纠结？

当纳粹阴云在德国乃至欧洲上空笼罩时，身在万里之外的美国的麦克斯竟然也没能幸免，他人性中恶的成分被彻底诱发出来——马丁毕竟不是杀害格丽赛尔的凶手，他只是出于冷漠（也许更多的是恐惧）见死不救，麦克斯就想置他于死地，并且知道复仇计划可能会殃及马丁的家人——他曾经亲切地称为“亲爱的、快乐的艾尔莎”和“可爱的孩子们，特别是英俊的小海因里希”。但他还是做了。如果说马丁因为生命消失而“查无此人”，那么麦克斯何尝不是因为迷失了心中的良善而“查无此人”呢？

把书合上，心情极其沮丧甚至有些心慌，为朋友间反目成仇之后无声的杀害，也为普通人不明就里甚至心甘情愿就当了“伟大领袖”的政治祭品。在那个年代，不是每个保持呼吸的人都可以被称为活着，因为很多人已经完全失去了自我——查无此人。

# 葳蕤

夏天真好。夏天就是整个的童年渐趋复活，用一生的笔墨都叙述不尽的季节，夏天的美宛如满山遍野的杜鹃花葳蕤一片。

日落西山，去小区北边的林荫道散步，满目白花，雪一样，铺满整个荒坡。今年雨水多，一年蓬长得茁壮，正值花期，细针状花瓣围拢着黄蕊，近似微型向日葵，一齐举过头顶，一望无际，葳蕤一片，实在壮观，借用张爱玲的词，是“森森细细”的美。若单独一株开着不觉出什么，开成一片，则大大不同，好比独自一人只能算一棵树吧，始终孤零零的，但，你若是读起书来，就可以汇成森林一片了。

一年蓬成了花的森林，开得幽静而深刻。小时去野外砍柴，最喜欢遇见一年蓬，我们称它们为“蒿子”，耐烧，笔直而粗壮，一镰刀下去，咔嚓一声脆响，断了，倒伏下来，一把一把，捆起，挑回去，算是为大人分担些生计，默默地，不多一言。乡下孩子总是过早地懂事，懂得承担，风吹日晒里，也不觉出有什么精神上的匮乏感。置身天地之间，这样的仲夏，耳畔布满鸟鸣——那些飞鸟天籁一样游走，数布谷鸟算得上是一种先知了。每当麦黄之际，它们不请自来，用歌声唱出一种人类可以听懂的语言：发棵发棵，割麦插禾！

想象一下，苍天流云间，有一种精灵飞在高处，一边飞，一边唱出这样的复调，该有多么空灵。你说不出什么来，只默默赶路，心上不是没有感念的。这样的感念一路留下来了，让人至中年的我一直恋恋不忘——我的身体里永远居着一个少年，以及未曾见过的四声布谷。布谷就是杜鹃了吧，是李商隐《无题》诗中“望帝春心托杜鹃”的杜鹃，分二声杜鹃与四声杜鹃。我们家乡湖北

都是四声杜鹃，它们唱出的复调，纯净，空灵，溪水里过了一遍的澄澈。

昨日晚饭后，陷于电脑前，两三小时倏忽而过，浑然不知，偶或把头望向窗外，天时已近黄昏，阳光不再炽烈，成了琥珀色的微光，笼于对面楼宇的墙上、小区的树上，草地上——合欢还在悠然绽放，它们的叶子则渐渐并拢，把自己收束在一根针尖上，怕冷似的，六月的风微微地漾过来，漾过去，水流一样舒缓——万物都是静止的，此情此景，如入深山颓寺，如闻钟声隐隐，叫人说什么好呢？

这就是夏天，我爱的漫长而溽热的夏天，藏着童年的夏天，在小河里一泡一下午的夏天，躺在竹榻上被漫天星斗笼罩的夏天。世间喧嚣潮水一样退尽，如今只剩下囫囵一人，听听罗大佑的歌，他唱的是《光阴的故事》，凉意虫子一样爬上来……不早了吧，要煮饭了，再听一遍贝九吧——这样的旋律像极我剁肉呢，昂扬，广大，急速，回旋，是把平乏的日月放在艺术的瀑布之下，一身湿。

# 分晓

我一直在闲里，喜欢慢下来过日子。忽地想到为什么古代产生了那么多哲学家——都是慢下来过日子，闲出来的哲思群慧。温饱是基本的诉求，也是唯一的，然后没什么事了，就去野外晃，晃着晃着，一天过去了，日头落山，星星出来，回家吃饭，吃完还是没事干，跑到外面看星星去，看了一代又一代，星空永恒未变，慢慢地，诞生出伟大的星象学家。医学家是怎么产生的呢？也是闲得没事干，碰巧与我一样的，没事就爱往沃野僻静之地跑，看见小草也感动得要死，蹲下来，跟人家耍耍，恰好人家又很香，忍不住了，摘一点放嘴里抿抿，还甜嘞，可以吃，久而久之，医学家诞生。童年的我们放牛的时候，也曾品尝过许多植物，蔷薇新抽出的嫩头，掐下来，把皮撕了，放嘴里，清香且甜；还有一种野菜，忘了名字，只长叶，四周锯齿形，匍匐在地上。每当发现一棵，我们就用手刨，刨啊刨，终于露出洁白须根，小拇指那么粗，拔起来，把皮撕了，直接丢嘴里，糯糯得甜，嚼得冒白浆，或许就是一种地参吧。还有另一种草，长到一拃长，开伞状花，结毛茸茸的籽。尤其是女孩们，在圩埂上坐着，无聊得很，忽然想起一件神秘的事情，悄悄合计一番，借助这种草给村里哪家孕妇算一卦——两两对称着撕开那根草，一种情形下，象征该名孕妇肚里是男孩子，另一种情形便是女孩……

山野与微风是可以培养巫师的。我们这些曾经的女童巫师，在春风的感召下，义不容辞地担负起给村里孕妇们预报婴儿性别的重大责任，虽然不曾获得过一次微薄的奖赏，我们也在所不辞。

可应验了呢？只有风知道这些秘密。占卜准否，只等孩子呱呱坠地才见分晓。

一个妇女手里拿着一大把夹竹桃花束，我说有毒，好心劝她丢掉。她无比傲慢：这不是桃花嘛？怎么有毒？我强调不是桃花，是夹竹桃。她咕噜咕噜好生气的样子，恨恨道：难道我连桃花都不认识！看吧，缺乏常识的人，往往最傲慢，且粗鲁无礼——毒死，活该，不听劝。如果换成我，面对陌生人的善意，即便不信，至少会报之以一声“谢谢”。这名妇女如此傲慢，嫌我多事呗，愚昧啊。陈丹青一直在微博里给国人启蒙，他说的都是常识，可是屡屡遭人毒骂，越无知的人，骂起人来越狠。真想劝劝陈丹青，那么多沉睡的人，你是唤不醒的。鲁迅唤了多少年都唤不醒。算了，随他们去吧。




沿路有野生薄荷，非常醒神，一路掐一路闻。今天意外发现了白花地丁，好看得有些单薄，一棵一棵生在蒿草丛中。小区北门前的草地上，成千上万棵紫花地丁，不晓得多好看，我用手机拍不出它们的美，捕捉不到那种神韵，美轮美奂的神韵。美的东西，必须善待她——美所取悦的对象中，既有高智人群，也有低智人群——面对一群紫花地丁，作为高智人群代表的高能相机就可以更好地呈现出它们的美，而作为低智人群代表的手机便把这份美糟蹋了。写作同样如此，每一种类的读者受众不同，会有热闹、落寂之分，倒不必惊慌失衡，各有各的路，走下去，走得远些，终见分晓。

人要有格局、胸怀、眼界，还要有快乐的能力。昨天给一个朋友发了一个红包，非常快乐，说自己发了篇小文，挣的钱花不掉，让朋友分享一点。作为一个穷鬼，穷凶极恶地说自己好有钱，这种勇于腹黑的精神所产生出的快乐会被放大无数倍。好像我制造了一个快乐，连灵魂一起升华了。说实在的，我还真是个穷人，穷得偷着笑！常自黑：我是一个穷人，我是一个穷人……

每一条路，都通向家的方向，小王子说。汪曾祺说：这个世间那么地爱我，我也不能不爱它啊。谦卑里有霸气，把这个老头拉出去唱堂会，一定是《四郎探母》。汪老头好可爱，我爱他，他的书我一直都喜欢。

悄悄跟着一个疯子走了一段路。戴着红帽子，浑身都是泥巴。他静静停下来，专注地看着沟渠里绿旺旺的青草，他的神态令人感动，不由得想起尼采在街头抱住瘦马痛哭，想起凡·高热烈地邀请高更去阿尔小镇同住，他给他一把最好的椅子，可惜高更还是离开了，濒临崩溃的凡·高割下耳朵，对着镜子画自己，瘦尖的脑袋上缠着白纱布……

每次看见他的“星空”，都会无比震撼。无论是这个疯子，还是尼采、凡·高，他们都是超人类，看见了我们这些平庸的人所看不见的东西。

# 幻 灭

电视剧《我的前半生》热播时的一个周末，我一母同胞的大姐来家陪我，问我最近看什么电视剧。我回答说央视一套《将改革进行到底》，我每天都在看，好看得不得了。我的亲姐姐一脸愕然，现在都在追《我的前半生》，说是火得不得了。我一边追央视一套《将改革进行到底》，一边即刻在网上找来《我的前半生》开始追剧，自此，每天一集不落地将《我的前半生》追完。

去超市，经过海鲜柜台，三文鱼的橘红、鲜虾的绛红……扑面而来，此时此刻，想不起来贺涵，都难，简直是——每见海鲜思贺涵！这个出身于海边的贺精英在《我的前半生》里，动不动就就着红酒食海胆，不时饕餮金枪鱼刺身、三文鱼刺身，将观众如我，也一并吃出了眩晕的感觉。溽热的天气，晚餐过后无法外出散步，正好一集不落地将《我的前半生》追完。剧终，坐在沙发上久不能起身，颇有怅然之感。

有一首科恩的歌，一直于剧中来回滚动，不仔细，听不清，细若游丝，飘飘忽忽的，每每听得人患得患失，到末了，则是一份惶然——仿佛前半生里所有的失去，一次次被堆积至这眼前的一刻……

一直以来，无论戏曲，还是小说、影视，仿佛约定俗成，总喜欢求一个团圆的结局。即便年轻时极度反感这样鄙俗的套路。但，人生翻过几个来回，忽地又陡增了那样的平凡渴盼，本没什么不好意思的。人生里诸多的流离颠沛，蝴蝶一样随处可见，如何求得一个圆满如初？

相互爱的人，各自离开，有一点点悲剧。我们每个人何曾不是活在自己的悲剧里？

贺涵的浩渺精深，注定了——唐晶抑或薇薇安们，一律不是他的菜。

唐晶独立，有决断力，聪明，有心机，什么都瞒不过她那个洞悉一切的头脑。有时吧，你要个小伎俩或者小手段，但凡她灵动的眼睛眨眨，就被瞬间戳破，让人无所遁形，只得悻悻然，掩面而下，还顺便照出了自己的小。与这样绝顶聪明的女性在一起，紧张是可以有的。久经沙场之人，通晓一招见血之功。或许，方方面面上上下下之堂奥，也是他贺涵传授于她的。十年下来，彼此知根探底，一览无遗。一直以来，我的意识中，太聪明的女人是不讨人喜欢的。女人要傻一些才可爱，才讨人喜欢。

贺涵和唐晶这样聪明的两个，宛如推手，风云迷幻，你来我往，白云一般自适，过瘾，若即若离，不谈婚姻，不谈未来，贺涵再补一句：也不谈恋爱。夜深，二位就着高级红酒略谈人生风雨，相投，默契，偶尔沉醉……一对并肩沙场的战士，以智力横扫一切，相互成全，共同美好。年薪百万，出入豪车，起居华屋，连一张椅子也要去国外订购，花两三万订新鲜海胆、金枪鱼，就着日本清酒小酌怡情，自是家常便饭。看到这样的电视画面，我们只有羡慕的份儿。

事业成功，顺风顺水，但也架不住心累，然而，适逢多灾多难——人又长得帅，难怪薇薇安之流不顾廉耻生生往上扑。一样是同事，一样缓解压力，同泡夜店，自投怀抱的薇薇安佯装醉意，送多金男回家，顺便对着男人的床自拍一张，发朋友圈，语及：第一次在男友家过夜。等傲娇的唐晶发现，了得？一直别扭着，那一方想解释吧，又解释不清，索性不解释！凭唐晶的聪明固执，如何听得进去？就一直过不去啊。

外面的蜂飞蝶绕，是不定期的荨麻疹，想无视，实在不行。贺涵莫须有的“劈腿”，成了唐晶心头之痛。在一次次的被求婚中，延宕下来，无非骄傲在作祟，非得让他九死一生。

好了，若一贯如此这么纠缠下去，做观众的我们，也要倦了。倦了？怎样？旁观者清呗！贺涵对唐晶的最终决绝，是必然结果。

子君来得正好——同样受过高等教育，大学毕业以后，唐晶进职场，子君为了爱情，被陈俊生下了蛊，被陈俊生一句“我养你”甘愿做起家庭主妇。这

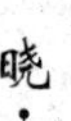

个职业太危险了，整日困于斗室，目光必然浅短，久之，夫妻间谈何共同语言？精神上，丈夫一直在长跑，你无非，买买买，买买买，买买价值万元的包包，吃吃刚出水的新鲜金枪鱼而已……再深的情，都有走下坡路的时候，理所应当，等来了丈夫的厌憎。

精英迭出的外企，各色人等杂糅其中，凌玲这个心机婊的适时出现，稳稳将陈俊生俘获——一起加班至夜深，悄悄来陈总办公室送一盒公司前台随便即能领到的胃药，心疼的目光环绕你一下下，真真给压力颇大的陈俊生适时递了一个精神的怀抱，这种工作之中的相帮互助，久而久之，积浅溪至深潭，一步一步到达至境，令陈俊生的骨头缝都酥软。向来如此，一个历经风霜的女子，要比一张白纸的小姑娘更有杀伤力，深深懂得，所以就范。

八九年的光阴里，作为家庭主妇的子君女士，辛苦生育，操劳孩子，一样劳心劳力，莫不苦辛？但，作为丈夫的陈俊生，可以自动屏蔽。

家庭主妇是最没前途的一门事业——这就跟装鬼一样，装得久了，你就真的成了鬼，没有道理可讲的。到头来，总是被最亲近的人嫌弃。

终于被嫌弃了。一个受过高等教育的女子，从此重出家门，自商场售货员做起，艰难是艰难，但，比艰难还要令灵魂受辱的是被人遗弃，那真是痛彻心扉的失败啊。

作为闺蜜，唐晶肯定要帮子君，帮她更显示唐晶的优越。自己帮不过来，只能差遣男友贺涵了。

这个男友贺涵起先一点也看不上这个被陈俊生抛弃的子君女士，甚至轻视了。可是呢？

这接下来的一段段剧情，才真是好看呢。

互不顺眼的两人，怎么就自彼此瞧不上的陌路，莫名滑向好感的深渊？桩桩，件件，事事，如水过鹅背，毫不留痕……

彼此渐渐懂得而不能说破的辗转困苦，实在是一种最高级的人情审美。慢慢地，变得深刻起来。

子君女士单纯善良，甚至连跟小三谈判都要心慌失神，不晓得如何周旋，正好被贺涵一个电话碰上了，于是这个智商超群精通世故的帅男加精英，通过微信隔空略微指点一二，让子君女士在小三面前保全了一份端庄、尊严以及凛然不可犯的高冷。就是这一桩小事，贺精英还是当了老卓的面做的，滴水不漏，堪称完美典范，连他贺涵自己也是要得意的吧。

到这里，他真正洞悉了子君的弱小无助，一无心机，二无世故，样样懵懂。这对于一个于职场丛林里见惯了人精女、心机女、算计女、恶俗女、粗鄙女的职场男，子君简直是天外来客嘛，真乃一款清奇骨骼，简直堪比清风明月……搁谁，也有了怜惜之意，但这不是爱。

后来，三人一起吃饭，推杯换盏间，不经意间，二人目光相碰，顿时有了尴尬之意，迅速躲闪。男女之间，微妙，幽深——出于无意，他背着女友帮了她一个小小的忙。这是两人之间唐晶有所不知的第一个秘密，一直被老卓尽收眼底。

老卓这个角色相当有意思，看破不说破的一个人。老男人的狡猾就在这里，阅人无数，点滴眼风都逃不过他的追捕。当贺涵忙着给子君发微信隔空指点之际，老卓忽然停下手中活，远远地，歪着头，眼含轻蔑地瞄了贺涵一眼，旋即干笑两声。一肚子坏水，看破，不说破。因老卓这个角色是陈道明演的，因为喜欢陈道明的缘故，就格外关注起来。

剧情慢慢地，推着一对男女一步一步走至深渊田地。

情难自禁，贺涵跑到唐晶面前摊牌，那种痛苦是真的痛苦，道义上，与一个人纠缠了十年，婚期也定了，实在无身可退，可是，怎么办呢？买给钻戒的是一个，自己爱的却是另一个，这另一个还是眼前这个的好闺蜜。不过呢，他说得也对，必须坦白——倘若为了道义，不顾自己的心，即便结婚了，也是一生的拖累啊。

然而，这个世上，与之结婚的，可都真是自己深爱的？

这就是搁电视剧里了，艺术嘛，要往纵深触及，得往极致处推——对自己的坦诚，也是对别人的一份担当吧。

作为独立女性，唐晶小姐表现得蛮有尊严，摘下钻戒，哽咽着言：戒指很好看，还给你，我会自己买，我也会好好爱护自己。你走吧，我不想再看见你！

人家就走了呀。如此聪明灵动的唐晶小姐姐依然不明白一个事理，飞快出门，追问一句：你为什么会爱上她？

人家贺精英不得不坦陈：……跟她在一起，觉得真实、轻松。

唐小姐恍然有悟：这些年，我让你紧张了？

喔，她实在聪明，同样聪明的他，一次次被她不信任对待，一次次的尴尬难言，一次次收起骄傲之情，悻悻而退。有一个桥段是，贺涵眼看着自己去香港会了薇薇安的事情要被竞争对手捅破，不顾月黑风高，慌慌张张去了唐晶家，独自坐在漆黑里等她至夜深，认真求婚……可是呢，聪明的唐小姐目光炯炯看向他，简直是对他“灵魂吊打”了——这大半夜的跑来求婚，不像你的作风哪，你肯定又做了什么对不起我的事，对不对？人家贺精英也就撒了一个谎，眼看着要被戳穿，自知理亏——像一个无助的孩子，真情流露了：我怕天不遂人愿，咱们还是结婚吧。

于精神领域，他无论如何都掌控不了她。她在他面前，骄傲，独立，咄咄逼人，独缺弱态之美，那种遇事慌乱的懵懂单纯，在她的身上荡然无存。这样的两个人，只能是并肩的战士，同心协力攻城拔寨，所向披靡，特别完美的一对事业搭档。曾经，他是她的导师；曾经，她也懵懂过。时至当下，一路被他调教，甚至有超越自己的可能——她成了他不可多得的作品。他们之间，也可再进一步，一直维持的，不过是精神世界可平等对话的，偶或夜深，共喝一瓶红酒，共吃一份海鲜的男女。

而子君女士呢，仿佛一无是处，一无所有。贺涵之于她，简直是一个永不可及的梦，一边心碎，一边克制自己的子君，甚至连表白，头都是低低的，不敢看向对方的眼睛。她封闭在自己的世界里太过自卑了，怎么可能呢？鬼都不信，自己能信吗？

我也是不信的。但，人家贺涵真切地说了，跟她在一起，可感受到真实与轻松。

那么，他与薇薇安们在一起，不也同样可以达到真实与轻松的境地吗？

或可，人精代表的薇薇安们身上所缺的，不过是子君的那份单纯吧。这个女子身上还自带柔光功能，跟她在一起，恬淡，自适，就是那种人性之美，值得贺涵怜惜吧。

什么叫爱？爱的感觉就是裹挟着前世的记忆，汹涌而来，就是生生世世的追寻。今生相见有种似曾相识的感觉，就像宝哥哥初见林妹妹的感觉。

爱，莫非是今世的柔情，来世的期许？就是怜惜，懂得，许我来生，亦可抚慰。

贺涵给子君孩子过生日，折一只纸飞机随便飞飞，末了，子君尚且把它收在包里，珍藏起来……她不具备为他攻城拔寨的非凡能力，她只能珍藏他为自己所做的点点滴滴。这样的女性，是一阵微风，一捧溪水，令人心安。

这就是爱，引而不发的爱，才最深刻，令人辗转回味。

这样的两个人，注定不能走到一起，各自有各自的生活轨道。多年以后，生活给予你风尘扑面，让你九死不悔——当夜深人寂，总有那么一个人于心底浮现，一个又一个永不可及的梦，待醒来，直如大浪扑沙，深深地痛一下，也挺好的。

这部剧干净，不说粗暴鄙俗的滚床单镜头吧，连亲吻镜头都未见一个，彻底的去庸俗化的，于当下的风气里，莫过于清风一阵明月一轮了。以眼神交流，才是表现爱的最高级的形式。嗯，贺涵的眼神，可杀人，可陷溺……

人至中年，与这样一份内敛的男女之情，真是兜兜转转地契合。而热烈的流于表面的迷狂，终是肤浅，无成格局，就是这种淡淡的困苦，满目流泻着，月色一般，倏忽间将你打动，于是坐下来，一集集地追，就都把它追完了。

追完了，忽然失落，颓然，空虚。人性何等复杂，有时你都理解不了自己，又何曾有资格去对别人假以“道德审判”？人类永远处在困境里，也永无走出至乐的境地，这就是一种悲剧。喜剧是不存在的。我们天长地久的日子里，克勤克俭地把平庸乏味的日常活成了正剧。而男女之情，不过就是一种不断幻灭的时空艺术——说到底，贺涵是不存在的。就像《红楼梦》里的宝哥哥，于林妹妹而言，心事终虚化是必然结局。美好的愿景，结局只能是幻灭。我坚定地认为，贺涵是不存在的。贺涵只应天上有，人间处处是白光。

# 后来

《后来的我们》终于如约而至，坐在电影院的我一度在男女主角交会的目光和隐忍的微笑中泪奔。黑白影像和彩色镜头的无缝切换，回忆与现实的反复交织，亲情和爱情的激烈碰撞，理想与现实的苍白无奈，充满着诗意与怀旧。记忆里那些无奈的心殇，多少人在滚滚红尘中默默守望，世上的事，无非如此，从紧紧相拥的在乎，到渐行渐远的释怀……

人生若只如初见，该有多美好。林见清和方小晓初识于 2007 年除夕返乡的归程火车上。往后的日子两人一起在北京奋斗，一起住隔断房，一起在午夜的出租车上吼出对未来的期许，一起在春节时回老家吃一顿难得的团圆饭……

爱情的火花在他们心中蔓延开来。然而现实是残忍的，事业屡屡碰壁，生活穷困潦倒，未来遥不可及，曾经甜蜜的爱情变得如此不堪一击。爱情中最伤人的错过，大抵就是，林见清："我真的已经努力变成你想要的样子。"方小晓："但我已经不是我原来的那个样子了。"那些无关痛痒的小事，让他们的爱情一点点溃败……

方小晓无奈地告诉林见清："分手后，我们就不要再见面了。"一个决绝要走，一个不再挽留，从此一别两散，各自安好。曾经那些惺惺相惜最终也抵不过时间和空间的距离。曾经以为的来日方长，最终都变成了不曾想到的遗憾散场。后来的我们不再带着一腔孤勇，就这样眼睁睁地看着幸福溜走。但不是所有人说了再见，就真的再也不见，时间不是用来冲淡一切，而是让我们找到答案。命运似乎就是一个轮回，10 年后林见清和方小晓在飞机上再次偶然重逢。然而猝不及防的相遇，都避免不了无奈的曲终散场。错过的一切如同擦肩而过的时光一样，无法回头，有时候我们只是差一个转身的距离，却留下了终身的遗憾。林见清问："如果当时你没走，后来的我们会不会不一样？"方小晓回答："如果当时你有勇气上了地铁，我会跟你一辈子。"

如果时光能倒流，如果我们就是不管不顾呢？只可惜，如果没有如果，后来没有后来。

他们的十年，从相遇、相知、相伴、相恋、相对，到相负、相弃、相念、相忆、相惜，再到最后的相会，每一段经历都仿佛映照了我们曾经的青春岁月。那个曾以为能像个勇士一样的我们，可以披着爱情的铠甲所向披靡，取得这场战争的胜利，可当真实的生活扑面而来，轻轻巧巧就能抚平你为爱所做的所有努力，溃不成军。

放弃一个深爱的人是什么感觉？

大概如网友说的那样："就像一把火烧了你的房子，你看着那些残骸和土灰的绝望，你知道那是你家，但是已经回不去了。"没有什么比"曾经拥有过"更心酸，没有什么比"爱而不得"更难忘。后来的我们什么都有了，却没有了我们。

# 代 价

中国人的家庭，还没来得及被外遇和出轨打倒，就已经在一地鸡毛的处境里岌岌可危。春节之后在医院探望了一位邻居。她原本腰疼得几乎走不了路，只能等到自家上大学的孩子放假有空来照顾了，才找了医院住进去准备手术。她一直腰就不好，冬天的时候在楼道里遇到她，腰常常都是歪着的。然而过年，永远是中国女人最忙的时候。每年春节的亲戚朋友一桌接一桌，她丈夫不爱在外面操办，所以都是她亲自下厨，从早上就开始准备，一天忙得饭都吃不上几口。无论是来她家拜访的亲朋，还是周围的邻居，都夸她贤惠、能干。然而贤惠能干的代价就是，她累成了重度腰椎间盘突出，不能弯腰，连自己穿个袜子都困难，腰椎疼起来，疼痛难忍，那感觉真是只有出的气没有进的气。

去病房看她的时候，隔壁两床都是年龄相仿的女性，情况都格外相似，累的。大夫说，这两层楼的病房里住的，几乎都是这样的情况。据说，一个女人一辈子花在家务上的时间超过 1000 小时。这个数据未必准确，但足够让人心惊。社会科学文献出版社发布的《中国女性生活状况报告（2017）》显示：中国女性每天的家务劳动时间达到 2.6 小时，相比上一年增加了近半个小时。

事实上，中国女性的劳动参与率在全球处于前列，超过大部分发达国家，而与之相对的，中国男性做家务的时间全球排名倒数第四。同样是从事全职的工作，女性劳动者的家务劳动时间是男性的两倍，并且承担了大部分没有任何酬劳的家务工作，而这些无酬的家务工作又负面地影响着她们的就业和收入。有人说，中国女人正处于历史上最痛苦的阶段：她们在平等的价值观引导下，开始撑起了社会半边天，然而不平等的现状却又迫使她们更多地负担了家庭的责任和重担。

一边在社会打拼、赚钱养家，一边挑起家务的重担养育儿女，这在很多发达国家被视为一项不可思议的任务，对于中国女人来说却是生活的常态，甚至，还常常得不到应有的重视和尊重。这种不合理的家务分配，在消耗女性的身体和精神的同时，也在毁掉中国家庭的另外半边天……

如果不信，你完全可以看看你的父母，或是你身边的朋友、同事，有多少男人承担了家庭中至少一半的家务活，又有多少男人真正地看到了女性牺牲在家务上的时间和精力，然后给予了足够的尊重和肯定。越不做家务的男人，越会低估家务的辛苦和重要，同时也越容易对家庭生活感到不满。因为他不能正确地评价妻子究竟付出了多少，就常常觉得对方做得太少。越不做家务的男人，越容易轻视那些被家务耽搁了玩乐和打扮的妻子，同时就越容易被外面的花花世界诱惑。因为他不知道生活究竟有多少鸡毛蒜皮，谈情说爱总是比过日子要有意思。

看过这样一个故事：一位父亲去看望自己已为人妻的女儿，他坐在一边，看着女儿买菜做饭，照顾老公和孩子，收拾屋子，一边还忙着打电话说工作上的事情，忙得一分钟空闲都没有。而丈夫就悠然地坐在沙发上，接过她递过来的咖啡，玩着电脑。父亲看着女儿，内心复杂：自己从来没有帮她母亲干过家务，相信女婿家里的那位父亲也同样如此，所以，两个孩子都看到了，也都学到了。父亲终于意识到了自己的错误。坏的榜样对孩子的影响是潜移默化的，也是波及终身的，这不是口头教育能够轻易颠覆的。

家务影响整个家庭，孩子也不例外。就像哥伦比亚大学的一个实验里证明的那样：如果父亲从来不做家务，孩子潜意识里就产生男女不平等的观念，在以后的职业选择和婚姻生活中，都更容易受到性别意识的束缚。而每个孩子，都是从小在这样的暗示中长大，当他们长大成人、组成家庭，最终形成了这样一个循环往复的怪圈。

房子在哪，家务就在哪，无论你全款还是贷款，无论你买的还是租的。人和人在一起，总要有人妥协，但绝不能是一个人单方面的妥协。

“我不爱做家务，所以我不做了。”“你不爱做家务？那怎么成！你不做谁做？反正我不做，所以你必须做，这是你的义务！”这样的想法，早扔掉早好。这个时代，每个人都在追求幸福。彼此包容，共同承担，才有幸福可言。否则，连区区家务都可能毁了你，毁了一个家。

# 简 单

电视上综艺节目主持人在和妈妈们聊天的过程中，很多农村地区，甚至是城市地区的妈妈，都觉得生女儿的负担比儿子小，不用考虑买车买房，也不用辛苦挣钱给她结婚，等她长大嫁人了，基本就完成任务，养女儿比养儿子简单多了。每次看到这样的言论，我心说，培养教育出一个有道德、有修养的女孩子一点都不简单。

虽然以现在的环境来说，生女儿可以不用考虑房子，但有女儿的父母需要付出更多用心去教育自己的女儿，成为有道德、有修养的善良人，成为一个有思想、会思考、能独立的新时代女性，教育她们怎样活出自己的人生而不用依附于男性。

对于我来说，能教育出一个这样的女孩儿，一点都不比买房子简单。很多年前，在央视的一个《对话》栏目中，一位大四女生提问："现在社会上都说'学得好不如嫁得好'，请问这一点是否有道理？"当时主持人王丽芬老师，回了她这么一句话："别让时代的悲哀，成为你人生的悲哀。"

有一个女孩，从小长得漂亮，从初中开始就有很多男生追。她心思没放在读书上，成绩不好，高中自然都没考上。初中毕业后，就嫁给了一个有钱老板的儿子，当一般家庭的女孩子用着爸妈给的500元一个月的生活费，她一个月的零花钱就有上万。好日子还没过几年，有钱的公公得了癌症走了，公司管理不善破产了，女孩跟她那个啃老的丈夫没靠山了，只能出来工作。她当过超市销售员、饭店服务员，没干两个月就做不下去。以前来钱太容易了，现在要靠自己挣钱，享乐惯了的人，哪里受得了这种苦，一个月辛辛苦苦挣那么点，还比不上她以前的两顿饭钱。没钱花，就跟老公日吵夜吵，吵完就带孩子跑回娘家，天天睡觉、上网、看电视，她父母养着一大家子不容易，只好催她出去找工作。她不愿意，又哭又闹的，埋怨自己命苦，出身不好，嫁人也嫁不好。一个快三十岁的人，还要父母操碎了心。一个女人如果连基本养活自己的能力都没有，一旦婚姻出现了什么问题，就跟天塌了似的，别说照顾孩子，自己萎靡不振，人到中年还得依靠年迈的父母。

养育女孩，不求她嫁入豪门，大富大贵，但求顺境的时候不卑不亢，逆境的时候不怨天尤人，不会因为眼前的困难自乱阵脚，能有从逆境中站起来的决心。培养出这样的品格，一点都不容易。心理学家发现，爸爸妈妈对女儿的作用是互补的，妈妈让女儿安心，爸爸则给女儿自信。妈妈是女儿的榜样，你跟丈夫如何相处，如何对待亲人朋友，如何面对自己的压力，女儿都会将妈妈的行为习惯转变为自己的做事方式。毫不夸张地说，你的女儿很可能会成为另一个你。至于爸爸呢？爸爸与女儿的关系是她以后与男性相处的基础。如果爸爸尊重女儿，听取她的意见，能经常跟她一起开心地玩，她就无法接受别的男孩不尊重她，更不会觉得男尊女卑，认同自我女性魅力，就不需要刻意讨好别人。

不可否认，对于漂亮的女孩儿来说，确实能靠自己的容貌和身材快速达到短期目的，甚至是折现。如何教育我们的女孩儿，成为一个自尊自爱、独立思考的人，而不会为了眼前的利益而选择错误？知道世界上所有的馈赠，都在命运里暗中标好了价格，所有好走的路都是下坡路。

教育出一个这样的女孩，比起买房子，难多了。

吉塞拉·普罗伊朔夫在《养育女孩》一书中说道：当你的女儿长大，你能看到你给她的童年与如今她拥有的力量和品质之间的关联。女孩心思细腻、柔软又敏感，无论大脑还是能力，都比男孩发育要快。尤其是青春期，女孩更容易陷入迷茫和迷失自我，她比男孩更需要父母的关心和抚慰。都说女孩要富养，这种富养除了物质之外，更多指向精神上的富足。即使你不需要给她买房买车，但也必须要用这笔买车买房的钱，好好教育和培养她。培养她爱读书的品质，让她知书识礼，有思想有见识有爱好，让她知道除了化妆品名牌包之外，还有更多有意义的东西值得她追求，让她不容易被各种虚荣浮华所迷惑。培养她自食其力的能力，让她挣得了自己想要的钱，过得了自己想要的人生，不必为了钱和物质，出卖自己的感情和身体。培养她承受失败的勇气，让她内心强大能够面对一切，就算遇上天大的事情，也不至于惊慌失措。就算某一天恋爱分手，婚姻失败，也能坦然接受。培养她独立自信有责任感，让她为人处世不卑不亢，懂得辨善恶、知好坏，也不必依靠取悦任何人而活，有底气地为自己的人生负责。

这就是女孩父母的责任，一点也不简单。

不要再觉得自己生了女儿就是省事，如果按照教育的难度来说，培养女孩比男孩更难，需要付出的耐心更多，需要注意的问题也更多。我们现在做得越多，她以后独当一面的能力就越强，能自己做选择的机会也会越多。最重要的一点，我们这么努力把女儿养好，不是指望她改变世界，而是让她不被世界所改变。

# 行　旅

七月末了。睡一个短短午觉，每回醒来，总是无限惆怅，揉揉艰涩的眼，呆坐沙发上——窗外，大风把小柳树吹得绿丝滔滔，但听麻雀声，玻璃渣子一样碎漆漆的，简直在热锅里炒豆子……

麻雀这生灵的叫声，更衬出午后的寂静。

什么是静呢？倘在心上放一只碗，这碗里可以装下海洋万顷。

这样的午后，适合读书，适合把生命的来龙去脉捋一捋，那些精神缝隙里的皱褶，一点一点被抚平，重新舒展，就像樟木箱子里翻出来一匹隔年的府绸花布，仍然还是簇新的。晚明士人文震亨在《长物志》里说雨渍苔生，绿褥可爱，讲的就是长夏吧。到处青苔新绿，一天天地浓烈，漫山遍野都是夏意。

近段时间里，系统地读完了《小说红楼》《小说水浒》《中医故事》《眠空》《我们生活在巨大的差距里》，还重读了《红楼梦》，昨天傍晚到书店读了一个小时的书，与书邂逅，感觉很亲切。

悠长的午后，适宜读书。或者是鲁迅的——溽热天适合小品。鲁迅的文字，初读，都是寒意；再读，分明有热血。读来读去，遍布痛感，满满对人世的怜悯。年少时不懂得他的好，觉得这人时时处在发脾气的状态，且总是提一把刀，明晃晃地不让人靠近。林语堂还给他找过工作，他一律照骂；陈西滢这么一位文质彬彬的教授，他依旧不放过；遑论梁实秋、胡适之……

近年，实在是读出了周先生寒意背后的温情——他对这个世界都是慈爱，就像对待萧红那么怜惜，处处有情有义。

汪曾祺被誉为“抒情的人道主义者，中国最后一个纯粹的文人，中国最后一个士大夫”。汪曾祺在短篇小说创作上颇有成就，对戏剧与民间文艺也有深入钻研。

张恨水的小品，简直案头清供，如何赏玩都不倦。民国时代的文人，笔笔都是瘦金体，布满静气，更见大气。近读张恨水评《水浒》系列，是文言，一篇篇，逐段，逐句，遇到不懂的段落、句子，停下，从头过一遍。若还不懂，就往笔记本上抄，写着写着，便也意会了。如此三番，满头是汗。有时读书，必须下苦功夫。把这个系列读完，计划顺便抄近道把金圣叹评《水浒》也一并读了。这些才华横溢的人，当真可以在逼仄的砂石上建造人世的绮丽纷繁，处处机锋，值得一遍遍披阅。

孙犁的文章，一直偏爱。断断续续读了好几年，舍不得放下。当把一个作家留存下来的所有文字读一遍，慢慢地，就算靠近了一个高蹈的灵魂，成了他的小友，理解他，懂得他，敬慕他，心疼他。孙犁真是一个美好而不可多得的人。这个老头，敏感，抑郁，愁苦，悲戚，晚年尤甚。如此的天然纯粹，孩子一样的澄明无助，甚至连性格上的脆弱也跃然纸上，一览无遗把干净的灵魂随意留在作品里，见字如见人，有时，我甚至听得见他独自哀哀的哭泣……是真正的大家，不市侩，不攀不附，不媚不俗，值得仰慕。

孙犁也爱鲁迅，甚至他会按照《鲁迅日记》里的每月书单购置书籍，经史子集一路读来。有人说：他的后期性格谨慎、孤僻，不喜言谈交际——恰恰这种性格，在写作上意外地给了他不小的助力，也造就了他晚年的独特风格：简洁淡郁。

读书即行旅——文字如灵魂，风一样把我们一点点吹远。既是滋养，也是拓宽。读着读着，一颗心便会大一点，丰厚一点，温润一点。慢慢地，眼界开阔一点，可以望见俗世之外的世界……

# 分 歧

昨天去看了电影《幕后玩家》，钟小年和魏思蒙从贫贱走向富贵，婚姻却到了瓦解的边缘。后座的一对情侣一直在聊天，有句话我听得格外清楚，女孩说：如果让我住在这样的别墅里，死了也甘心，有什么过不下去的？我不禁想起去年有个女孩离婚了，她离婚的理由我至今还记得：两个人无话可说，越来越厌烦对方，感觉没有未来。我想，这句话，大概就是对那个女孩最好的回答。或者说，是彼此追求的东西不同了，你还在吃大蒜，而我已经开始喝咖啡了。就像同一棵树上长出的两根分叉，渐行渐远。在婚姻中沉淀得越久，越能懂得用心经营婚姻对夫妻关系有多么重要。穷的时候，同舟共济，你们才能摆脱物质的匮乏。富的时候，坦诚相待，你们才能获得内心的平静。

写贫贱夫妻百事哀最好的小说是鲁迅的《伤逝》，子君和涓生自由恋爱，冲破重重阻挠走到了一起。可惜婚后，两个人渐渐连生计都难以维系，最终以分手收场，子君在一年后黯然死去。看上去，是穷出的问题。而本质上，还是婚后两个人的追求出现了根本的分歧。子君满足于做一个家庭妇女，把家和涓生当作人生的全部。但在涓生的心中，爱情必须时时更新、生长、创造，子君活成了涓生人生的一个累赘。当你已经不相信跟眼前人可以过好一生的时候，你们也就走到了尽头。贫贱夫妻往往并不是败给了一个穷字，而是因为穷，生出无数龃龉，相互埋怨，相互诋毁，用力证明自己的人生是被对方毁掉的。劲不能往一处使的夫妻，几乎没有什么富贵的可能。即便真的度过了贫贱，迎来了富贵，等待的可能是更大的悲剧。

有个近五十岁的女士在微信上拉着我倾诉到大半夜，讲自己和丈夫如何白手起家，最早时为了赚钱给人洗衣服，把两只手都洗脱几层皮。穷的时候，去小面馆一起吃一碗面都觉得奢侈。后来终于慢慢攒了点本钱，开始做生意，运气好，这几年生意渐渐做大。暴富很考验一个人，可惜丈夫并没有经得住考验，就像所有狗血的故事一样，他有了小三，翻脸无情。她反反复复就问我一句话：我们那么穷的日子都捱过来了，你说，为什么他现在就变了！我心说，这样的故事早就不再稀奇。

钱可以解决很多问题，但是钱也可以产生很多问题。穷的时候，我们的世界只有赚钱。可是有钱了，你有了更多可以追求的，比如名望、理想，以及声色犬马的欲望，当两个人的劲再也不能往一处使，这才是婚姻改变的开始。《幕后玩家》里，钟小年和魏思蒙年轻时租简陋的民房，吃几块钱一碗的云吞，每天生活的盼头就是过上好日子。在他看来，好日子就是有钱。而在她心中，好日子是无论我们有多穷，你都会把最好吃的东西留给我。

后来真的有钱了，住进了湖畔的别墅，妻子却要和自己离婚了，云吞还是以前那碗云吞，可惜再也吃不出当年的味道。

好日子好像已经来了，却离她越来越远。剥掉悬疑的外壳，电影的核心还是在探讨夫妻关系。钟小年夫妇是中年人婚姻的一道缩影：一个一直在强调，我做这些都是为了你，另一个却竭力想告诉对方，这一切都不是我想要的。电影里，魏思蒙曾经有过一次情绪的爆发，她突然质问钟小年，你知道我高考多少分吗？我大学门门功课都是第一，我想做战地记者，最后却做了财经记者，我是为了进入你的世界跟你在一起。可是进得越深，就越恐慌，你是我最深不可测的黑洞。她对丈夫显然还有爱，但是这份爱已经不足以支撑她看到未来。因为两个人的劲，早就使不到一块去了。

我们到底是什么时候把彼此弄丢的？

徐峥一直是中年危机的最佳代言人，他非常善于演绎那些外表光鲜，但实际暗潮汹涌危机重重的中年男人。钟小年身上的焦虑和他在婚姻中遇到的问题，是很多中年人正在经历的。

现在的人很喜欢贩卖焦虑，不过我觉得人到中年，你最该关心的不是那些

八竿子都打不着的同龄人，而是你自以为很了解，但其实一无所知的另一半。比同龄人正在抛弃你可悲一万倍的，是你的另一半准备放弃你，而你还一无所知。一直以来，我们对夫妻共同成长这个词都有误解，以为“势均力敌”就叫共同成长了。

事实上，当两个人不能互相滋养、互相扶助、互相认同时，越势均力敌，就越可怕。魏思蒙和钟小年也算得上“势均力敌”，他是基金公司CEO，她是新闻专业高材生，年纪轻轻就做到了副主编。也恰恰就因为她不是普通的家庭妇女，她才了解他所有见不得光的交易，她才会为他的没有底线而痛苦。她想拉他回来，他却一厢情愿以为财富才能给他们带来幸福。不是两个人成长的速度不一致，而是彼此的人生方向早已南辕北辙。婚姻就像玩二人三足，劲一旦使不到一起，用力只会摔得更惨。钟小年在受尽折磨后终于明白了这个道理：好日子不是拥有多少财富，而是获得幸福。在钱和爱面前，他做了一回正确的决定，完成了对自我的救赎。

同舟共济，就是两个人都愿意去相信，我们一定会幸福的。我们无条件地信任彼此，爱着彼此。所以不要走得太快，停一停，等一等，最怕有一天终于有了这辈子都花不完的钱，却再也看不清眼前的那个人。如果有一天，我终于让千百双手在我面前挥舞，我只希望，那个见识过最落魄最无助最沮丧的我的你，一直都在。

# 过日子

现在农村政策好，这些年农民们真的是富了。想起过紧日子那几年……

中国人过春节贴对联，对联横批出现较大频率的是这样的一些词句：勤俭持家、精打细算、细水长流；这实质上指的是过日子，是中国人过日子的宗旨和要诀。否则，再宏大的财富也会被挥霍殆尽，亿万富翁沦落成街头乞丐也并非骇人听闻。

过日子，是人生所必修的一门重要课程。时间就是效益。科技竞争一日千里，炒股一点键盘就分出输赢，职员每日可得薪金报酬，商贩当天就会获得利润。而农民们所经营的产业有它的特殊性，必须适时播种，必须经过生根发芽、生长成熟、收获这一亘古不变、无法更改的过程。你急不得，只能等，这一等就是一年，像这样以年为周期的经营运作怎能获得可观的效益？事实上谁都知道，没有哪一种经营会比农业再微利的了。农业看似最简单不过，但它的风险性是其他任何产业、任何人也不能先知先觉的，事实上根本也无利可图，所以什么都能来做保险，唯独农业谁都不肯来做。农民们从黄土地里啃出的这点钱是血汗钱，是死钱，一分钱恨不得分几瓣来使，故农民们过日子，犹显得要精打细算，一个会过日子的人，绝对是一个相当出色的理财能手。

什么都能少，唯独不能少吃的，所以手头再紧，粮食价再好，涨到天上，也决不能把粮食卖完，农夫们吃商品粮，可能要惹人见笑，也很悖理。大人少吃点，少穿点，少花点，但不能苦了孩子，孩子正在长身体，正在寒窗苦读。年来节到，亲朋好友之间的平常走动——人情王法，自然省不得，也不能省，人穷志不短，别让人家隔着门缝看咱，把咱看扁了。眼看着儿女们一天天地长成半大小伙子姑娘了，住房狭窄简陋，该提上日程了；父母大人一天天地老去，身子骨一天不如一天，他们的衣食住行，也该考虑考虑了。农具坏了，修修，家当少了，将就点。自行车除了铃不响，其他全都哗啦哗啦地响，凑合着再骑两年吧。赶集不买不行的一定要买，但不该买的绝对不能买了。日子正紧张那两年，如果还有吸烟喝酒的癖好，那也得审时度势，酒很长时间不喝了，还可以一醉方休，活血通络，烟呢，做个文明人，戒了一点也不可惜。丑陋恶习更是一点也不能沾染，比如嫖、赌、吸毒，一旦沾染，结局必定是家破人亡。

一年有两个难关，一是荒春，此时青黄不接，屋里粮仓除了维持家人口腹之外，已没有什么粮食作物可卖了，冬小麦还在地里，但春耕生产不能耽误，日常必要花销少不了。最好的办法就是欠，乡村镇的商店、农资门市部、卫生所都有一本厚厚的欠账簿。欠人家的，赔笑脸，还得看人家脸色，如果这几年运气不佳，亲戚朋友邻居见了你也都吓得躲得远远的，只怕沾了你的穷气。二是年关，过年就是过急，平常日子打得再紧，过年的时候也得有点新气象，也得奢侈一点，手头自然就拮据了。年关最害怕的事是别人登门讨债，欠账还钱是天经地义的，有了慌忙给了人家，千恩万谢；如果没有，欠人家时间也不短了，都是五尺高的男人，那尴尬的场面就别提了。

农家过日子可谓经历许许多多的风风雨雨，家里有了病人，日子不会红火；盖房子，花费掉了大半辈子的积蓄；孩子结婚了，免不得借借讨讨；孩子上了大学，还得咬紧牙关；天有不测风云，人有旦夕祸福，不知哪一天出了什么事情，半辈子都直不起腰来。

农家的日子，难过；老百姓的日子，经不得风吹草动。这可能让有些人怀疑，是不是有点夸大事实，混淆视听，现在是二十一世纪的中国，是政通人和、天下太平、安居乐业的盛世，怎会有如此的可怜相。你不相信，你绝对不是一个农民，而是一个对农民相当冷漠的人；你相信，你不是农民，也是深知中国国情的人。

穷日子，穷过。农家的经济来源，绝不能仅仅靠土地，复杂着呢。哪家不养鸡鸭鹅或者兔子牛羊的？下地干活，回家就得侍候这些家畜牲口；有时受不住吵闹折腾了，真想全给宰了落个清静，但一想到过日子也就忍了。农忙刚过，庄稼汉就出门去打零工，比如搞建筑、拉板车、收破烂、装车扛包……或者凭自己的一技之长串大街小巷，串七里八乡，他们在外吃尽了苦头，受尽了白眼，但日子紧巴着呢，哪敢任自己的性子呢？女人守家，把家务一切都揽了。天天防火，夜夜防贼，总有些小偷小摸来骚扰，女人在夜里总是提心吊胆，没有睡过安稳觉。小心着，鸡子不见了两只，鸭鹅也丢了，这还罢了，特别是害怕那团伙性的盗牛贼，厉害着呢，硬是敲掉铁锁，撞开门，用刀子逼着你，眼睁睁地看着耕牛被大摇大摆地牵走了。这可是值钱的家当呀，女人心里害怕，想不开，便一气之下喝了农药，幸亏发现得及时，抢救得及时，总算没搭上小命。男人在外挣的是芝麻绿豆小钱，女人在家把西瓜大的钱给丢了，男人回来没少吸闷烟喝闷酒，蒙头睡了几天几夜，最后还是强打精神来劝女人生火做饭：丢了就丢了，日子么，还得过呀！

日子苦那二年，两口子吵嘴打架，闹别扭是家常便饭。女人爱发牢骚，指鸡骂狗，骂男人废物饭桶窝囊蛋，男人没了面子，特别是在众人的面前没面子，脾气再好，是泡牛屎也要发发沫，男人推了女人一把，女人就受不了，骂爹骂娘骂祖宗八代，惹得男人火了，手一伸就是“啪”的一声，一个响亮的嘴巴，五个指头印子显着呢，好狠哪！女人操起铁锨，男人抡起了椅子，砰砰喳喳地打起来。碗烂了，茶瓶打了，桌子腿折了，钟表掉了，鸡子吓得咯咯嗒嗒，扑扑棱棱。众人强拉硬拽地把两口子分开了，女人披头散发，袒胸露乳地坐在地上泪一把涕一把地向人哭诉着她的委屈，然后打了小包，拿了换洗衣服回娘家去了。男人在家既当爹来又当娘，忙里忙外，忙完家务忙庄稼，一天两天下来，没人吵了，舒服了呢！三天下来，勉强还可以，月儿四十，心里其实就已经后悔了，后悔不该打媳妇了，媳妇是刀子嘴豆腐心，平时干活也是不怕脏不怕累，风风火火的，念着媳妇好了；但面子不能丢了，硬撑着。人们不时地劝他把女人叫回来，他说不去，男人臭倔！最终没人理他了，他却请了家族有威望的长辈们，买了礼品一同去了女人娘家，既赔礼又道歉，好说一番，又受丈母娘的数落，女人才算气气派派、大大方方地跟着回来了。打也打了，骂也骂

了，气也生了，日子么，不能不过。

婚前的日子与婚后的日子，有天壤之别。婚前的年轻人谁懂得什么是过日子？出手慷慨大方，毫不在乎，挣一个花俩，今天有酒今天醉，哪管他明天如何。婚后突然发觉了天高地厚，懂得了钱难挣，知道了身上有那么多的责任和义务，所做所想再也无法放任自由了，一时还不适应，时间一长就痛下决心了：不能胡整了，得过日子。只有过起了日子，才能懂得什么是生活，一个过日子的人，就会有健康的生活，有了健康生活的人，才会拥有健康的人生。

刚成家那几年，纵使你使出浑身的招数能耐，日子未必能过得顺当如意，总是紧巴巴的；一年到头忙得抓东抓西，脚打算盘，最后还是一碗扣不着一碗。生了孩子三年穷，就别想轻轻松松过日子。过日子么，可能就是先苦辣，先要付出，先要奋斗，等有一天觉得日子过得挺不错了，可该松口气了，可又突然发现，发间已隐约霜白，真的是触目惊心，都不忍心照镜子，自己已经是真的老了。

# 哄小孩

看着亭亭玉立的女儿，总想起她小时候乖巧的样子。

女儿小时候，每天晚上，哄女儿睡觉的重任一般都由我担当。睡觉前，女儿总是说：妈妈你给我讲故事，你给我唱歌。我一般都唱小儿歌，唱得尤其多的是《鲁冰花》，女儿一边仰脸研究我的嘴张合有度，一边把安抚奶嘴吮得一拱一拱的，像乡下小猪拱地下甜根一样利索。神奇得很，在儿歌的回旋往复里，她真的就沉入了梦乡。

即便困倦难忍，我也都学着唱歌，把早些年仅仅会唱的几首儿歌连续性地对付下去。起先，她表现出非常有兴趣的样子，偶尔还把小手伸过来摸摸我的嘴。但，纵然我口干舌燥，她小人家就是不睡。也许走音走得厉害了，很难对她造成催眠效果。有时，冷不丁，她突然从我怀里挣起，非常不耐烦。

哄小孩，不仅是一项技术活，更要有异常的耐受性，简直是一遍遍忍辱。她一次一次地挑衅，你无功而返，一次一次微笑着去迎合。有时，甚至面对她的顽劣，有股把她丢到地上去的冲动。这个念头，一闪而过，极度罪过。女儿可以随时听不到我说话，自顾自地做自己的事情。女儿上学前班放假时，我总是把她锁在家里，每天下班时女儿都在窗前候着我回来，脚底下踩一个西瓜，趴在窗台上，看到我过来，老远就喊妈妈。我再上班时继续把她锁在家里，临走时，女儿总是要给我说好多话，我光记得她启动着小嘴：妈妈我今天会叠小船了，妈妈我今天一个人在家没哭，妈妈什么什么的等等等等。现在想起来总是心里酸酸的，觉得对不起女儿。

小婴儿就是一匹小兽，原始的，天然的，懵懂的。《动物世界》里，凶残无比的虎豹豺狼们不都是挺温和地把它们的小幼仔衔在嘴里走来走去的？即便刚经历过一场血腥杀伐，但面对自己的幼仔，便立即恢复到母性的温情中。

人类中，担任抚育幼儿角色的，一般都是母亲们。所以呢，科学家、哲学家、政治家、作家等，女性的比例是失调的。把一个婴儿培养到完全放手，至少需要 18 年时间。谁耗得起 18 年呢？

夜里，女儿总是不肯睡，在看手机小说，到很晚很晚才睡。我忽然想起来《鲁冰花》，一遍一遍在心里唱啊唱，不禁走神起来，想起遥远的岁月——

家乡的茶园开满花，

妈妈的心肝在天涯……

茶树开花，应该是秋天吧——你看，妈妈的心肝到秋天还没有回来。这是晚年里多么难过的事情。而妈妈一直在原地，心肝会越走越远。茶花奶白色的，开满秋天的山坡，妈妈站在那里守望。相册里，一张一张，都是消逝的岁月。

当多年以后，尚且活着，女儿也是一名母亲了，女儿也不知野到哪里去了。不管野到哪里，都是妈妈的心肝。

# 放　下

夜晚，夜幕落下，电视上正在演《婚姻保卫战》，是一对半路夫妻上节目向情感专家请教家庭纠纷，男的年近花甲之年还在为全家人的生计奔波，控诉妻子三十岁不到就不工作，也不做任何家务，每天除了逛街、喝茶、美容就是约人打麻将。妻子理直气壮回应，婚前你答应我的，婚后我什么也不用做，要我工作那我嫁给你做什么，你娶了我就要养我！竟然受到台下好多女孩的一片赞誉。接下来上场的一对热恋中的男女也来请教情感困惑，说是女孩太任性，折磨男孩无所不用其极，午夜时分突然想吃兔头，还是那种正宗的双流兔头，住在成都市中心要男朋友到双流去买，男孩花两三个小时到双流买回来，女孩子已经呼呼大睡了，还抱怨男孩子回来太慢。现场的几个情感专家笑了，全场观众也都笑了，这女孩真能作。想起前不久在网上看到的一篇文章，是一位父亲写给女儿的一封信，也受到了广泛的赞誉，搞不懂了，到底是社会病了，还是女孩子病了？是父亲病了，还是现在的人病了？

文章主要是父亲安慰 30 岁的女儿，你不要着急，找不到合意的男人就不要结婚，我不催你。文章前半部分在检讨自己的婚姻，说自己老婆付出有多少，照顾农村亲戚，照顾一家大小，照顾公婆起居，照顾孩子成长，把委屈都憋在肚子里，现在年龄大了累出一身的病。转个话锋就是——你可不能像你妈那样！劳累一辈子，我舍不得！后半部分说的是，我希望你找的老公是什么样什么样，全是对男人的条件，就是没有对女儿的教导。我所理解的美好婚姻，是要双方放下姿态用心经营生活。暗自思忖，这位父亲惴惴不安的同时绞尽脑汁地想要女儿过得幸福一些，显而易见在他的惯常思维中都有一种自己所向往的生活方式，与之距离越远，那种荒谬感越会形成一种强烈的力量，这思维往往使女儿离幸福越来越远。

我觉得这父亲病得不轻。你对女婿的要求，你自己做到了吗？要求女婿善良，要求女婿为女儿改变自己，要求永远呵护女儿。你自己老婆冬天冰水洗衣服，你连谢谢都不说一声，更别提去帮你老婆烧壶热水了。你妈妈跟老婆一起住，老婆伺候着，你妈妈挑毛病，你老婆委屈了你就干看着，你不会自己多出力吗？老婆洗一辈子碗烧一辈子饭，你去帮过一次忙吗？你啥都不干，啥都不会干，凭什么要求你女儿就找到个人照顾她一辈子？

文中还说，婚姻是两个人的努力，不是一个人的付出，字里行间里，你们家幸福生活都靠牺牲你老婆的利益和劳动换来的，你老婆还没告诉女儿不要结婚呢，你凭什么要她不找到合意的不结婚？多少算合意？ 100% ？我身边都有活生生的例子，有的女人都结三四次婚了，也没遇到老天给她量身定制的特别妥帖的老公，回回结婚都抱怨嫁错了人。

只有极其自私的父亲才会这样教导女儿。这社会一定是病了。婚姻的本质就是阴阳和合，孤阴不生，独阳不长。一个人不结婚，在社会上就不可能被当作成年人看待，不生孩子，自己就成长不到有可能达到的最高处。一个终身没有找到爱侣的人，事业再有成，内心里也是有缺憾的吧？这哪里是没人一起看电影，没有半价下午茶的事？

电视剧《青春期撞上更年期》这部作品想表达什么？我思量是，一个完整的人生。青春期，不是孩子的青春期，而是大人的回顾期。你只有在孩子气你、不可理喻的时候，你才会回望自己，当年是多么地鲁莽无知，父母靠着多么大的定力，才能陪你度过。

同理，你不结婚，你很难理解为什么夫妻之间是天地中最大的阴阳，既矛盾又统一，既想逃离又相互依存；你不生孩子，你就不能理解最深刻的爱在哪里，不能理解人这一生要经历三次分娩：一次是物理层面的脐带剪断，一次是心理层面的青春期剪断，而最后一次分娩，就是他们独立成人与你渐行渐远。这篇文章，显然是一位父亲不肯剪断脐带的表现。孩子要大了，自己在经历成长阵痛，父亲尽量想让这种阵痛来得慢一些。

婚恋观要从小树立。我们生孩子，目的是有一天亲手把他作为合格产品送上社会。我一直跟我女儿讲，你以后要嫁人的，现在就要学烧饭做菜照顾人，还要有挣钱的本事，不然你将来的美好生活怎么创造？我们家培养的女儿要成为名牌产品。现在女儿做得一手好菜，每天回家女儿都是一张笑脸，对双方父母经常嘘寒问暖，主动做家务不娇气。从小给她建立起一定会结婚的观念，努力适应对方而不是挑剔对方。你自己孩子也不是完美的，也需要人家即将成为她丈夫的男孩适应。这不是正常生活吗？女儿女婿都在铁路工作，我的女婿也是一个非常优秀的男孩子，家庭观念强，孝敬老人，待人和善，工作努力，还是国家级的劳模。同事们都说他踏实稳重，什么事情都能干得有模有样。他是好职员、好丈夫，也是我们心目中的好女婿。2015 年春节前夕，我爱人猝遇车祸，女婿不分昼夜守在重症监护室外，如今依然记忆犹新。

即将步入婚姻殿堂的女孩子你得做好从一个女孩向一个女人的心理转变。你准备进入婚姻，也就是意味着将有人与你分担你的喜怒哀乐，从此后你的欢乐将被放大一倍，成为两份相同的欢乐；而你的伤心将被减半，因为将有人替你分担一半。同时也将意味着责任，婚姻与恋爱最大的区别就是，你不再只是一个人，你的所有举动都将影响两个人。也就是说，你对即将成为你丈夫的那个男孩有一份责任，你将尽一位妻子的责任和义务，一方面你要成为未来丈夫人生路上最坚定的支持者，同时你也要完成好自己的人生规划，也就是说你面临的责任将比现在要大得多。而即将成为未来丈夫的男孩呢，同样如此，他将会承担更多的责任。他既要实现自己在职业上的追求，还要照顾好你们共同的家庭，更要照顾好你，让你们能够拥有一个稳定、幸福、圆满的家。此外，当你们的父母需要你们时，你们还要尽为人子的责任和义务。



即将步入婚姻的女孩子，你尽可忙于畅想你的未来幸福！有一点你须知晓，幸福从来就不是别人给的，幸福只有自己创造，拥有时幸福感才会最强烈。每一个家庭，包括你们的爸妈，他们都是从空白一点一点努力成就了现在的家，他们所拥有的一切，物质上的也好，精神上的也好，都是用自己的双手创造出来的。之所以要说这个，是想你在思想上有个转变。女孩在步入婚姻的那一刻，你就会重新理解给予的意义！也就是说，从这一刻你们将努力开始谋划自己的生活了，你们的父母和你们之间将会有个角色互换，就是说你们将成为给予者，而你们的父母将成为接受者。当然这个不是单纯指物质方面。女孩也要树立一个观念，好丈夫从来就不是选出来的而是教出来的，就好像优秀不是天生而是后天培训出来的一样。你要为自己打造一套完美的“教夫”计划，让你未来的丈夫在不知不觉中，完全按照你的规划一步一步成为一个合格、负责、体贴、优秀的男主人！还有一点也很重要，两个人共同生活仅有爱情是不够的，还需要一些相处的技巧，这个女孩子们要慢慢体会。

看破、放下、自在、随缘——这些不是纸上谈兵，而是生活的阅历。做父母的，莫直接把人生的考卷答案发给孩子，而是等待孩子们自己发现。

孩子们，我鼓励你们到什么年龄干什么事情，不要羞涩，不要等待，老天不会按人头发工资，幸福要靠自己的努力才能争取到。

人生最大的痛苦，不是情感受伤，孩子没出息，爱人生老病死。人生最大的痛苦是：你来到这个世界上，看着别人精彩。

# 独 处

盛夏的月亮，饱满金黄，犹如一贴浸油过度的麦子饼，鲜黄欲滴——这是庸俗的比方，再往高雅的路上走，就是一张饱涨徽墨的薄宣，随时可以流淌盛唐的古诗。

夏夜的月，在天上，总有薄云相随，比衬得它更加橙黄，也是一片涨满风的帆，遥遥地挂在银河的浪波上。我站在草地上，久望不倦——这月真是一幅古画呀，并非黄公望的，也不是倪云林的，更不是董其昌的……这幅画早于汉唐，早于魏晋，早于春秋战国，亘古就在的吧，纵然陈旧又灰旧，望之，却夜夜簇新鲜妍。

摩挲良久，心为之远。

望望月亮，再看看星星，人就正常起来了，知道自己身处何地，自负刚愎的情绪无隙可乘，然后，回家冲个热水澡，静静看几页书，写点笔记，慢慢睡去，醒来满眼青山暮。

第二天，是晴天，依旧七点四十出门，说不定还会遇见玛瑙色的云——白云永远是那么有理想有怀抱，它不会故步自封，不会得陇望蜀，不会患得患失，它愿意把自己一直放逐在天际，李白一样纵横山水四海为家。“行到水穷处，坐看云起时”——如今，我们都是在用生命体验读古诗了，忽然一下开阔起来，懂得了王维的心境，并默默对他有了体恤之心。

有时，独处时，你的心走到一个节点上，怎么辗转，却下不来，会突然不快乐，慢慢地，有了反省，正是人类的局限决定了人类的渺小。

那么，还是赏花去吧。独处时，与花草邂逅，与明月相伴。慢慢地活，一时，一日，一月，一年。

# 投 荒

入冬以来，每每照镜，蓦然发现镜子里的自己，发间白发频生，总是连根一拔。过不了多久，它们又飞快地长出来。与小时候在老家种菜相若，越是孜孜不倦地锄地侍弄，导致地力松动，杂草越易生生不息。寸长的白发不再伏贴，一根根直立于头顶，怒目苍天。放眼而望，人之衰老，藻丽俳语一般层出不穷。体内气血，逐年衰弱，早已无力滋养身体两端，所以，衰败之相总以首尾两端凸显。怎么可以无动于衷？苦于被惶恐与忧惧所纠缠，最多的是不甘，难免情绪低落，比起大树一年年来的郁郁葱茏，人类卑微如粟，简直做不了自己的主。

这个冬天极冷，盼望下一场又一场的雪，但事与愿违，经历了一个无雪的冬天，让人惊惧。夜里临睡，翻翻王国维的《人间词话》，翻翻日历，感觉时光飞逝。昏黄灯光下，好比翻开旧年日记，漫漶的情绪之水淹过既往年月。两只手举书举得酸胀，暂且把书搁在茶几上，眼神呆滞地望向虚空，一点点揣摩词话漫漫辞赋背后的哀意难言，慢慢地，对于自身的处境，也便释然了，过后，不免有烟笼远树的浑然。

人生漫漫无期，一天一天，一夜一夜，就是这么过来的。

《人间词话》读完，窗外寒风依旧，继续读读柳宗元，更多的是抚卷《永州八记》，为他幽秀荒寂简淡的气质所深深折服，如若真的于山水间徜徉过一回。中国文人放逐一颗心的来路与归途，自在，清虚，向来殊途同归——除了山水天地，再无别样。

有一年，柳州游玩，柳侯公园内树木参天，几十棵桂树，堪比西方教堂哥特式尖顶，高耸入云，直插天际。南国气候异常诡异，栀子花依然开在初秋的天气里。我坐在公园石凳上，久久望着毗邻的一群老人抹纸牌，末了，自公园另一角传来二胡声。最听不得这样凄切的乐器声，仿佛人生里所有的失败凄凉落魄赶趟着一齐挤来，陡然想起柳宗元发配此地时写下的诗：

海畔尖山似剑铓，秋来处处割愁肠。

若为化得身千亿，散上峰头望故乡。

每每读之，人生余痛，沉渣泛起。近期，我又想起他的另一句诗：文字由来重李唐，如何万里竟投荒？就这一句“如何万里竟投荒”，简直成了我近阶段现实处境的自洽。

一天天，于寒风里奔赴 60 公里之外的察尔汗盐湖上班，不免自我诘问，如何万里竟投荒？年轻时，非常不理解柳宗元、苏东坡们对于人生境遇的选择——“朝廷”对他们一辱再辱，为何不能甩手不干呢？唯有到得中年，遍尝人世艰辛困顿，方才一点点懂得，我们之所以做不了陶潜、李白，并非缺乏他们的胸襟、格局与气象，而是不能够！原本是可以愤然抽身的，但，转念间，不禁想起还要顾念委以糊口的薪水，唯有“万里投荒”了。

刚刚，重看一遍自己即将出书的文集《碎月》，感觉尚可。今天，也是长时间地中断书写后，第一次尝试打开电脑，战战兢兢，遵嘱写下点什么。这些年，总是没有心境写序或跋，仿佛没有什么可以言说的了。《碎月》的序还是托我的文友代为之。

感谢多年来，在书写这漫漫小路上，于精神领域给过我无私帮助的诸位朋友，每每想起你们，总是心怀感激。

# 提 醒

我青春年少的时候，对于过年，总是异乎寻常地反感，每每看我妈妈忙里忙外的样子，简直替她痛悔——那纯粹就是浪费生命啊，尤其贴春联这一项，简直达到了恶俗的峰巅，妃红俗艳纸上写黑漆麻乎的字，甚至洒上锡箔金粉。墨汁臭臭的气味，隔着老远都闻得到，年年都千篇一律地祈求：福如东海，寿比南山……人，活着，难道就为求一个福寿？这些鄙俗的人们哪，何曾注重过精神世界？不晓得从何时开始，忽然喜欢起过年来。尤其近年，越发热衷起来。这些琐琐碎屑的关于年的仪式感，总是予人温暖，给人依傍感，仿佛精神上有所依，有所归。关于年，无非提醒人，要热爱生活，生命有了仪式感，赋予了平凡日子以庄重和典雅。在寒冷中等待，在归来的路途上，这多好啊。

一年三百六十多天里，我们大多的日子都是哑光，琐碎，平庸，苟且，得过且过……忽然，有一种叫年的东西来了，它提醒着你打起精神来，渐渐地，我们在年末这一段，得以把日子过成一束束追光，闪亮，饱满，郁郁菲菲。

决定从今年开始，也要把年过得富于仪式感起来，至少给孩子的童年留下一个五色斑斓的记忆。

首先得搞点美食。那么，从炸肉丸子开始吧。

昨天，在菜市一家售卖土猪肉的摊位预订了两公斤的前夹，今早去付钱，顺便在他们家的机器里绞成肉糜。然后买了小香葱、老姜若干。回家，把香葱洗净，切成葱粒，老姜去皮，切成姜粒，一起拌在肉糜里，分别打了四只鸡蛋，掺了二三两面粉进去。最关键是搁多少盐进去，才能做到咸淡适中？对于一个在厨房自修多年的主妇而言，放盐这道工序，也是只可意会无以言传的，无外乎凭手感了。

把一切都做妥帖，再拿一双筷子，以顺时针方向搅拌。肉糜大约太多了，筷子一时搅不开，只好用手，一边搅拌，一边顺势拿起一坨摔打。这些动作基本上都是从电视里主持美食节目的大厨那里学来的。据说，这样搅拌摔打出来的肉丸，既弹牙，又有韧劲。

家里存有一些古法榨的菜籽油，色重，香浓，最适合炸肉丸。左手抓一坨肉糜，以柔劲攥捏起来，肉糜自然顺着拇指与食指的空隙冒出，用力捏一下，一个一个小肉丸子依次滑出，以右手接住，一个个摆在砧板上，等油烧至七八成热，浓烟跑得差不多时，便可下丸子。待下进去的丸子表面结痂，再改为文火，慢慢熘。倘是一味猛火，丸子就会外焦里生。两公斤的肉糜，我整整炸了一上午，才搞妥帖，等它们冷却，装进保鲜袋存入冰箱冷冻起来，日后，随吃随取。

炸肉丸，适合放在汤里下着吃——顶好熬一锅猪骨汤，佐以嫩豆腐、黄心乌、金针菇、粉丝，插个电炉子，慢慢烫着吃。盛米饭前，抑或咂几小口米酒，甘甜的琼浆顺着喉咙急速滑入胃囊，凉润润的，似南风微拂，人似乎一下子过到了初春，空气里仿佛有了红梅绿萼的香气，恍恍惚惚里，悬荡着的，都是浮生浅梦。

记忆里，早年的春节前后，许是荤腥食多的缘故，我们家每天总要有一顿菜汤饭果腹。在汤饭里面额外放一点儿面条，再舀几只五香卤蛋和肉丸子进去，小火慢慢炖，末了，切一把青菜，挑点猪油进去，收汁，关火。盛一碗，捧在手里，小心翼翼往餐厅走，一路喷香扑鼻，一家人围着餐桌吃得滔滔迭迭，后背细冒细冒一层汗……

久远的记忆了。

今天站厨房里，累了一上午，早已过了午餐时间。忽然想起，应该煮一碗菜汤饭吃。挑了一勺隔夜饭，用凉水煮开，放进去一小支面条，改文火慢炖，等到饭粒子差不多都开了花，再搁进四五只肉丸，洗一棵黄心乌，切切碎，撒进去，略微加点盐，挑一点点猪油。猪油主要起到降服菜腥气的作用。这一碗菜汤饭，若不搁猪油的话，菜叶菜梗吃在嘴里一定会硬茬茬的。放了猪油，黄

心乌一下软塌下来，释放出一生的鲜美回甘。猪油与青菜一向是绝配，有一点佳偶天成的意思。每年冬天，但凡买回猪前夹肉，我都要事先把肥膘片出来，炸成油，冻在白铁缸里，每炒一盘青菜，都会挖一点进去。原本一盘平凡的青菜，素油炒出来的，跟猪油炒出的，不可同日而语。有了猪油的激发，青菜顿时消失了戾气，把凌厉收了，筋络化为无形，吃在嘴里，渣滓皆无，尽是绵长的回甘。无人问津的动物脂肪，唯独在一盘青菜这里，找回了尊严和价值。

吃菜汤饭，倘有两样小菜嗒嗒嘴，更完美些。这两样小菜，或者水辣椒，或者豆腐乳。水辣椒应是皖南的特色，至今，我在别地没有遇到过。所谓水辣椒，就是把新鲜的红椒加适量的盐和老蒜瓣，用石磨磨成糊状，封在瓦罐里，略微发酵几日，再开封，吃起来，辣、鲜、咸、香。至于豆腐乳，超市里流水生产的那种瓶装乳，始终吃不出儿时的鲜美。直到有一天，我在家附近一个不起眼的小超市里发现了一种古法制出的腐乳，五块钱一份。挑一筷头抹于舌尖，那滋味，无以形容，简直是一霎时——跟童年对接上了。

今天，难得可以望得见蓝天，搬一只小木凳，一个人坐在艳阳里默默吃一碗菜汤饭，不时拿筷尖撩一点腐乳嗒嗒嘴……此景如昨，真是重归了绚烂的童年——太阳是我的，门前的小竹林也是我的，整个冬天都是我的……日子都铺张成了一片空白，明晃晃的阳光给淡淡的人影子打了厚底子，像一种清朝哥窑出土的仿宋古瓶，里面深埋着几世纪的绛紫的光。时间像一位穿黑衣的妇人，把脚步放慢了，放慢了，走着走着，略微偏过头，朝你一笑，像极了赞美诗的调子。终于懂得了，一年年里，中国人在年关的仪式感，是所有的指头弹出的琴声。我们一年年里，在琴声里自新，似乎挑了一副担子，慢慢走来，远处铺着黄褐的草地，耸立着缓缓的山脊，近了看，那一副担子简直是一群白鸽停在老式的箱笼上，里外散发的都是来自汉乐府的旧味——光阴是虚掩的门，透过来渺渺的琴声……

# 徘 徊

电影《立春》里有一段旁白："每年春天一来，我的心里总是蠢蠢欲动，觉得要有什么大事发生，可等春天整个都过去了，什么也没发生……"每到春来，总想起重温这段话，仿佛一次次历经着生命里的错过。到底错过了什么呢，我也说不清。每一年，都是这么神奇——立春的节气一过，冷藏在冰箱里的青菜都管不住自己了，偷偷抽了薹，花蕾闷在芯子里久了，捂得琥珀似的黄。每天清晨买菜回来，我都要在小区里绕几个弯，巡视一番，草木、木本植物们到底把自己安排得怎样了。

吹了几夜的风啊，阳台上垂丝海棠绛褐色枝干上芽苞初绽，茶还暖着，我与海棠对望。晚樱、紫叶李同样如此，锥形的芽苞，顺时针方向鼓胀着，拿手指轻轻触摸，湿漉漉的，婴儿肌肤那样柔软，犹如刚蒸好的蛋液，微微晃动着……那一刻，站在树下，暗自激动，仿佛与生命的厚度久别重逢。即便是阴天，人在情绪上都是春风十里的怡荡感。

楼前空地上大面积的枯草仍在酣睡。拔一条草根出来，一样湿润的，不比寒冬那么枯槁干涩。造物主真是法力无边，人类可以依据温度的高低去感知季节的转换，那么，蔬菜、野草们是依据什么来感应的呢？

为什么每到立春这个节气，气温仍在零下，地里的蔬菜们都一起感应到了节气的变换。晨起，开窗，竟然飘着小雪。是春雪了，雪花一起从西边来，斜斜地，和风细雨不须归。冒雪去超市买一块豆腐，炖青菜。快到家时，又想起，不能不去看看雪中的枯树啊。

又把一块豆腐往回拎，走到小区某地，仰头与树们对视。雪中的杨树，比红梅更有格，枯枝透出浅浅的青玉色，缀在枝头，像一个个纯洁的念头，更像谁遗忘的枯树枝忘了拿走。谁说过：一下雪，世界就静了。杨树也开得静，寂寂地开，寂寂地谢，短暂的一生都是清淡的。

等杨树长出新叶，春天也走了。

远处隐约传来鞭炮声，轰隆隆撞钟一样拖着长长的尾音，还在悠长的日子里徘徊。日子原本琐碎平庸，人类却不忘一次次赋予它仪式感，久而久之，日子仿佛不好意思继续凡俗下去，就也变得庄重起来了。往事，就一定美好吗？这种好，所为何来？好又是什么呢？是舒畅，徐缓松弛，呼吸匀称，身体无所附丽，无所牵绊，得自在，得永生……

我拎着一块豆腐，站在那里看，傻白甜一样喜不自禁。无数东西翻涌，可惜，说不出，一直困在心里。又拐到小区另一处杨树生长的地方。稀疏的叶子早被冻死，全部砍掉，剩下灰黄的主干，盛不住雪。只是我们高原小城不生长芭蕉，只生长榆叶梅。喜欢所有关于芭蕉的文字：是谁多事种芭蕉，早也萧萧，晚也萧萧……陈成周先生在《品园》里讲：易种院落拐角处。初读这一句，如醍醐灌顶，在南国游玩时，特地去当地的小区比对过。

小区共有榆叶梅约二三十丛，只有一处种植在拐角处，看上去真的是比其他几十丛更具审美。植物与建筑共生共存，位置得当，便有了另一层境界。前阵子，读西西的《看房子》，也是无尽的学问：人类一直在进化中，文明结成一个个纽带，有时不小心打了结，需要耐心，一点点地去解。我每次切洋葱的时候，就会条件反射地想起车前子把该物比喻为“圆顶建筑”，连带着——悉尼歌剧院、土耳其伊斯坦丁堡的皇宫、欧洲小镇上的教堂一齐呈现在眼前……

夜里读诗，北岛写：如果海洋注定要决堤 / 就让所有的苦水都注入我心中……同样一句诗，少年时读，甚觉平平；到得当下，竟读出哀意——字字沉痛。

你，我，所有的人，一旦到得中年，基本上都在运用生命经验阅读了。

# 合 衬

近来，每一次徘徊于菜市，都极迷惘，转来转去，一点采买的欲望也无。无非土豆、青椒、莴笋、菌菇……对一切菜式均提不起兴趣。

灶台上煨着给老公的滋补排骨，这排骨放冷水用文火炖，得炖 6 个小时汤色才能发白且醇厚，先照顾老公吃过饭，再给自己做饭。今天唯独买回一把紫菜薹。我的午餐，两个菜：炝紫菜薹，为其一；另一道是咸鱼，隔天剩下的，重新回锅热一热。因为腌鱼的咸香，难得下饭。春来，胃口一贯差得很，食几块咸鱼，也能顺利将半碗饭送下去，一粒不剩。

菜市水产区遍布激素速催的各色鱼类，肉质松散，寡兴得很，我家一年四季的餐桌上难得见到它们的身影。这咸鱼的前生是一条鲤鱼，入秋亲自从水库边买回腌制而成，或许没有喂养饲料的缘故，肉质特别紧实。剁成块，用开水浸泡半小时，炝锅时，佐以大量浓醋以外，另外加了八角、藤椒、陈皮、干辣椒，炒至入味，用老抽上色，开水没过鱼块，渐次搁三两粒冰糖起鲜，改至文火慢慢焖煮，飘荡了一屋子的麻辣、咸香。

咸鱼怎么那么勾人食欲呢？将半碗饭吃完，还要贪婪着空口吃一块，齁咸齁咸，倒半碗开水，搌一口黄澄澄的鱼肉，喝一口白水，这样的时刻，竟成了一天里无上的福报，烘托我愉悦的心情倒也合衬。

去年，我还吃到一只咸野鸭。野鸭皮下一丝脂肪也无，浑身遍布瘦肉。我家特别备有一把利斧，专门用来剁咸货用。把那只咸野鸭放在砧板上，一斧头下去，鸭肉纤维毕现，真是太美丽了。鸭肉经过长时间的腌制、发酵，被寒风吹了一冬，鲜红的鸭肉蜕变成了紫檀色，且自带光芒，钻石一般泛光，这光并非强光，而是幽光。谁能想到一块被剁开的咸鸭肉当真成了一件小小的艺术品？非常的富于审美力，我拿在手上，看了又看。未加任何佐料，隔水蒸熟。只一个字——香，隔世的香，无一可比的香。高温蒸煮后的鸭肉，于颜色上，又有了一次蜕变，自幽光的紫檀变成绛红，拿一块，手撕着吃，鸭肉纤维一缕一缕，入口，皆成芬芳馥郁，越嚼越有韧劲儿，一餐野鸭肉食毕，真是惬意。

近年秋冬季，菜市里也有野鸭售卖，当然不属于二级保护禽类——纯种野鸭，而是经过驯化养殖而成。商贩论只卖，四十元一只，两斤重的样子。我买过一只，红烧了，并没有预期中的味美，肉柴不论，况且没有禽类的甘香，工业流水线上饲料喂大的禽类，谈何香起呢？

我吃到的咸野鸭，也是这个驯化的鸭种，却是分外地香。

鹅，也是如此。现在都是圈在窝棚里饲料喂养，皮下脂肪多得隆起。新鲜的红烧鹅，除了烹饪出半锅油以外，香味一无所获，但，咸鹅，则大大不同。

江浙一带，湖南湖北，一直有腌制禽类的传统，南京的咸鸭尤为著名，确实是独一味的香，一般都是讲究隔水蒸透。尤其在对付咸鹅、咸鸭两物上，最好加黄豆一起蒸，禽类蒸出的荤油被干黄豆吸饱，吃起来，有了糯香。每次蒸上一海碗，成了每天早晨永远吃不厌的佐粥小菜。

自定居高原小城三十余年，自冬至春，这些咸味未曾断过档。

除了书写和阅读，我对一切人间俗事，似乎没有过片刻的耐心，连雨伞一角脱了线，都没耐心缝起来，立即换把新伞，何况其他？但是，每一年，总有那么一天，我都耐下性子坐在矮凳上，把拿回的咸鹅咸鸭咸鱼，认认真真地剁成小块，分装于食品袋，条理分明地码在冰箱冻藏起来。每逢不想烧菜时，这些咸货则充当了主菜的角色，只需炒一盘青菜，便是囫囵一餐，甚至连汤也不做，饭后就着一块咸货，喝下半碗开水完事。

有一回，我和一位长姐同在杨树林散步，她老饕一般向我形容，她家烹饪的咸肉有多么可口。这个长姐会吃，更会烹饪美食，她买的是一刀带肋排的咸肉，直接放砂罐煨熟。她说：你不知道哎，直接拿一块咸排骨啃，有多么过瘾。

每年，我都会腌好咸肉储存在冰箱，所以呢，那一块块被长姐当零食拿在手上啃的咸肋排的美味，终究成了一种清虚的传说，一直袅绕于我的舌尖。不是有这么一说吗——吃不到的天鹅肉，永远是天鹅肉。

每年，把咸肉切成三四两重的一块块，冻藏于冰箱。要吃时，拿一块出来，温水浸泡，片成薄片，入锅煸出油后，投以一把青蒜，爆炒。出于一切咸货的共性，着实下饭得很。咸肉炒熟以后，搛一片放在眼前，可照见对面的人影，这就证明咸肉腌制的功夫到家了。四川有一道名小吃——灯影牛肉，也是可以透过一片牛肉照见对面的人影。还有一种美食叫盐包蛋，也十分地美味，去年5月我在四川吃到过，甚是美味。中国的饮食，向来精深浩繁驳杂，原本没有穿透力的家禽肉类，佐以食盐，与漫长的时间共谋之，到了涅槃时刻，却拥有了穿透岁月的力量。

童年的记忆里，总是有一个豌豆上市的仲春，始终忘不了。一个早晨，妈妈摇醒睡得酣甜的我，告知煮了豌豆咸肉饭在锅里，让我起床记得吃。她早早吃过，趁天未亮，急急赶到十几里远的山里挑柴……想想吧，自家种出的糯米杂以豌豆、咸肉粒，放在土灶大锅里，以柴火焖熟，吃一碗，该有多么富足。二十世纪七十年代末，在我的家乡，平素连新鲜猪肉都吃不到的年月，我妈妈何曾如此奢侈，她究竟哪里得来的一小块咸肉呢？百思不得其解。

人生一路行来，总伴有数不清的谜团，无所谓解或不解了。

刚刚午休，勉强入睡了十几分钟。就这短暂的时辰，都不肯将我放过，竟命令我在梦里——写文章，写到收尾的程度了，在梦里，我反复修改……忽然惊醒，翻个身，什么也记不起来了，懊恼万分！可是，隔了四十多年的光阴岁月，在那年的那个仲春，妈妈煮的那一锅咸肉豌豆饭的滋味，却要让我没齿难忘。

女儿喜食糯米圆子，也是湖北老家当阳那边的春节吃食之一。年三十那天，一下子做好二三十个，每次蒸三四个给她。吃完了，女儿仍有念想。年年春节如此，我肯定要亲自动手做一批的。往年，每到春节前夕，我都要炸一些肉圆子。今年，实在身困心乏，力不从心了，但也还是做了一桌丰盛的年夜饭。

庾信赋云：昔年种柳，依依汉南。今看摇落，凄怆江潭。树犹如此，人何以堪！这也是我的心境了。

日子过来过去的，不免有死生存亡之感。这样的心境里，也就配一碗咸鱼吃吃了，所谓粗茶淡饭，倒也合衬。

昨夜风狂雨骤，清早出来一看，小区里柳枝似乎纷纷爆芽了，惹我站在那里看了又看，心里自是异样——万物真是神奇，实在是一夜间的剧变。唯独人不是这样的——人是一日日地，缓慢地，在春去春来的轮回里不知不觉间老去了。

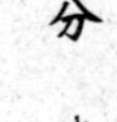

# 旋律

今天，刚出菜市大门，就望见对面马路边，一个着花棉袄的老人站在柳树下，捋柳芽儿。我站在原地，看了她很久。一个老人克勤克俭地站在喧嚣的市声中捋柳芽，真是一桩少有的诗意的事情，这是春天的旋律，此情此景，正应了皮日休的两句诗：梅片尽飘轻粉靥，柳芽初吐烂金醅。

几场春风过后，杨柳正值鹅黄初上之时。同样是过了春分，我昨天在微博里，看见北地的柳树，才迟迟冒出比苔花还小的芽骨朵儿，而江淮之间的柳芽，早已长成雀舌那么大了，正是可食之际。

明人谢肇淛在《五杂俎·物部三》里说："柳芽初茁者，采之入汤，云其味胜茶。"

柳芽与香椿头同质，也是个百搭菜式。首先要焯水，去除苦涩。柳芽凉拌，是最清简的吃法；可是要想吃得隆重点呢，无非与鸡蛋同炒，这是最上乘的吃法。但，一定要配土鸡蛋同炒，才得至味。可惜，市面上很难再遇到土鸡蛋。

前阵，我出去散步，顺便去小区的菜市闲逛，遇到一个售卖土鸡蛋的妇女，自是喜不自禁——从她那里以每个一块钱的高价，买了三十几个土鸡蛋。土鸡蛋炒柳芽这道菜，真是美味。第二顿，退而求其次，将焯水后的柳芽放在玉米面糊中，摊饼，倒是比较适合晚餐。草长燕子飞的仲春黄昏里，配着柳芽饼，喝粥，千金不换。

你有你的海天盛宴，我有我的白粥柳芽，别有洞天滋味。

小区植有垂柳，一两百棵，有些树干纵然遍布虫洞，却也全然不在乎，但凡春来，照样柳绿。近日，春风总是熏人，柳枝一绺儿一绺儿地，微微拂动着，望之，心旌摇曳，无非想着，该为它写一首诗吧——春天总是有着让人写诗的激荡，一切感官次第复活，真是酒旗风暖少年狂，就为这样的燕子来时繁花开时。

我的窗前也有十几棵垂柳。每天坐在电脑前，一歪头，就能看得见。阳光和煦，投进来的光斑都是柔和的，仿佛柴可夫斯基《船歌》的温柔旋律，一直晃，一直晃，把你晃睡过去了。望得久了，这一身绿柳，则成了佛，母性的，恬静，幽柔，欣然。不论博学高致谦恭和易，抑或深浅广狭，我们都与这春天，这草木，应该是相知的了。

# 瑰丽

春节前后，我若干次到四川绵阳探望父母，父母居住的小区不远处山坡上，一片璀璨红霞，仙境一般——原来，红梅连成一片，竟如此瑰丽夺目。

这一片梅，呈不规则的纽带型，曲里拐弯种植在樟树的罅隙里。樟树的那种木苍苍的老绿，更能衬出梅花的韵致。一直不太认同常绿树种，比如樟树、广玉兰、女贞等，集体站桩一样，一年绿到头，一直困在没有死生存亡起伏波折的人生里。

许多年，我对红花一直存有偏见，对于红梅尤甚，觉得这种花，红得伧俗，全是躁气、浮气、俗气；不比绿萼，在一个“韵”字，也在一个“幽”字，向来脱俗，更兼具一份凄恻的美。雨中绿萼，关键是态端得好，斜风细雨中绿茵茵的气韵，贯穿自一朵朵薄烟一般的浅绿，仿佛一个个藏得极深的心思，不可与外人道——譬如一句“我爱你”，任何场合说出来，都是平白无故的踉跄庸俗，它只适合深藏在心里。绿萼与生俱来的这种气质，是凭空无端的美，美到后来，竟充满了一种悲剧气质。



月下的绿萼，又是另一番气象了。每天夜里，在小区散步，总是以那一株绿萼为圆心走圈，它的香气也在一个“幽”字，舒缓，绵延，仿佛可以捂在手心的珍惜之意，像极日本电影的气质，丝丝入扣，瘦石幽花，蕴雅高华地，一把将你的心抓住了。那一刻，天地同寂啊，让你的身心有了说不出的慰藉——这种感情，既清虚缥缈，又像凡俗日子落到了实处，让一颗心扫尽窠臼而辽阔。

我喜欢春月，悉数褪去了隆冬的凛寒之气，好比弱树繁枝，早已铺满累累皎洁，仔细看，尚是米白，有了磨砺之后的宁和。就是这样宁和的光晕，恰自来地覆盖于一片绿萼上，顺便把树根下的残花照亮——就着这样冷瑟瑟的初春，世间处处，无以言的贞静。

连续几夜，我可以围绕这一株绿萼，长长短短走上一小时，也不觉枯燥。月下的花，古画一样，辉耀着月色。走着走着，不免有感念——花，一年一年地绽放，香气如昨；月色还是那样的月色，初衷一样，年年依旧，千万年如一地照着人世……唯独小小的人，易折，易老，易变。永恒的，短暂的，易逝的，一直于世间如此交叠缠绕。



小区里还有茶梅。你有所不知，每一年，但凡"雨水"前后，就看它们拿出毕生气力供养波涛澎湃的硕大红花，于枝叶间气势汹汹地，即刻打起来的怪样子。看茶梅开花，简直有身处二十世纪八十年代末的中国，恍然有哄抬物价的感觉，几欲重来。没有什么比得上红茶梅这么疯狂，一波未平，一波又起，简直傻啦吧唧地开。不过呢，同样大花大朵的，为什么仲春的栀子花却那样惹人爱？因为胜在颜色上。白花，永远予人舒卷万状之感；红花，始终输在底蕴上。

再说回红梅。一旦靠近它们，其香味略微有点儿冲，太过浓烈之故，比不上寒冬蜡梅的深幽清冽。一片红梅彻底颠覆了我的审美，它们如烟如霞地栖息于河岸缓坡，堪称惊鸿一瞥照影来。

每每余暇，我就绕道河边散步了，主要是看那一片红梅。站在河的对岸，远远地望，如烟如霞如昨——原来，红梅，适合远观？

这世间许多东西，似乎不太适合劈面遭逢，需要辗转迂回，通过不同的介质，相遇，观照，方能相惜。比如水中窥柳。同样是那一条小河，去年初秋，我一次次经过那里，凭空望了对岸的垂柳，不过尔尔，直到有一个清晨，跑步间隙喘气的档口，偶然自水里瞄见柳树的倒影，简直惊艳。

终于明白，"镜花水月"的深意。物我之间，隔了一层，便气韵自成了。

水中看柳，莫名地平添了意境，具体的，仿佛也说不清。大概是水面的波光起到一种滤镜的作用。它微微地晃动着，将柳的平常过滤了。如同两个人，日日面对面地相处，也不过是桃李凡花的平常。倘若分隔两地，时常想起，深夜灯下，澄心静虑给对方写一封长信……这份友谊年深日久，便自成一格了，也是王冕笔下的“冰雪林中著此身，不同桃李混芳尘”了，凭空多了一份雅洁素高的相惜，淡淡地，水中柳一样的恍兮惚兮。

我们看花、赏月，需要隔了一层。人与人相处，何尝不是？

说到梅花，王冕怎能绕过去呢？年轻时候，一直不能理解他画笔下的墨梅何来。寒冬的蜡梅明黄色系，春天的梅，非红即绿即白——哪里来的墨梅？

到了后来，长风万里慢慢地吹透人生的林野，方才恍然有悟，这些不存在的事物，不过是他们作为一介文人的雅韵清声。王冕的“墨梅”，以及王维的“雪中芭蕉”，正是他们的一种自况。王冕的画散佚得差不多了，现存纽约大都会博物馆的那幅《寒梅图》真是好，老树遒曲，墨枝垂挂而下，一朵朵微小的白跃然其间，放眼而望，一派苍苍远意，也是乘气而行的酣畅……宋元人的画，每一幅都是养神养气的。

哪些东西才够格算得上人类文明的象征？绘画与书法，应是最重要的构成。

时间没有气味，但一定是有颜色的——时间的颜色，则是宋元古画的绢色。这一批批古画的底色，愈久，愈醇，愈耐看，宛如月色，历千年而不衰，并非奇险兀傲，而是平淡地达至山高水深。

# 杏 花

凡·高的《杏花》，我是在网上看到过这幅画，当时内心非常震撼，在整个画面为蓝色的背景下，一棵努力生长盛开的洁白的杏花缀满枝条，传递着春的希望，充满对自然神性的感召。画面色彩对比强烈，枝干伸展张弛有度，并且，主色调是我所喜爱的蓝白两色。

后来知道，这是凡·高的作品《杏花》，意为新生命的祈祷。心想，怪不得呀，连我这个不懂画的人，当时看到心里就只是无端地觉得好，好得脱俗，名家之作自有足够硬朗的气场和深刻的智慧，其美自是足以昭其馨香。

因为喜爱，又做了一些了解。《杏花》是凡·高 1890 年在圣雷米精神病院接受治疗期间所创作的，那是他人生的最后一年。那年 2 月，身在法国普罗旺斯的凡·高，得知弟弟喜得儿子，异常兴奋，在给弟弟的信中写道："我马上动手替你画一幅挂在你卧室的画，一些杏树的大树枝，背景衬着蓝天。"

杏树在阳光充沛的法国南部是最早开放的植物之一，通常在 2 月的早春时节。他以简约的手法来创作这幅画，删除了繁杂的背景。画里描绘了一棵杏树的分叉：蓝色的天空衬托着它的轮廓，遒劲有力的树茎呈现出绿松色的阴影，圣洁的花瓣带着珍珠般的色彩透着真正的洁白，如孩子般纯真烂漫。花枝意为新生命的诞生，整个画面树茎与花簇在蓝天下勃发出生命的活力。

蓝天之下的杏花表达了凡·高的自然之爱，亦是对蓝色的眷恋，同时又隐藏着其命运中挣扎的倾诉与忧郁。

这幅帆布油画，高 73.5 厘米，宽 92 厘米，现存阿姆斯特丹的凡·高博物馆中。他把画好的《杏花》作为礼物，送给了刚刚出生的侄子，弟弟的儿子。

凡·高一生穷困，他不希望这个孩子像他一样承受精神与物质的双重摧残，他为侄子作画，是期望这个小生命长大后像杏花般绽放生命的活力。

他曾在信中跟弟弟说：“我以生命为赌注作画。为了它，我已经丧失了正常人的理智。”侄子的出生是给他最好的礼物。

凡·高的内心悲伤是永无止境的。当时的凡·高，生命已进入一个非常糟糕的状态，身体极度虚弱，精神错乱。此后不久，他给弟弟的信里又写道：“如果生活中不再有某种无限的、深刻的、真实的东西，我便不再眷恋人间……”这年7月，备受煎熬的凡·高如羔羊般深陷迷途，为命运所吞没，他在自己画过的麦地里自杀了。时年，37岁。

海伦·普雷金曾经说过：“一个人的价值不应该用他们最坏的那一天来衡量。”死亡让凡·高与这个孕育他生长的世界达成了和解。正如他的医生加歇说的：“他的爱，他的天才，他所创造的伟大的美，永远存在，丰富着我们的世界。”他活在自己的尊严里，心里向往着灿烂的充满阳光的生活，可以说是一个极端的完美主义者。凡·高说：“当我画一棵苹果树，我希望人们能感觉到苹果里面的果汁正把苹果皮撑开，果核中的种子正在为结出果实奋斗。”他疯狂追求自己所想而眼里容不得沙子的性格，决定了他被当时的社会环境遗弃。但矛盾的是，如果对世俗唯唯诺诺也就没法做他自己，没法成就他那些独特而伟大的作品。

法国诗人波德莱尔用文字记录了凡·高的一生：“他生下来，他画画他死了。麦田里一片金黄，一群乌鸦惊叫着飞过天空。”凡·高之后被誉为现代派绘画的奠基人，他逝去，在他创作最旺盛的季节，在我脑海里，他仿佛永远留在那个春天，在他的《杏花》盛开之处。人最大的慈悲是给生命一个救赎的机会，凡·高把机会留给了更多瞻仰《杏花》的人们，仿佛杏花的生命还在源源不断地绽放，朝气蓬勃。不知这画又照拂了多少人的灵魂，让人心之所往，不再那么迷惘。在每一次面对《杏花》时，都应该会对凡·高笔触中杏花的生长有更多一点的理解，体验到更深一层的喜悦，体验花朵对生命的召唤，那些重新增添的种种触动，一定会有更深更美的讯息。

# 苍 老

近来，地表温度至少在50度以上。每日，怀着侥幸，在手机上查查天气预报——憧憬着，说不定明日就会有一场雨来，哪怕凉快一天，也是好的——酷热将一个人逼得失去了理性，从未如此患得患失过。

无法自控地深陷焦灼、烦躁，纵然白日里，将家里所有窗帘、门帘都闭合，也丝毫阻止不了灼热的袭击……走在户外，仿佛置身隆隆的瀑布中，耳畔巨大的轰响，恍如被烈火围困，不禁有抱头鼠窜的狼狈。这样猝不及防的高温，令人失去了起码的尊严，何来从容体面？

身体上一日日地衰老，我总是心处巨大的绝望中……

某天，朋友请吃哈根达斯，端上来的一盘青青白白的冰激凌实在夺人心目。如此丰美的食物当前，朋友拿手机拍下，顺便，她也给我拍一张相片，尔后，放到我们几人共享的小群里。席散人尽，刷手机时，不经意，我终于看见自己那张未经修饰的真实到残酷的脸——何等苍老憔悴焦枯，睁着一双因缺少睡眠而无神的眼睛，里面储满着疲累、困倦、无力。平素洗脸照镜子，不觉得这张脸有多苍老，可能是被镜面的反光过滤了一些，唯有照片才能更加真实地还原一个人的本来状态——这种身体上的苍老，该是多么令人绝望啊。这张脸还是一张公认的美人的脸吗？简直崩溃！

世俗的欢乐被命运的筛子过滤得差不多了，徒留筛子上面的，唯有粗粝与衰老，没有灵魂肯来安慰我这么多的绝望。

或许，可以抗拒着无视镜子无视照片，尽可以将自己沉浸于一摞摞浩瀚的书海，以灵魂的大水去洗刷身体上的苍老。这样，是否可以换来哪怕一刻的世俗的欢乐？属于我们的并非孤独的时间越来越少了，而是寂寞的时间越来越多了，它可以填满所有的骨头缝。

这样的绝望，才是深深地把自己埋葬了。

门前的小树林，在烈焰暴晒下，渐露枯索痕迹，所有的叶子几乎脱水，打起了卷。杨树林旁边的一棵柳树，仿佛一夜间过到了深秋，叶子黄了大半，烈日下，连落叶也变得疲倦，旋转着，旋转着，无力落下……有一棵紫丁香树彻底枯死……物业也时不时地浇水，总是抢救不及。我们家栽在楼下的一棵沙枣树、一棵杏树，依然活着，仅仅活着而已，哪怕风来，也不见她们舒展的样子了。所有的花草树木，都在煎熬——每次在阳台上望着这些草木、木本植物们，实在爱莫能助，只勉强将露台上的花草每天灌溉两遍水——即便高温的熏蒸，也挡不住龟背竹蓬勃的生命力，又抽出一根嫩叶子，朝着光照的方向延伸……黄月季开出三朵花，闻一闻，依旧熟悉的沁人香气；薄荷细长的藤蔓一日延展一段，空气里弥漫着她们郁郁菲菲的浓香；吊兰的花期尽了，地上铺满白色残瓣，一根根绿叶子生生不息地疯长；两盆雏菊，一样默然无言，待秋意深了，依旧还会把紫色小花纷纷举过头顶……还有什么呢？除了三角梅和一株柑橘，徒剩一棵老树病梅了……一起在高温里活下来。

比起这些植物来，气短心慌的我，是最不耐活的，急躁，焦灼，颓丧……一样于事无补。

“你好，我是快递，你的包裹到了！”烈日下奔忙的，送外卖的小哥，送快递的小哥，才是最苦的一群。

上午七点四十的样子，去上班的路上，看见一个清扫垃圾的老人坐在一块石礅上歇息。这条路的两旁，有瘦濯的国槐，正值花期，枝头垂下细密花束，烈日下的花穗子，白得凄厉……老人把双臂撑在双膝上，佝偻着腰，非常疲累的样子。一截矮墙投下一片阴影，老人穿着厚重的黄工装，在这逼仄的阴影里歇息喘气。这样三伏天的上午，太阳的影子爬得迅速，一会儿工夫，强烈的光束就要盖过这截矮墙了……那一刻，我的情绪迅速低落，一滑千丈——那个老人，仿佛幻成了灵魂上的我，无依无靠，注定独自在烈日下清扫道路，汗水披

沥——他身上卡机布工装服的橘黄，在轰然的烈日下，犹如一声声凄厉的哀告。

生活于底层的人，注定要在这样的酷暑里奔忙，他们如同我们的父辈，一年年地，在烈日下抢收抢种，树木一样活着，所有的根部都攀在地下，无法腾挪，辗转前后，死生寂灭，无非如此。

等这个夏天过去，这座城市里的每一个人，都会苍老许多。我女儿打电话说，女婿钓鱼去了，中暑了，我说中暑了赶紧去送医。女儿说，不要紧，多喝水，休息一下下就好了。

烈焰下，阳光倾泻于裸露的手臂，有微微的灼疼感，将皮肤对着阳光照一照，有无数闪光的盐粒子。空气停滞不前，即便有一阵风，经过你，那都不是轻轻吹拂，而是昏昏涨涨，将人笼着罩着，窒息与你。凭借意志，勉强走几圈，深感呼吸困难，就是那种要人命的喘不过气来的黏稠。算了，丧家犬一般地回家。

整个筋骨是僵的，一旦瘫坐于某处，再也不想起身，心上如死灰般的颓然，仿佛没有了灵魂，徒留一具肉身皮囊，任高温烈火炙烤。

不经意间苍老，又怎样呢，只要活着，就好。

# 炼　丹

近年，迷上花椒的香味，确乎无它不欢的程度。最开始是腌制带鱼段，用来去腥的，后来演变成，但凡炒素菜也得放几十粒进去。先在油锅里煸香，将花椒粒悉数捞出，再下素菜。尤其是炒豆芽，有花椒的豆芽一点豆腥气都没有，临起锅时，滴一些香醋，清脆爽口，杂有淡淡的椒香，颇有余韵，袅袅的麻涩，于舌上且隐且现。一直用的是藤椒，药香气重。在空碗里抓一把花椒，将滚烫的开水倒入碗中调制成花椒水，用于烹调菜肴效果甚佳。

早年尝试红皮花椒，来自四川南充的品种，打开包装，香气扑鼻，有故人重逢双双把对方抱在怀里的悸动。一天，忽然想吃基围虾。买回两斤，花数小时清理头尾腮须，全部弄干净了，也只一小盘。油锅里放干辣椒、花椒、八角、姜蒜若干，煸香，汇入基围虾爆炒，加水、老抽、醋、冰糖，文火焖煮……出锅时，异香直扑。中餐一贯一个人独享，坐在桌边，吃出一堆壳。红彤彤的虾壳把一个人的午餐装点得分外热闹喜气。无比贪恋椒麻味，一只一只又一只，用筷子搛一只出来，用手抓住，放嘴里吮一下，再把虾肉嘬出来咂巴咂巴，间或挑一粒花椒咀咀，舌上瞬间有异样，一派麻麻涩涩的清香在口腔里飘荡回旋，真是清口之物。

干辣椒放多了，吃时浑然不觉，待到下午，辣得心都痛。晚餐时下决心不再碰了，到底还是没忍住，又吃了五六只的样子。人哪，于任何方面都有超强的自控力，唯独于饮食上输得一败涂地。人还是一个有弱点的动物。小时候顽劣被大人逮到一顿毒打，但凡事后赠以一颗糖，保准止住了哭泣，眼泪汪汪地把糖吮得啧啧有声。现在忆起，不免尊严扫地。

中国各大城市都有来自四川的紫燕百味鸡连锁店。我最爱吃他们家的椒麻鸡。鸡事先卤好冰镇，切片状，再浇上花椒等佐料秘制出的卤水，端回家，稍微放一段时间，等入味了，才可口。能够吃出来卤水里放的是藤椒，气味浓郁，麻涩涩的，越吃越上瘾。

花椒对我的诱惑不输于鸦片壳子吧。据说许多卤味店都偷放鸦片壳子作独一味调料的，让人上瘾，戒无可戒。早年，在重庆游玩，有一家麻辣烫的老板，当众放鸦片壳子进大锅底汤里，买卖双方心照不宣。反正吃点这玩意儿，也不碍健康。每每忆起重庆街头的麻辣烫，味蕾迅即有了回应，简直唾液横生，滋味无尽。嫩粉粉的鸡毛菜必是首选，面筋泡、海带丝、豆腐脆皮、金针菇、糯米小锅巴，最后的主打，当然是必不能少的粉丝、鸭血，一样样挑好，放在塑料瘪篮里，老板一股脑丢入沸腾的底汤里涮，逐一捞起，一大碗，再浇以高汤，滴上麻油，端到跟前。抽一双筷子，拿一只勺子，静静坐在青天白日下，慢慢享用，辣得呲呲作响，实在受不了了，就喝一口冰镇赤豆酒酿，活似神仙……如此难忘的美味，何等的令人贪恋，总归是拥有了花椒与辣椒的灵魂，所以，才叫麻——辣——烫。我居住的高原小城也有麻辣烫，偶尔去吃，滋味不免打了折扣，三个字：不正宗。于饮食上，南方总归要胜北方一筹。

冬季感冒，去药店买“白加黑”，店方让提供身份证。问：何至如此？答：这药里含有麻黄碱，可以提炼出大麻呢，所以要登记一下子。怪不得，每次感冒就贪这味药，尤其吃过黑片后，轰隆一觉天亮，醒来，整个鼻腔都通达了，眼泪也不淌了。

无论大麻，还是花椒，都是令人上瘾的东西。以中医的说法，体内缺什么，人就偏爱什么样的食材。我体内确乎湿气重，整天腰酸肩疼的，花椒恰好是祛湿的利器之一。所以，才好上了这一味。比如孩子，她一见菜里有花椒粒，便本能地拒食整碗菜。一则她不喜椒麻味，二则出于本能的肌体对抗。女儿小时候的味蕾尚未完全开放，只贪恋甜咸酸之物，对于辛味，难免抗拒。现在女儿嗜辣如命，简直到了无辣不欢的程度。

有一阵，科教频道请来北京中医药大学的一位教授讲解《黄帝内经》。作为一名中医控，一期不落，获益匪浅。说是脾胃不调的人，应适当地吃些辛味。方恍然有悟——花椒正是辛味的典型代表啊。脾喜辛燥，恶湿。自从有意识地吃些辛辣食物，胃口明显荡开了，消化系统渐渐好转，终于迎来了新一轮饥饿感。脾主运化嘛，脾正常了，人的消化系统才会正常。这位教授还讲，没事时，唱唱歌，有助于清气上扬，浊气下沉。于是有那么一段时间，每天黄昏，下班回家途中，都会强迫自己唱唱歌，也无非《大约在冬季》《北国之春》之类，这种歌，有抒情式的长叹，特别提气吧。唱着唱着，于薄暮的斜阳下，仿佛真的快乐一点。假若所有的气都闷在体内，人难免压抑吧，唱歌时，一呼一吸间，气也畅达了，谈何抑郁之有？前年在省医院见过一个抑郁症病人，被他绝望的表情所震惊。

原来，贪恋花椒和唱歌，也可以对身体、情绪起到调节的作用，功莫大焉。今天，买回一碗豆渣，先净锅焙炒，直至金黄色，盛出，备用。将锅洗净，下重油（最好荤素油搭配），抓一小把花椒进去，炸出香味，将其捞出丢掉。接着，葱花、姜末入锅，煸香，汇入焙好的豆渣，点稍许老抽，快速翻炒，差不多时，关火。有了花椒味参与的豆渣，风味势必上乘。

小时候，外婆炒豆渣时还放水辣椒，更加出味。早饭时，挖三四勺子豆渣放在稀饭上头，拿筷子飞速搅拌后，喝在嘴里，微微的咸，浓郁的豆香气，哗哗哗，一碗粥瞬间见底……最富裕最殷实的记忆，莫过于此，至今留在脑海挥之不去。腌豆渣的风味更加独特，吃在舌上沙绵绵的，一样是时间沉淀发酵出的好味道，它跟农业文明一样，日渐湮灭掉。



这个三月，一直处在春风强劲的低温天气，枝叶迟迟未发芽，无奈不便去户外奔走，何不买一碗豆渣回来，在灶上慢慢地以文火翻炒，豆子的腥气走失，香味焙出来……人在厨房，终于获得了片刻的欣慰。

厨房是锻炼一个人性子的好场所，慢慢焙炒，静静地刷锅，起起伏伏间，一颗心落下，鱼一样沉入庸常生活的汪洋大海。一天的日子，过去了，纵然活着活着便老了，不免也有一丝仙人骑鹤的悠游——何用别寻方外去，人间亦自有丹丘。嗯，一直困在平庸的三餐里，抑或是炼丹的一种？

# 致那些我们最好的芳华

大雪节气到了，快要下雪了吧。一个“雪”字，宛如平庸生命中的一道闪电，瞬间把四周照亮，心为之喜悦。期盼着，雪下一夜，第二日开门，天地茫茫。我总是喜欢在雪地里疾行，走到精疲力竭，仿佛遇见前生，不，是与前生并肩而行。这种行为，莫过于精神上的自处。我们每一个生命个体，在一生中的大部分时间里，都是孤独的，只能一个人去看看被大雪覆盖的菜园、河流、荒原……空茫茫的人生，似乎一霎时摆在面前，精神视野舒豁一片，一生中许多没有启齿的话，在那一刻都被一场大雪收走了，人走在雪地，只有沉默——那个时候，你才会真切地感知到，小小的我，与天地自然融为了一体。下雪时的天地浑然，人人犹如活在一个巨大的神祇里。

记不起这是第多少次重读小说《芳华》了。这段时间电影《芳华》正在热播，电影在最后从萧穗子的角度说：我是在2016年的春天，孩子的婚礼上，见到了那些失散多年的战友的，不由得感叹，一代人的芳华已逝，面目全非，虽然他们谈笑如故，但是不难看出岁月对每个人的改变和难掩的失落，倒是刘峰和小萍，显得更知足，话虽不多，却待人温和。青春就像是一场盛大的流离失所，在洗尽铅华之后，许多人对人生满是失落，而只有那两个相同的温暖灵魂靠得越来越近。

想起30年前也是这个节气，在南京，驱车，路过一片梅林。芬芳如雁阵，令人晕眩。索性叫司机把车停下，我站在那里与梅花对望，反正不急的，回住处或早或晚都一样。那一刻，我的心真闲啊。也只有一个生活的失败者才会这么闲。

与梅花对望之际，我的同学们或朋友们或许在咖啡馆里与客户签成了一笔大单，几十万的款项，总之，他们作为一种成功者的形象，夹着黑色真皮公文包，体面而步履匆匆地与我在老公单位自建小区的单元楼宇间擦身而过……有时，看着他们的背影，我怎能不生出些自卑心呢——比起他们的精明能干，我可真是一个最无用的人，索性破罐子破摔，也就这样了，还能怎么着？一把倒在椅子上，捧一本书，一只腿叠在另一只腿上，间或颠上那么一颠。有一回，一位朋友打身边过，停下，好奇道：你的心怎么这么静啊。不晓得她——是赞美，还是讥讽。我望向她，不语，也不屑回答。也习惯了，无所谓。如今，这位朋友早已跳槽，许多叱咤风云的同学和朋友都跳槽离开了，或独立创业，或高就至更广阔的天地驰骋去了。偶尔，还能在小区碰见他们（单位建的房子），彼此点头，微笑。而有的，早已搬离该小区，换名车，戴起了名表，连拍照片都不忘把袖子撩起，将手臂举至恰当的位置……有一天，在微信与女友感慨：忍看朋辈戴名表，我辈还在孜孜不倦热爱文学……真是荒唐。

从记事起，我与周遭的主流，似乎都是背道而驰的，格格不入的。就比如说现在，我们单位距离市区 60 公里，夕阳西下，整个办公大楼静下来，我喜欢一个人待在办公室看书，听音乐，写东西，很好的时间段。小时候，妈妈经常这么告诫我：不要与人比吃穿，要比就比肚子里有没有学问。现在回想起来，觉得我的这个小学都未毕业的妈妈，她真是既仁慈，又高瞻远瞩，她知道自己的孩子没能生就一张漂亮的脸孔，以后注定过不好这一生了，所以，她就早早灌输给我，要在精神上建立起庞大帝国来御寒。她对我强调“肚子里有没有学问”，不就是让我注重精神世界的建设吗？一个人，只有精神强大了，才能行于世，立于世，在尘世里少点迷失，灵魂上多存一点深厚的东西。但，自走上工作岗位，同事、朋友无一例外地称我为美人儿，这简直颠覆了我的自我认知，我妈一向认为自己的女儿没能生就一张漂亮的脸孔，我也自我定位自己生就不是一个美人儿，但为什么所有人都称赞我真是一个美人儿呢？实在费解！我的亲姐姐总是夸我越看越好看呢，大概周遭的人们也是这样认为的呢。

愈到中年，愈能体悟到我妈妈是何等的用心良苦。

所以，我也就一直这么闲着，没有精力去挖空心思向上高就，也实在没时间。所有可以抽出的时间，几乎都花在书上去了。这样的长此以往，差距就又拉大了——别人把人生硬是活成了一场场成功的佳话，而我竟活成了一个个笑话。关键是，我还十分看不起那些活成佳话的人，如此浅薄地，总忍不住爱在文中炫耀自己拥有怎样丰裕的物质生活。

当下有一个热词“贫穷限制了想象力”，我不太同意，清寒的人照样可以到达远方，富有的人以飞机到达，我们以想象，以文字，抵达。

精神世界的宽广无界，如同宇宙星辰。发现自己活了这么一把年纪，似乎一直在践行我妈妈的教导——不要跟人比吃穿。她这里的“吃穿”应该指代“物质生活”吧。我真的做到了。但，有时也有小苦恼。好几次，我的手机被朋友笑话，有点伤自尊，他们无一例外都是宽屏的，我的还是几年前买的 iphone 4。近年，心境每况愈下，再也不想更新手机了。有一次，为一个文件，更新整整一下午，都不能成功，可能是内存被众多的垃圾卡死了，连拍照也总是显示内存已满。算了，我发了一个狠，一定好好买一个新手机。又被朋友笑话了，一只手机何至于发这样大的狠，随时都可以更换的啊，他们说。我心说，我不是嫌来回倒换手机麻烦嘛。

实在不舍得，我有恋旧情结。人生第一只手机还是买的诺基亚，翻盖的银色系，用了五六年，后来，老坏，三番五次维修，一次，敏感地捕捉到别人都修得不耐烦了，才发狠扔掉的。我人生的第一辆自行车，也是骑了无数年，内胎、外胎换过无数次，总是不舍得扔，它风里雨里，跟了我那么多年——人与物之间，也会日久生情，人与同类之间，倒是日久生厌的。但是，人对于不同的物种，总是情多，比如童年的牛，比如小时候养的四只白鹅，那些鸭子，那些无数的给予我童年记忆的菜地、稻田，梦里总是它们。以及，这一年年里不同又相同的四季，春风，秋雨，夏花，冬雪，一直这么爱着它们……你没法把它们都换掉。我是恋旧，还真的不是舍不得换新的，我的每一样物件都承载着一段曾经美好的记忆。

生活，是这样的平凡平庸，一年年地过下去——怎么过得下去？可是，也过下去了。

记得小时候在课本中读到鲁迅的文章《故乡》时，他说自己和少年闰土的关系，当闰土叫了一声“老爷”之后，“我似乎打了一个寒噤，我们之间似乎隔了一层可悲的厚障壁了，我也说不出话”。那个时候读了很多遍始终不懂其中的意思，长大后，再次读到这篇文章，却是感慨不已。小的时候，我们都好像生活在蛋壳中，懵懵懂懂地唱着“朋友一生一起走，一辈子，一生情”，天真地以为我们会一辈子厮守在一起。后来，我们在不同的环境里孵化，破壳而出，有的成了麻雀，有的成了蟒蛇，有的成了鳄鱼，有的甚至成了恐龙。这个时候我们才发现，我们都是来自山川湖海，却有各自的征途要走。鳄鱼只能和鳄鱼一起走，麻雀只能和麻雀一起飞，因为他们的三观相同，正如《芳华》中的何小萍和刘峰。

不必把所有人都请进生命里，生命归根到底是一场不能所有人一起走的独自修行。这无关于我，也无关于他，只是我们各自的三观和选择的生活方式让我们渐行渐远。千山独自行，不必再相送。下一次再聚，不知道会是何年何日。昔日的朋友啊，很高兴你能来，不遗憾你离开，致那些我们最好的芳华。

# 瑟瑟

大寒节气，我安静地坐在家里沙发上，闭上眼睛，享受了好几天的宁静，整个身心完全松懈下来，松弛得一双手都没处安放，久了，也惯了。只是，深冬时节，目光所及都是瑟瑟凋败的残景。

终于有了大量空闲。慢慢在电脑前找语感，时间是无情的，荒废的时间太久，砍柴的刀搁置过久，早已生锈，慢慢地，触感也钝了，需要耐心地磨磨，或者上上包浆……近半年过去，一直处于磨刀状态，枉费了许多个珍贵的上午。有时心里千军万马，可一旦坐在电脑前，总是无以落笔……

触须迟钝，还尽是饿。我不能饿，一饿就要晕过去的感觉，是血糖低的原因。坐月子的时候，有几天女儿被外面的狗吠声惊到了，整夜哭闹，我未曾好好睡过一个囫囵觉。每到凌晨三四点，便饿，实在不忍叫醒婆婆起来烧饭，便忍着。后来听人说，这种饿时的晕眩感怕是要跟随后半生。现在年龄大了，感受尤为深刻，一饿就感觉无可名状的眩晕……

昨天修改一篇残文，不知不觉过了 10 点——饿啊，慌忙煎了两个荷包蛋，太好吃了，全吃光，不过瘾，又添了一勺粥。坏了，一下午的饱胀感，喝了一杯茶，也消解不掉。晚餐不能吃，还胃痛，喝了半杯奶。人在极度饥饿的状态下用餐，饱感来得迟，一旦意识到饱了，其实已经超了，这种暴饮暴食最伤脾胃。不禁发哀声，我这样迟早会减寿。每次都提醒自己，下次注意，到临了，又忘。老家有句俗语：肚子饿时，糠都甜；肚子饱了，肉都嫌。

家里备有糕饼、葡萄干、熟芝麻、核桃、枣等，饿了随便吃一些干货垫补一下也好。我那一母同胞的亲姐姐生怕我饿着，每次来我家都是大包小包的买好多好吃的吃食，嘱咐我晚餐一定要吃硬菜，要吃饱。可我就爱午餐吃米饭，晚餐喝粥，晚餐喝点粥胃里感觉才熨帖。中午用餐之前，即使饿了也不进点心，觉得倘若事先吃了点心，仿佛对不起米饭，是对米饭的不忠——我要全心全意把自己献给米饭才好。

一直觉得时间不够用，转眼又到年关。早年在江南的日子仿佛就在昨天，去街后的坡地跑圈，风把脸颊吹得生疼。那些荒草啊，何等耐看——枯黄色是最有生命力的颜色，持重又持久——我是哪一年开始发现枯草的寂寥之美的？忆及断梗残荷，三三两两，衬着一片瘦水，一幅幅前人的旧画，凝重而生动，几欲振翅欲飞；小区里两棵槭树，每到大雪节气，遍身绛红，调色盒里永远调不出的红，华丽欲滴，稍微往前走一步，便有涅槃的危险。那种美，是豁出去的不复返的，慷慨悲歌的美，仿佛有震动，正合着了顾随先生的话：只有天地才肯以绚烂的色彩衬托悲凉的气氛。午后路过槭树旁，依然红叶满头，到了黄昏时，却是落叶遍地。繁华缟素，不过一瞬。那些华彩的叶子丛丛簇簇，堆积树下，奢靡，浪费，似乎一起静等，来年绿叶满头。

我在盲道上奔跑，咯吱咯吱地跑过一棵又一棵白杨，所有的叶子悉数落尽，枝杈间偶有黑褐色鸟窝，仿如季节的一个顿号，预示着冬天尚未真正地完结，它的后面还跟着春天。高高的杨树下，怎不叫人想起《古诗十九首》？白杨多悲风，萧萧愁杀人。河畔一排排金柳，一回回晚归，迎着夕阳望，分明走进了徐志摩《再别康桥》的意境——他这个人就凭借一首诗也能永恒。然而，表达时间流逝时空转换的，没有什么句子比得过《诗经》：昔我往矣，杨柳依依；今我来矣，雨雪霏霏。每一年雪落之前，杨柳永远是金柳；大片芦苇白了鬓发，迎着风唰唰瑟瑟，八哥、灰喜鹊飞来钻去……芒草与蒿子花都枯萎了，特别薄冷，像一群人穿了单衣在寒风里走，是无家可归的飘零无依。我一个人在残景凋败里奔跑，分外有力。

在四川绵阳陪父母的日子里，某个下午，但凡有一丝阳光，独自出门，走在一条窄河边，并无目的，不过是喜欢一人河边走走。河中的薇秧子尚在，墨黑一团。河畔有大片密林，树端披满革质的叶子，硕大的暗质叶片，永无体温

感，无论冬夏——叫白玉兰吧，这边许多的行道树采用了这个树种。说实话，不合适。行道树要栽乌桕、栾树、银杏才好，秋风初来，彼此轻轻触碰，微微合唱，到了冬天，脚下布满红黄杂糅的叶片，人踏在落叶上有岁岁如归之感，才诗意。

即便是粗莽臃肿的男人，当他一个人走在小河边，也能显出人世的温馨雅致。我们一直穷忙，身心疲倦，临了，也不知到底为的什么？一直焦虑紧张，恶性循环。有时，适时抽身，停顿下来，什么也别做，出门走到宽敞的地方，可以望见天地的地方，有山峦小河之地，什么也别干，就一直走走，走一身细汗，旷野的风十万八千里地吹过来，吹乱了头发，胡乱抹一把脸颊，整个身心舒畅轻快——不为职位得到了晋升，不为发了年终奖，抑或意外发了一笔横财，只一味地快乐，无杂质的单纯。

早年，到大理旅游，车子穿行在绵延的山里，连续下了好几个小时的大雨。当雨过天晴，彩虹挂在山岚密林之间……至今，那种悸动恍如昨日。当晚，一行人走在夜色里，不经意抬头，我看见了北斗七星，何等明亮的天体，出尘地照耀着我们……暌违了三十多年的北斗七星，初见，尚在童年期——盛夏，躺在屋外的竹榻，漫天星斗大幕一样笼罩四野，令人惶然。如今，夜里户外疾步，偶尔只能望见一两颗星星，晦暗微小，光芒不再。我们为飞速发展的文明所囿，犹如笼中困兽而浑然不知。人类一步步远离自然，连仰望日月星辰的初心也一并消逝，还有什么可珍可怀的？微信，自媒体，数以千万计的点击率，风投，日进斗金……高大上的价值观，好有成就感。希拉里一次在哈佛演讲，她说现在的中国是一个疯狂的国度，那里的人没有诚信，缺乏信仰……

作为“那里的人”，读着那一行行，感到这老女人好丑……

# 青青子衿

相爱时，都是青青子衿的年龄。他是翩翩的少年，她是白衣长发的少女，像一棵开满了爱情花的树，想的都是美好的未来和梦。

甚至吵闹后的和好都别有一番滋味，他从后面，轻轻地环住她的细腰，慢声地说着对不起，于是她再也假装不下去，反过身扑到他怀里笑了。

一直到毕业还是这么好。都以为他和她会分到一起的，那么相爱，那么深情款款，但却让人想不到出了意外。

有一个女孩儿，一直默默地爱着男孩儿，她毕业前找到他，你想留在北京吗？如果想，我可以让父亲帮你。男孩儿动摇了，是的，他想留在北京，但前提是他要放弃爱情，放弃对自己爱人的承诺。

大家都以为他不会。可是他留下了，女孩儿一个人回了家乡，再也没有见他，甚至没有接过他的电话，他寄去的信，也都被退了回来，她拒绝他的道歉，她要让他心灵永远愧疚。

回忆还没有变黑白，已经置身事外，承诺没有说出来，关系已经不再。爱情只是一只脆弱华丽的蝴蝶，空洞得不可捉摸，曾经动听的语言变得遥远而疏离，仿佛昨天还炽热的呼吸已经冰凉得让人难过，女孩儿没有和别人一样接着爱别人，而是不停地努力读书，只为考取北京的研究生。不是为了来找他，而是为了让自己不至于那么难过。仅仅因为那一点点自尊和回忆。

几年之后她果然回来了。同学聚会看到了他，他胖了，不似当年那么神采奕奕，眼神里少了许多光芒。而她依然如故，追求的人总是很多，她伸出手，淡淡地笑着，过得好吗？

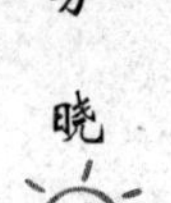



他黯然一笑，寄人篱下，怎么可能好？她知道他婚后一直住在女孩子家里，和岳父岳母关系紧张，最后，只剩下这张无所适从的脸。

她看出了他的后悔。他问，还爱吗？她还是静静地笑了，不是不想爱一个人，可以陪着他同甘共苦，如果有一个男人值得深爱，为他抵上命也是幸福的，只是可惜没有那个人，所以就好好打算自己的生活了。他听了，又问，我们可不可以重来？

因了这句话，她更看不起他，她想，原来，真的没有什么东西，完美得值得用生命期待。

而唯一值得珍藏的，是那只沧海蝴蝶，那些年轻的笑容和泪水，都在上面，变成了心中的琥珀，一个人，在午后的角落里，慢慢地想起。

# 碧螺春的爱情

那年，他还小吧？正是最青涩的年纪，茫然间，却喜欢了一个比自己年长的女子。

那女子，是他的语文老师，十七岁的他，迷恋上一个二十二岁的女子，上她的课时，他阵阵晕眩，以为眼前的人，是自己找了又找的女子。听她的声音、看她的微笑，甚至，想到她就会脸红心跳，他捧读《少年维特之烦恼》，知道自己正暗恋着她，也知道她是喜欢喝茶的，一种叫作碧螺春的茶。

于是，他把父母给的零用钱攒到一起，去茶叶店买价值不菲的碧螺春，去买的时候，他问：茶怎么会有这么好听的名字？卖茶的老人告诉他，曾经，有一个动人的传说，是关于碧螺春的。

从前，有一个叫碧螺的姑娘生长在太湖边，她美丽而善良，可是湖中的一条恶龙看中了她，于是想强占她。一个始终爱恋着碧螺的小伙子挺身而出，和恶龙战斗了七天七夜，他打败了恶龙，但最后自己也倒在了血泊中。碧螺来到他们交战的地方，发现了一株茶苗，碧螺为了纪念小伙子，把茶苗带了回来，很快茶苗居然长出了芽苞，但茶苗惧怕寒冷，为了让茶苗活下去，每天清晨，碧螺都要把茶苗的所有叶片含一遍。有一天，碧螺摘下茶叶为小伙子冲了一杯茶，没想到茶香四溢香气缭绕，小伙子喝了以后居然一天天好了起来，但碧螺却一天天憔悴下去，因为她的元气都给了小小的茶叶，茶叶摘走，碧螺的元气再也回不来了，后来碧螺去世了，人们为了纪念这个美丽善良的姑娘，就把这种茶叫作碧螺春。

他听完，泪眼婆娑，原来，这种茶有这样动人的爱情传说啊，怪不得她爱

喝呢。他仔细观察碧螺春：茶叶纤细，蜷曲成螺状，绿色上是层淡淡的白毫，银丝条、螺旋形、浑身毛，冲出的茶味道芳香、色泽碧绿，简直就是饮品中的上品。

但她却不知道那是他偷偷买给她的，因为他总是趁人不注意悄悄放到她抽屉里，那是他的秘密，一个少年最幸福的秘密。

第二年，他考上大学走了，可还是在四月的时候，他把明前茶寄给了她，当然，他寄的依然是碧螺春。

而此时，她刚刚新婚，脸上常常挂着的是新妇的甜蜜，她不知道一个少年的暗恋，不知道那袋碧螺春里有多少爱情的滋味。

每年的碧螺春，他寄了十年。十年间，他也恋爱，也和别的女孩子一起去玩啊笑啊，但她始终是他的一个心结。

期间，她却经历了太多，不再当老师，成了有钱人的太太，然后离婚被抛弃，带着孩子一个人过。让她能旺盛地活下去的，是那每年寄来的碧螺春。

虽然她一直在找，一直想知道到底是谁这样执着地把她最爱的茶寄给她，但总没有结果，可是她知道，一定有双眼睛在注视着她，一定有颗心在爱着她，不然，不会有这芳香的碧螺春年年寄予君来！

她幸福的时候，他没有想去打扰她，当听到她离婚的消息后，他第一个念头就是买一张飞机票飞到她身边，这次，他要亲自将碧螺春送到她手里。

但不幸的事情发生了，在他要走的时候，在他等了十年之后，他浑身发烧，感染上了“非典”，那是 2003 年的 4 月，正是他要把刚刚上市的碧螺春送到她手里的时候，他倒在了医院里。

他想起了那个故事，那个关于碧螺春的爱情传说，不禁潸然泪下。此时，他和她，隔了四千里路云和月，此去关山多歧路，他自己生死未卜，有什么未来可以许给她啊？但他还是嘱咐好友把已经买好的碧螺春寄给了她。

隐隐的，她感觉到了什么吧，所以，没顾得“非典”形势迫人，竟然按照地址寻来，那是他唯一留下地址的一次，只因为好友不知道其中隐情留下了地址。

她还是来晚了一步，甚至，连见他一面亦是不能，甚至，她想不起她教过的学生里他是长得如何的一个男孩子。怎么会一个人默默地爱了她十年呢？十年啊，那是多么漫长的光阴啊！

他的故事，她是听他好友说的，她几乎流泪到崩溃，有的人，因为错过了一步，真的就错过了一生啊。

回来的飞机上，她翻看着他的相册，那个笑着的大男孩儿，在阳光下站着，额头的散发在空中飞扬着，而面前，是一杯上好的碧螺春，那是她和他的爱情，不曾说过的爱情，她不曾知道，但那些碧螺春知道，因为它们从远方寄来时，曾经在她的杯子中怎样沸腾过啊。

刹那间，眼泪滚滚而下，转瞬，又将她如洪水般淹没。

# 懂 得

小时候，在湖北乡下老家，外婆家养了四只又仙又傻的大白鹅，其中一只每次见到我就扑过来啄我，把我吓得又哭又叫，每遇到这种情形，我家的小牛犊就飞快地奔过来把鹅挡开，那只大白鹅就不再啄我，张开翅膀奔逃。我深深地懂得，我家的小牛犊是在保护我。我喜欢我们家养的小牛犊——它太可爱了，比我家那四只又仙又傻的大白鹅还要可爱一百倍。小牛犊的妈妈基本上属于老年得子。一不小心，我们家那头老态龙钟的母牛，就怀孕了，大人自是喜不自禁，弄得我们莫名其妙，都不晓得孩子的爸爸是谁。因为年事已高，她没有奶水，做大人的就想办法，用米汤拌红糖喂小牛犊。

每一个早晨，把一大锅早饭粥烧开，撇出半桶米汤，用红糖搅拌。把小牛犊的嘴扳开，一葫芦瓢一葫芦瓢地把米汤往它嘴里灌。牛的胃口真大呀，半木桶米汤一忽儿就喝完了，渐渐地，渐渐地，小牛犊见风长似的，总算壮实起来，可以自己料理自己了。它每天跟在妈妈后面，总喜欢用那壮实的小身体拱着妈妈，妈妈适时回过头来，在它的小鼻子上嗅嗅，它感受到了妈妈的怜爱，高兴得一撒腿，四蹄狂踢，蹦得老高……此情此景，正是古书上所言的“牛犊奋蹄”吧。

冬天到了，万物皆枯。枯草有什么可吃的呢。巨大的稻草垛堆在打谷场边沿，清教徒一般肃穆庄严。牛在整个冬天里，皆以枯稻草为食。用一种特制的长钩，伸进草垛，再用力拔出，稻草紧随长钩徐徐而出……孩子是天生的创造家，久而久之，我们会把整个草垛掏出一个曲径通幽的大洞，整个草垛也不会塌陷。这样的一个草洞，孩子藏在里面，或者幻想，或者做梦。外面北风呼啸，草垛里温暖如春，更是躲猫的好场所。乡下的孩子都是哲学家——星空美学早已领略过，他们的内心一定还装有更大的向往。那些广阔的星空美学以及无穷尽的天真向往，皆纷纷遗留于童年的宫殿，被岁月尘封，渐渐构成整个生命的未经出土的文物，每每触及，总是无以言说。

大人与牛之间，既情义深厚，又冷酷无情。等到小牛可以犁田打耙了，大人们毫不犹豫地把母牛卖了。大人的心一旦狠起来，就没个边的。在另一个陌生的人家，她的晚年不知过得怎样？

有时想想，一头牛一生的辛苦，作为人，就没什么可抱怨的了，再苦，你能苦得过牛吗？

过后的几年，我回乡下，那头小牛犊也不在了，都卖掉了。大前年吧，深秋的时候，我去上海学习。在上海宸山植物园，我独自走在林间的小路上，碰巧遇见一小堆稻草晒在路边，本能地抓起一把使劲地闻，久违的沁香直扑肺腑，隔了这么多年，熟悉的味道不曾改变，我的喉咙里忽然被什么东西堵住了，有点儿哽咽……

中国几千年的农耕文明随之消逝，迎来了泛工业化的机器时代。可是我们这些童年养过牛的人，一颗心依旧归属于那个缓慢的旧时代。

时代的车轮跑得太过迅疾，我们总是跟不上。偶尔，我看见杨健的一两张画，颇有感触——他画一双布鞋，不能坚实地走在地上，始终是悬空的——这个时代离泥土越来越远。杨健还画一只蓝边碗，粗拙朴厚，非常有质感，可是里面什么也没有，都是空的。没有一条土路，让一双布鞋踩在上面；没有什么粥可以值得用这个蓝边碗来盛…… 中国的文人，自唐宋以来，离披点画，意高笔简，生气凛然，乌鸦似雪，孤雁成群。



还是年前读到那首《空园子》的，惊骇不已——之前，我对杨健诗歌的认识一直停顿在十多年前的“暮晚”时期，没想到仅仅十年的时间，一个诗人的格局扩大到如此纵深的地步，深深地向他表示敬意。

没有了牛的田畈是不完美的，薄雾晨岚里不闻牛响鼻之声，总是寥落，八哥犹在。八哥最喜欢停在牛背上鸣叫，这种鸟鬼得很，生怕我们捉它，每当我们把牛抛于圩埂，它们才肯飞过来，啄一下，复抬头看一下我们，生怕我们捉住它，警觉得不得了。实则，我们疼喜鹊还疼不过来呢，谁还稀罕一只八哥呀，它们也忒自作多情了些。

牛是最温存的动物，温存得让你不忍欺侮它。可是，小孩子身体里总有一股横冲直撞的野气啊，得撒出来。这时，恰好不远处行过来一群大白鹅，昂着头，又仙又傻，吃草不知节制，把胃囊塞得垂坠而下……我们一下扑过去拿棍子赶它们，它们一边不解地望着来人，一边张大翅膀奔逃，逃到筋疲力尽，纷纷滚下田埂，陷在稻棵里出不来，顺势逮几棵稻穗子吃，都因祸得福了。



有时，你挑一担水正急急赶路呢，鹅们就是站在路中央不动，非要你朝它肚上踢一脚，它才肯把路让给你过，不傻是什么呢？一次这样，两次还这样，屡踢不改。越剧《梁祝》里，英台兄就把山伯兄比作呆头鹅，任凭怎么以景喻情托物抒怀，都点不透他，呆鹅之至。但，鹅浮在水上，气质倒蛮好的，简直有仙气了，细长脖颈，缠绕于水上，无风自移，飘忽而怡然，望了岸上的一草一木，欧阳克一样潇洒猥琐——猥琐，也是另一种气质。

牛是最好的牛。尽管孩子心疼，可是大人们爱打它。盛夏农忙的时候，烈日兜头，不停歇地犁几亩田，它也累啊，便怠慢起来，大人扬起竹棍抽打它的屁股，它痛得一凛，加快几步，而后，实在太累了，步子又慢下来，大人依然粗暴地鞭打，有时，它实在恼了——它也是有尊严的啊，它就撂挑子彻底不干了，它愤怒地挣脱犁枷，一下奔到河里去，游到河中央，再不上岸。大人傻了吧，没脾气了吧。

这个时候，牛最给孩子面子，也最听孩子的话。孩子割来一篮青草，它就游到岸边，把草吃了，孩子摸摸它的头，也不言语，它就上岸了，任凭大人把犁枷套在前肩，继续把未尽的活做完……

每每想起这些，都挺难过的。与牛共处过的人，他的心一定是柔软的。其实，人与人之间，不一定可以懂得，深刻更谈不上了，唯有牛与人之间，是可以深深懂得的。

向晚，落日的余晖照耀着河水田地，人世里布满金光，我们把整个身体趴在牛背上，闭眼假寐，牛自会把我们驮回村子，它不会走一点弯路，遇着了沟坎，自会放慢脚步，生怕把我们颠下来。到了牛栏前，它站住，打一个响鼻，耸一耸背脊，唤醒我们。我把它拴在牛栏的铁钩上，把棍子靠在墙角，就回家吃晚饭去……接下来的长夜，属于它，也属于我。一天一天，我们就是这么过来的。

# 状　态

这一年，状态似乎一直不太好。真的感觉暮年少语，连话都懒得说了。不喜欢一车人坐在行驶的车里鸦雀无声，索性远离，夕阳西下，宁愿在办公室看书。

蒲松龄说：惊霜寒雀，抱树无温……精神上的我，差不多便活在这样的困境里。焦灼与紧张，似两股绳，犬牙捆绑，越来越紧，使得精神世界愈显逼仄，消失了纵深感，一种纵贯千里的想象力，生了翅膀一般，忽然将我的生命搬出了一个个巨大的空洞，随时有塌陷的危险，何来深度和高度呢？

早年秋天的某个黄昏，我坐在千岛湖高高的石阶上，怅然地望着一湖好水，与同行说出了困扰已久的无奈、无力，就是那种对于世事万物的敏感度，一点点地钝下来了。

纵然提刀四顾，却也乏力破口叫阵了。

没有了一颗炽烈的心，谈何策马万里？

生命的一道道坎，日渐横亘。连桀骜的苏东坡到了中年以后，也终于通过《寒食帖》，向生命中的寒意低了一次头，无奈地道出人生“空、寒、湿、冷”的窘境……

一直处在焦灼紧张状态，仿佛不知道哪一个是自己？日子的平庸琐碎，像拉着一根永远断不了的长线。一日日早起，赶单位通勤车，匆匆驱车到单位上班。周末辗转菜场，采买所需的菜蔬，急急赶回，择，洗，切，烹……就这些琐事，可以把一整个珍贵的上午消耗掉。午餐用罢，实在犯困，假寐一小会儿，开始料理家务。上班的日子，到点，往单位赶，得在单位上八九个小时班，眼瞅着差不多的光景，该下班了，急慌慌往回赶。

早年，女儿小的时候，冬天的日头落得早，六点半不到，路灯亮起来，孩子坐在自行车的尾座上，小手冻得冰冰凉，我腾出一只手，捉住她的右手，团在掌心捂一捂，再把它放在我羽绒服的口袋里，惶惶然地到家。她在书房做作业，她爸爸陪着写作业，我去厨房炒两盘菜，做一道汤……周而复始，永无止歇。这样的日子，鞭子一样抽打着人。偶尔泡脚的空当，才可以拿过来一本书……

忽然发现，一个中年妇女的生命没有了宽度。

抱树无温的年纪，没有谁比谁承担得少一些。生活的发力点发生了改变，精神上可依赖的，便也少了。

# 我的文友

今天有太阳，虽然风大。

我想写写我的文友光亚。因为，再过一天就是他 40 岁的生日了。我们认识快十年吗？还是九年？不记得了。只记得相识在这样的隆冬之季，在格尔木这座小城定居三十余年，就没有几个朋友，光亚算是我唯一的志趣相投的朋友了。因为我和他一样，都是从事文字工作。他是企业内部理论刊物总编，我在机关从事文字工作。

我，一直如此，不懂得怎么跟人交往，因为很少出门，所以，没有朋友是应该的。与光亚的认识，得从我的闺蜜青清说起，确切地说是缘自一场新诗集发布会。

某年某月的某一天，市文联做一档电视节目，顺便宣传一个本地诗人的新书，一本诗歌集《燃烧的牧歌》的新书发布会。市文联主席通知我去参加，作品发布会后要赴宴，听说青清也去作品发布会，并发言，因此，我欣然前往。会场安排在离我们单位 5 分钟之遥的市内一个单位的会议室，还是去吧。实则，我与这位新出书的诗人也是首次“会晤”。还挺紧张的，反正我一见人就紧张局促。到得会场，好家伙，一屋子陌生人，男男女女老老少少，真是尴尬透顶，这都不算什么，新诗人可能是个话痨，但见他主动搭讪各路媒体记者，让别人都围着他，他坐在座位上声如洪钟地给人普及他的诗歌。我安静落座，观察了一下，青清没来，她的座签在我左边，等了很久青清也没来。

这于我而言，简直就是很郁闷的事儿，一次次幻想自己拂袖而去……我的个大天啊，一屋子人我都不认识，最郁闷的是邀请我来的人，你邀请我来，不跟我讲话，把我晾在一边，真尴尬啊。或许，他以为，一个在格城待了三十年的人，也算是地主了，不会连电视台的人都不认识吧。

我还真不认识。谁也不认识。

就在这个时候，光亚奇迹般地出现在我的面前。他就坐在我的左侧，他说他看过我写的散文，引起了我的关注，我看了看他座签上的名字，我还真看过他写的若干的小说。那时他一身书卷气，很清瘦。他那么热情地嘘寒问暖，如若老友重逢，自始至终，他一直陪着我。青清的单位离市区较远，急匆匆赶来，正听到文联主席在做开场白，我市方诗人在继第一本诗集之后，又出了第二本诗集。青清没坐几分钟就轮到她发言了，依稀记得青清的发言很精彩。会后六点多了，所有人都去赴宴了，我因临时有事，去得晚了些。眼看着菜一道道地上，就是吃不着，更加煎熬，电视台的摄影师怎么都拍不完这集菜的连续剧。

那天，倘若不是光亚在，我真的离开了。方诗人真能侃大山啊，我就没见过像他那么能说话的人，面对一群陌生的媒体记者，他怎么没有不适感，如此的游刃有余？有的人天生就是演说家，他常常去电视台做节目，可能习惯了。我这个整天待在山洞里的人，总是处处不适，难免尴尬。

后来，终于吃到正餐了，我喝了一小碗粥。光亚不在我们这一桌，他去了别的桌子。席散，我都没机会跟他说声谢谢，谢谢他陪了我那么长时间。

再后来呢？一般，我与任何人都没有后来的。不记得了，似乎当时，我与光亚相互加了对方ＱＱ。

感动于那天他陪我说了那么多话的情义，我命令自己一定要去他的ＱＱ上跟一次帖，去他的空间点个赞，以表达我的善意以及谢意。若放在平时，我是根本没有这个自觉意识的。我无法跟人建立起良好有序的朋友关系，换句话说，就是社交能力低下。

再再后来，光亚就在ＱＱ上无时无不时地与我讲讲话，就这么不咸不淡地处着。只是在其他文友那儿知道他是一个才子又是一个孝子更是一个好父亲。

记得 2010 年 7 月格市雨水之多千年难遇。《诗经》有句云：七月流火，反观居住生活工作的戈壁小城格尔木，似乎只好杜撰为：七月流水。

洪水的突然降临几乎使所有人都没有做好心理准备，似乎就在一瞬间格尔木即将面临洪水的肆虐。接到准备讯息后即刻与同事动身驱车赶往湖区的工作岗位，刚到察尔汗来不及喘息，领导立即宣布了抗洪期间的特殊工作方式，所有休假人员一律返回岗位，取消一切换休包括周六周日，所有工作人员必须24小时坚守岗位。自从来到新单位以来，头一次遇上这么严峻的形势，这让习惯了顺风顺水的大伙无论是从身体还是从内心都不相信，我们即将面对的严峻洪水形势。对于写惯了风花雪月的我而言，而对这一刻更多的是兴奋，而这兴奋是在自己想象鼓动之下膨胀起来的，没有别人的那份扯心的担忧，反倒有种在灾难面前一显身手的期盼。

当晚陪同领导返回格白云桥观看洪水形势。河坝上四处是忙碌的人影和轰鸣的机械声，更伴随着河水撞击着河岸的咆哮。平日里温顺的小溪瞬时变脸露出它的狰狞，洪水肆虐狠劲挑战着河岸的阻挡，挟携着万钧之势呼啸而去，并击着黄色的浊浪。什么是大河滔滔，似乎也只有眼前的这一切才是最好的诠释。我为眼前这气吞山河的态势慑服了。零星的雨在风的催促下，吹打在忙碌的人们身上。与洪水斗争的人们不但要承受洪水的肆虐，还要承受着雨水的冲刷。脑中顿时浮现1998年那些抗洪英雄们的坚毅面孔，而时过境迁当年的英雄们就在我面前，我可以感受到他们喷出的热气和他们炙热臂膀传递的热量。领导凝重的面孔不容我继续胡思乱想下去。匆匆钻进车里，“回湖区”，领导没有多余的话，抛下的是掷地有声的三个字。引擎隆隆，我们乘着夜色往湖区赶。平时里和气有加的领导此刻仿佛换了个人般的严肃，在他的影响之下我心里也滋生出几分恐惧。

当晚，给家人打了电话，告诉他们最近情势特殊不能回家，请他好生照顾自己，并把我临下盐湖时在超市抢购的饮用水和方便食品一一交代，嘱咐他以备不时之需，更让他把家中重要证件以及并不丰厚的存折也一并带在身边以防万一。语气的轻松传递的却是并不轻松的内容，那边的老公似乎也有一丝紧张，他说水来了你就跑，人最重要。我用调侃的口气说：我要是被洪水冲走了，你就自己混，但要照顾好正在外地上大学的女儿。放下电话，思来想去觉得还有必要给平日里的朋友们打个电话问候一下。似乎有此心思的不独是我，而是所有的人，网络的忙碌和电话的难打，便充分证明了这一点。好不容易与光亚联络上，光亚第一句便是你还好吧！这句寻常的话语在此刻显得格外温暖。互相嘱咐些注意事项，这才有一句没一句地聊起来。我说如果我被洪水冲走了，你要给我送花。光亚说，好，一定会送的，会送你最喜欢的花。我马上又强调不要纸花或是塑料的，我要鲜花。光亚一阵窃笑，爽快答应，说是一定会送上一大捧鲜花。一阵说笑之后，内心的隐忧似乎消退了些，当晚没心没肺地睡了个出奇好的觉。多年以后，当我把当时的情形叙述给我的亲姐姐时，遭遇到训斥，有拿这样的事调侃的吗？我姐同样遭遇到我一阵窃笑。有我这样的妹妹，我姐只有无语。

今年，有一天，记得国庆前夕，他忽然说，要给我开个公众号，并且雷厉风行，节后就办。我不大有兴趣，你想想，一个连微信也不愿意有的人，怎么可能要去开公众号？反正我对这个日新月异的时代是排斥的，甚至轻蔑，坚决不开公众号。甚至所有人都开始玩微信，我连个微信号都没有，什么时候开始玩微信，连我自己都不记得了。这个时候，光亚说了一句感动我至今的话，他说：你别害怕啊，我很善良的，不会伤害你的。

当他说出这样的话，我在心里笑得停不下来——我一无色，二无财，怕他伤害我什么呢？

就是到如今，他还固执地以为我不跟人交往，是害怕受到伤害。实则，真不是的，我没法表达自己，可能就是活在小我世界里太久了，整天与书为伴，又不擅长口语表达，所以，就一直远离了人群，久而久之，就这样故步自封了。我也说不清楚，自己这种非正常的生活状态到底是怎么造成的。实则，光亚的藏书之多，堪称格市之最，我们文友圈里送他一个雅号——书霸。我是个多愁善感的人，总喜欢这样的睹物思情，读书多了就是加倍地伤害人，心一下灰了，怎么挣扎都挣扎不脱。可见，诗书读多了，根本就是负资产。还有，我不快乐的时候，就会想起曹丕的《善哉行》：高山有崖，林木有枝。忧来无方，人莫之知。人生如寄，多忧何为？今我不乐，岁月如驰。

是啊！人生如寄，多忧何为？

记得刚来格市不久，一个同事忽然跑到我办公的房间里表示关心：赵老师，听说你晚上从不出门，哪天我来叫你啊，你跟我们去打麻将吧……，我心说：去你大爷的，打麻将，谁稀罕呀！我非常纳闷，我与其并非深交，为何要来关心我呢？后来，才明白过来，可能在他们眼里，没有夜生活的人太不可思议了吧。有一天，我去超市买东西时，老板娘接过钱，忧心忡忡地说：小赵啊，听说你不爱交际，年轻人，一定要多出来哦，不能老闷在家里……

回来的路上，我气得要死！觉得全世界都在跟我作对——为什么一个人不出门，连超市老板娘都能知道呢，哪些嚼舌根的人疯传的呢？这个人世太可怕了。那么多书，都看不过来，哪有时间出门玩嘛？有什么好玩的？我跟你们又讲不到一块去。和你们讲，简直就是鸡对鸭讲。

啊！如今，回首，真是可怕啊。我怎么那么偏执，一味把自己沉浸在精神生活里，人世里一点点的好，都尝不到。

自从认识了伟大的光亚，他身上所散发出的人性光辉，一下把我照耀，或者他带着我去听讲座，或者去吃吃饭，喝喝茶，顺便认识了不同的人——哎，我觉得挺有意思的。每个人都是一颗星，都有闪亮的一面。最让人无奈的是，我写材料写得顾此失彼时，总让他帮我写。我在盐湖上班，打电话给市里上班的他，我的开场白就是你现在忙不忙？他总是猜到我肯定让他给我写材料，他从来都是很乐意地接受，并且高质量地完成。有友如此，幸甚。

一次，席上，遇见一对恋人，看着挺美好的。女孩家境优渥，自身条件优越。其男友聪明，正在创业的节骨眼上，挣钱挣得买了好几套房子。临了，却分手了。我让光亚分析，为何要分手？光亚讲：女孩年轻漂亮，男孩聪明自负，都太优秀，女孩子也许就是个妈宝女，男孩又不会迁就女孩，这一年两年的，拖不起，分手为好。我听着他的分析，非常不解，对于爱情，为什么要这么理智？现在不是两个人都挺相爱的吗？沉溺一年两年，不也挺好？没结果就算了。

可是，理智的人往往最有决断力，这叫即时止损，把伤害降到最低。是女孩还是男孩谁先提出的分手，不得而知，反正是分手了。可见，还是爱得不够深。

若这档子事放在我这样感性的人身上，想必不会分手，最坏的结果，莫非等着一两年后别人来甩我。这就是悲剧性格。

可见，光亚的决断力有多么果敢——对于万事万物，不沉溺，不纠缠，当断则断，这要一颗多么强大的内心才能做到啊。我真是崇拜他，我知道有好多人崇拜他，因为他能写出锦绣文章，还有足以让人瞠目结舌的藏书。

他的心真宽。对于不懂事的人做了伤害他的事，一概原谅。我这个旁人听了，都气得不得了，他则言语：看在其有才华的份上，原谅他吧。

真是基督一样的心胸。

记得早年，他又说了一句哲理：不为难别人，就是不为难自己。

太对了，我是放下得不够彻底，以至于，处处为难自己。近日，他又说：我见你第一次，就知道你是个极其自律的人，再补一句精神上的自律。我默默陷在沙发上笑得有些尴尬，脑袋里浑然巨响——如此经年，我过的是清教徒一般的生活，处处于精神上严格要求自己，简直是受虐狂的形象……自己浑然不知，竟被他一下点破了。

我从没遇见过他那么坦荡的人，总是笑嘻嘻地把自己的经历自黑一样的说出来，放在我，死了烂在土里也不会透露。我的心没有他的大，他说出，是因为心中无挂碍，彻底放下，便无惧了。

每一次文友们见面吃饭聊天（他那么忙，我们见面的机会也少，我自认为他是我们这个圈子里最忙的），我的人生观、价值观、世界观，都要崩塌一次。可是，在他眼里，这都是正常的。许多事情，我无法接受，在他眼里都是人生之常态。他看书看得多，明事理，经历得多，对于人性的宽容度特别有弹性。

光亚的存在，对我真是一个接一个的励志片。比如他说：不为难别人，就是不为难自己。这就相当于，你不对人寄予任何热望，你就永远不会受伤害。

我看见过一篇鸡汤文，说是不同阶级的人做不成朋友的。富有的人与赤贫的人是做不成朋友的，眼光不同，价值观更加不同。可是，我这个幽暗而趋光的人，总是很崇拜他。跟他和众文友在一起逛逛玉石市场，吃吃饭，喝喝茶，然后挥挥手各走各家，非常快乐。

这个光亚真是改变我后半生的人，他还劝我玩起了微信。

慢慢地，把心打开，接纳一切该接纳的人、事。至少现在，受他的感染，我也懂得去关心别人，懂得对置身逆境的朋友主动问候一句，比如：你怎么样了，我一直挂念你啊。若放在以往，永远不可能，因为我觉得自己都活得这么痛苦了，你们这些人那点痛苦算什么啊，我干吗要去关心你？再说，我不都是日日与痛苦为伴吗？不倾诉，不抱怨，向苦而生。

现在，我不这样了，我会把自己的痛苦掩藏起来，然后设法抽出一点时间去关心需要关心的人。

今年夏天，七八月暑天里，有一天，我只有两三小时的睡眠，头痛欲裂，第二天照旧不会取消与光亚及另一群友人的“会晤”，那是因为我的心里有了更广阔的爱——不仅仅是一个饭局，而是要共同去关心一个需要被关心的女子，哪怕陪伴她几小时也好，因为我的好朋友她从远方来。

这些改变都是潜移默化的。光亚是一个气场极其强大的人，我这个能量弱的人，必然会被他所裹挟，然后有所改变，这是人的趋光性的一面。

光亚的事迹，永远说不完。这一阵我的内心又出现了黑洞，所谓黑洞，就是精神危机，就是我又不能热爱生活了，情绪低落……

可是，一想到光亚，他肯定希望我好的，我的心里便有了暖意，我也会艰难地说服自己，要爱这个人世。明年我将离开这座城市，无论我走到哪里，我想总会有一首歌让我想起某个人，比如，这首《好人好梦》。

光亚，是我在格市近三十余年最美的收获。一想起你，我就遍布阳光。

光亚，在你生日来临之际，衷心地祝你生日快乐……

# 初秋到农家小院做客

又一年初秋到来，应老公香日德同学相邀，一天傍晚我们来到他们居住的农家小院，未进入院中就有一种沁人心脾的清香扑面而来。进入院子首先映入眼帘的是满院叫得出名叫不出名的果树、蔬菜和各种花卉，顿时使人心情芳菲，忘记了旅途的劳顿。主人更是热情，一连声地让着请我们进屋，用最朴实的话赞美我："同学媳妇实话漂亮，年轻着！年轻着！"我没随大家进屋，跑到几棵结满果实的果树下，站在果树下，飘满阵阵果香的农家小院更显幽静，秋日的余晖笼罩着一片宁静和谐的气氛，四周静悄悄。吃饱了碧油油嫩草的小羊安卧在夕阳夕照的黄昏里，这是一片多么安适宁静的田园气氛，一片柔和安馨的心旷神怡。这里远离城市的喧嚣，给心灵一处避所。

进入客房，屋里早已飘满了酒香、菜香，多年不见的同学们在友好融洽的气氛里，在值得珍视的会聚里共叙友情，频频举杯，说起儿时的往事笑声阵阵，短短的相聚里说些什么好呢？别后二十多年，那是需要用多少连床夜话才能说得完哟！今天的相会，又是需要多长的时间才能谈得畅快哟！遇到了渴想了 20 多年的同学，知道了彼此的豪情斗志依然不减当年。而且，这么多年没有白过，同学们都进步了，成熟了，已经 40 多岁的他们，眼角已是沟壑丛生，鬓角也已露出斑斑白发，都在彼此注视着对方，有了这短短的相聚，尽管在天涯海角，尽管仍然不常见面，深厚的友谊又增添了新的内容——彼此关注、彼此牵挂、彼此进步。转眼夜已深，时间在这样的场合，你又为什么这般吝啬？侧屋里，我在同学们花儿的歌声中和阵阵欢声笑语中睡着了。

第二天清晨，我在鸟儿的叫声中醒来，来到客房，老公躺在沙发上睡意

正酣，一条裤腿高高挽起，我惊奇地发现不知是谁趁他睡着，在他腿上用毛笔写着“你喝醉了”，恶作剧充满了童真、童趣，仿佛回到了童年。在一屋子人的哄堂大笑中，老公醒来，睁着睡眼惺忪的眼睛，莫名其妙地望着大家，等弄明白是怎么回事后，立即对着屋子里其中一个同学满院子追打，同学们又是一阵哄笑。

# 立　春

正月初十我和女儿坐上从敦煌到格尔木的车，一路劳顿回自己的小家，望着沿途连绵起伏的群山，看着玻璃窗上的我，那么平静，那么淡然，那么风烟俱净的神态，从 21 岁出嫁到现在已过去 20 年，这条路也来来去去不知经过多少次，感觉到时间是可怕的，最可怕的是我渐渐老去的容颜。回想往昔也曾激昂，也曾奋进，也曾与亲人分别时泪水涟涟，如今只有一粒老心，藏着岁月的尘烟，可此时俱净。

天还冷，但这天立春，我应该欣喜。

六朝人有诗："春从何处来，拂水复惊梅。"其实每年都一样，立春这天草是枯的，但应该是春天的开始，有了欢喜和盼望。

"风烟俱净，天山共色，从流飘荡，任意西东。"

那旧日烟尘，20 年的光阴，闪着凉意与沧海桑田扑向了我，我的眼睛发涩发酸，风烟俱净，那是怎样的空空如也，风与烟都没有了，俱净！俱净！听听那空，听听那冷雨遍地，听听那花间的十六拍。

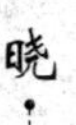


婆婆家依然挂着我结婚时的窗帘，立春这天要与公公婆婆分别了，手抚旧日的红绸，水一样的凉，舍不得离开婆婆，站在院中流泪。原来，这艳红的绸缎也会老啊，还记得它是新红色的，它在我窗前娇娇地笑，我在它面前端端地羞。是啊，它老了，我也老了！

# 桃花

傍晚看格尔木新闻，有一则消息说，盐湖集团办公楼前的桃花较往年开得早，这种生长在南方的植物，竟然开在高寒缺氧的戈壁新城，我抑制不住好奇心，匆匆赶到盐湖集团办公楼前，站在桃花盛开的地方，那桃花果然开得鲜艳热烈，春意盎然。

桃花即便缄默不语，文人亦是爱的。自明清小说《桃花扇》《桃花庵》，到古龙的《桃花传奇》、卧龙生的《桃花血令》，再到金庸的“桃花岛”“桃花六仙”“桃花豆腐”，还有方方的《桃花灿烂》……

桃花，在古时候有一个不大入耳的生涩名字，叫“咸池”。古人指称桃花含有酒色之意。注定桃花与色，是最纠缠不清。据载：孔子一日闲来无事，与几个弟子聊天，问他们最想干什么事。曾皙说：要在暮春时节，穿上新衣裳，约上几个朋友，到郊外河边洗洗澡，兜兜风，唱着歌回来。孔子高兴地说：咱们想到一块去了。想想啊，暮春时节，正是春心萌动百花怒放之际。当然，这百花里更少不了“桃花”一说，孔子及其弟子们明明要去赏花寻色，偏不明说，却拐弯抹角说洗澡、兜风。到底是一句“穿上新衣裳”，露出马脚。男人观色，大抵是要打扮一下“穿上新衣裳”的。

桃花的命，一路行来，亦不是太好的了。人们将不正当的男女关系说成桃花劫便是一例。桃花惹着谁了？都是三春花事，为什么不说李花劫、杏花劫，偏偏要说桃花劫？“绯闻”一词，想必亦是自“桃花劫”演变而来。这或许与桃花自身的妖容冶色有关——她的万丈璀璨，在流云天光下，让人甘愿存梦于此，注定了让你我迷乱；她的鲜艳热烈，是果鲜衣暖，是美丽完满，是春意十分。但凡特别完满的物事，总不得善终。她的命，总不大好的。好比《诗经》里的句子："桃之夭夭，灼灼其华。之子于归，宜其室家。"乍一读，仿佛有了喜悦与欢愉。其实，沉下去往深处想，便有了彻骨的哀凉。邓丽君早年唱过一首陈蝶衣作词的《人面桃花》，歌词已记不大清了，大抵是："去年春色满园时，人面桃花相映红，伊人不知何处去，桃花依旧笑春风……"或许，宣泄的仍旧是"一花障目，百叶穿心"的哀凉吧。

# 沧桑

写下这个题目，感觉这么写太沧桑了，连味蕾都在提醒自己——该是老了。真是老了。

去到菜市，不自觉地往豆腐摊前站。以往，一直不爱吃这玩意儿，嫌它寡淡。这一年，忽然品出了它的滋味。拎两块豆腐回来，炖鱼头豆腐煲。

大锅烧的土豆腐，文火慢慢炖，渐渐起了孔，鼓起来，搛一块，夹开，豆腐里面全是蜂窝状孔洞，舀了半碗吃，也闻不出味道，就是好吃得很。感冒，实则品不出菜的滋味，嗓子一味的灼痛感，被滑嫩的豆腐一次次抚摸，仿佛有了安慰。

小时候到了腊月，家家做豆腐。那时不过七八岁，场景历历在目。把生石膏放灶洞热灰里焐熟，捻成碎末。石膏是关键，就是做豆腐的药引子，一盆豆浆有了熟石膏才会龙跳虎卧，变成豆腐，好比酿米酒不能少了酒曲。豆浆，石磨磨出来，奶黄色，挑回家倒入大锅里烧沸，舀到大木盆里点卤，不过几分钟的时间，豆浆渐渐凝成块状，这时叫它豆腐脑。舀一碗，加几勺白糖，喝着，透鲜。余下的事情都是妈妈完成的——把豆腐脑一瓢一瓢舀到铺在竹筛上的纱布里，攥紧，上面压一块青石，黄水透过纱布孔眼如清泉，淅淅沥沥，滴淌……随时间长短定，压出来的，或豆干，或千张边，或豆腐。大部分是豆腐，浸满一洗澡盆，吃一个新正月，三四天换一回水。

每次去柴屋抱柴，总绕不开那一大盆豆腐——过完新年，依旧吃不完，恨死！白花花地躺在水里，让七八岁的孩子憎厌，最后连带着鄙夷起来。

记忆的花丛下虫声唧唧，在童年，没有什么比豆腐更加难吃的菜了。对千张边倒情有独钟，可惜不多，大多客来，才能享用一二。

童年是一幅金色的画，需要黄檀木的镜框来配，逝去的年岁早已青苔历历，如今风水轮流转，竟如此贪恋起豆腐来，连生病也不放过。或许小孩子的味蕾构成，有别于成人吧。不然，怎么解释？我家小孩子也不爱吃，有时偷偷放一块在饭里混着，她还是孜孜不倦地把它给剔出来；有时强行塞到嘴里，她竟然到了恶心欲吐的程度。联想起自己的儿时，也便作罢。

豆制品是植物中的高蛋白，尤其是大灶烧出的土豆腐，口感好得无以复加，唇齿间，隐约有炊烟的味道，细细袅袅。童年的一个梦慨然醒转，翻一个身，复睡过去，人间的风雨世世代代裹挟着我们。

用豆腐来炖黑鱼最上乘，其次是胖鱼头，奶一样洁白，上面漂一层豆腐油。

晚餐，吃完豆腐，继续坐在床头看顾随先生的书。其中，老先生讲到诗词的意会问题，打了一个比方，糖的甜只有舌头才能意会出来，如木头吃糖体会不出什么。人吃木头呢？也体会不出什么……真是拍案惊奇。联想到少女时代读李商隐——若是晓珠明又定，一生常对水晶盘；沧海月明珠有泪，南田日暖玉生烟等句子时，纵也不知其所以然，却也莫名的喜欢……多年后再读，自以为懂得，却也不尽然。李商隐的诗是糖，小时候尝，是甜的；中年以后再尝，分明有了苦味；或许，等茫茫老去，再尝，还是甜的？谁知道呢。

联想到豆腐上，是因为儿童的味蕾品不出豆腐的美味，所以隔这么多年再思量，感觉还真对不起豆腐。好比我们品不出诗人的好，也是对不起诗人的。尝不出豆腐的美味，等于顾随先生说的“未遇”，便谈不上诗心与笔合了。一个读诗的人，也要具有诗心。诗心即心眼，肉眼用来观看客观事物，心眼用来体会诗人的言外之意。

美食跟古诗同理。豆腐一直存在，有几千年的历史。中国民间最普通的吃法莫非——白菜豆腐，所谓“白菜豆腐保平安”。几千年的饮食传统，没有丝毫改变，只是到了隆冬，更加紧迫地热爱着。幻想大雪封门，屋里炖一锅白菜豆腐，间或漂了三五六七片五花肉，炉火微小，让一锅热菜持续地保持温度，端一碗白饭，默默就着白菜豆腐，吃一身细汗。中国小民最普凡的光景。

我最见不得麻婆豆腐这道菜——吃到舌上，哪还余有一点豆腐味？跟《红楼梦》里茄鲞一个道理。做菜不能喧宾夺主，要高开低走地衬托，不然，一定走味。

家乡人把大白菜称作——“黄芽扒”。这种称呼有音律感，别有雅意。实则，“扒”为“白”音。北风呼啸，一车“黄芽扒”堆得山似的，停驻在村子路口，路过的妇人们纷纷围上来：师傅，帮我挑几棵黄芽扒。拎回去，一层一层剥着吃，吃到见心了，芽白一片，堪比诗心。我年幼时同样不爱黄芽扒，嫌它没筋道，软塌塌地烂泥一摊而已，是一根木样的舌头遇见黄芽扒，那滋味甚是寡淡。现在不同了，年岁渐长，味蕾尝到了黄芽扒的“甜”。偶尔去超市还会买一点酸白菜，当早餐佐粥的小菜，那种酸，太过热烈，一根舌头简直招架不住。这样平凡的蔬菜，十几年来的价格没有超过两块钱，我们每年冬天都依靠它们，它们真是与我们甘苦与共。北方，冰天雪地，人们总是把它们藏在地窖里，码放得整整齐齐，一个冬天的菜蔬啊。人类倘若不吃蔬菜，会得败血症。从这方面看，大白菜比牛羊鸡鱼还要可珍。

# 曲折

不舍昼夜，重将《包法利夫人》读完。记不起这是第多少次读这本小说了。现在有人问起，每天怎么打发闲暇时间？若回答在读书，问者会用怪异的眼光看你！现在读书的人还真不多了。有时间不如去打打麻将，还能创收，读书有什么意思！这没办法，各有所好！周克希的译本，语言非常之好，节奏感也把握得好。翻译就是照着乐谱弹琴，不仅仅是准确，最重要的是，控制节奏，最需要那种浑然一体感。我是将李健吾译本对照着读的，一比，差距毕见。周克希的语言是一条蜿蜒曲折的小河，并非一滴水一滴水地流动，而是浑然一体地洋溢着往前走；李健吾的，虽也准确，但缺乏浑然感，也不是文采的问题。李的也是一条小河，流经的路径都是对的，但，颇生硬，节奏差些，缺乏自然之美。犹如听拉赫玛尼诺夫的第二钢琴协奏曲——闭着眼睛就可以分辨出，格里莫的音色、音准，那种精湛的自然畅达令人无比受用；倘若是国内某个刚出道的年轻人弹呢？那种磕磕碰碰的忽高忽低的踉跄感，倒成了一种艰难困苦——似乎每一个音准都到位了，但，缺乏节奏感，让人听起来，非但不享受，而且替他着急焦灼，就是那种夹生感压迫得人的听觉非常难受。艺术原本是给人享受的，弄到后来倒成了受难。

翻译这个活，真是一门大艺术。对于《包法利夫人》，周克希的，真的完美无匹，那些呼啸而悱恻的句子，蝴蝶一样斑斓，欧式的绵长精湛，可以令人一气断下来，歌剧一样回旋往复，让人惊叹之余，情不自禁拿一支笔在句子下面不厌其烦地画一道道黑杠子。原来，不同的语种之间，好的翻译可以将语言切换还原得如此精准丰盈，美妙无尽，完整凸显了福楼拜的斑斓和精湛。

读完以后，恍如大病一场，有种想大哭一场的冲动。情绪随之低落，无以自控……不然，怎么解释，一旦停止了读书，人在精神上便陷入到抑郁状态？

情绪一落千丈，看一切，都是灰的，连听音乐，也显得隔膜。大约是人体关闭了通向外界的一切好奇心与新鲜触觉吧。一直平衡得很好的安宁状态被打破，愈发意兴阑珊。

《包法利夫人》真是一部伟大的小说。十几年前，读第一遍时，只晓得单单为艾玛哀痛，为女性命运的不可逆转而难过……如今的认识，仿佛更加深刻些——是福楼拜写出了人类整个命运的困境，你是走不出的。艾玛的心性里有非常纯真的不可多得的东西。当被罗尔多夫欺骗以后，她昏死过去，情志郁结，一直在病中，花了两年多时间才慢慢恢复过来，于感情上，那种被忽然抽空的打击犹如地震，她的整个精神状态宛如废墟，这是一方面。另一方面，她迫使自己安分下来，尽量融入小镇周边的世俗生活，甚至带了赎罪的心理……可是，遇到莱昂，她依然不能克制自己，又投入到另一种迷狂中去，每个星期借口学钢琴去往城里约会。当时，看到这里，我有点鄙视艾玛了，觉得这个人太可气可嫌了，疮口刚刚好，忘性也太大了吧，这么疯狂而不计后果的，简直丢掉了作为一位女性的尊严。

后来，再想，根本不是这样。艾玛心性里的纯真决定了她将每一次恋情都看成了初次。我嫌弃她，是因为我没有她那么纯粹，到底是以世俗的眼光丈量了她而已。

当她搬到那个小镇定居下来。当自己的丈夫吃饱晚餐在炉火边打盹，莱昂陪着她，给她读一本杂志上的文章……这就是差距了。你叫她怎样与这个平庸至极的人共鸣呢？他对于她的爱，根本笼络不了一个具有文艺气质的艾玛的心，他们一开始就不对等。她一直热爱读书，在租书铺常年订阅书籍……灵魂世界里，她想飞，可是没人陪她一起飞，直至遇着了一个年轻人，尚且未被恶俗的生活所浸染的年轻人，朝夕相处中，点点滴滴间，怎能不彼此心动呢？

道德在小说里根本就是枷锁。我们不谈道德，只谈人性之美。

他们各自克制了自己，那一份隐隐约约的恋慕之情，以莱昂离开小镇重新求学戛然而止。

在经历了与罗尔多夫的癫狂之后，她与莱昂又一次相遇了。艾玛带着一颗纯真的心，还是想着私奔……艾玛的单纯，真是令人心碎。命运将她的美梦，一次次地不厌其烦地碾为硒粉。

作者福楼拜写安排她吃砒霜自杀的情节时，福楼拜伏案痛哭，难以自持！她抓砒霜吃，还不起高利贷名誉受损是一个诱因。真正的，爱的无望，以及内心的孤独，才是最大的推手。她在心里过不去了，曾经对自己那么深情蜜意的人，他居在阔大的庄园里，享受着奢华的贵族生活，临了，为何连借“两千法郎”的情义都没有了？艾玛喜欢的竟是这样薄情的人！艾玛当初可是舍得送他一条昂贵的马鞭呀，用的还是借来的钱。是人世的冰冷，让她吃下砒霜，她用自己的死去祭奠自己的爱。

这个世上，谁也不曾爱过她，唯有自己的平庸丈夫，可是，他们的爱不对等，他不能懂得她，这种爱就是一种无妄之爱，也是一种负累，是负资产。

陈村的代序非常好。他说：“古往今来，人的道具在变，而人性和人的困境总是恒一的。洋人和华人说到底也是一样的人。一本好书，只可惜了艾玛的性命。艾玛没有走出去，不是福楼拜不让她走，而是，那种燃烧和欢乐永远是走不出去的。”

所以我说呢——好小说是不能与生活平行的，若用陈希我老师的话讲，就是小说不能与生活苟且。现今的小说，都是在大量复制生活，平庸至极。

好小说，根本就是一个命题，它不能解决问题，但它绝对可以把生活提升若干档次，慢慢地，小说就到了哲学的高度，不遗余力地去呈现人性以及人的困境。

艾玛不过是福楼拜的一个道具，他花了四年多的时间，每天伏案十二小时，写出了 1800 页，到最后定稿时，删至 500 页，砍掉了 1300 页，也不知删去了艾玛多少次的梦想与痴狂……

一个女孩给我留言说，她也刚刚看完这部小说，很迷茫。我说：你不要迷茫，好好活。

也许，这个女孩跟十几年前的我一样，正在为艾玛哀痛不已，出于对未知的感情生活的迷茫和怅然吧。13 年前的我同样如此。但，你看生命经验对于一个人该有多么重要——而今，我所迷茫的，并非人类单一的感情生活，而是人的整个命运的困境，就是陈村所说的恒一的困境，也就是“燃烧和欢乐永远是走不出去的”命运。





艾玛死后，夏尔终于在她闺房的抽屉里发现她的所有秘密。

有一天，夏尔与罗尔多夫偶遇，罗尔多夫邀请夏尔去喝一杯。夏尔对他说：我不怨你，是的，我不怨你了！这是命运的错！

罗尔多夫反而觉得夏尔说这样的话，未免失之宽厚，甚至可笑，还有点迂。

我不知道福楼拜祭出夏尔这个道具是出于何种考虑。夏尔代表的莫非一种臃肿邋遢不求上进的庸俗之流？还是俗世洪流中一股愚不可及的德行操守？那么莱昂呢，罗尔多夫之流呢，不过是另外的人格卑下没有做人底线的恶魔？

作为纯真的艾玛，她必须受苦，燃烧自己，然后毁掉自己。这就是人类的命运，永远逃脱不了的困境。连庸俗的夏尔都明了——这一切都是命运的错。

这个不求上进的永远不能与艾玛灵魂交叠的男人，终于高蹈了一次，说出了一句闪耀着哲理光芒的句子，真是一种激情蓬勃的反讽。

艾玛一直是孤独的，她一次次幻想着的出走，不就是想找一个灵魂的伴侣同行吗？你看，人类的困境又来了——我们每个人都走不出自己的孤独，艾玛试图突围，可是临了，还是被绊倒了，甚至还搭上了性命。到末了，她依然死在自己的孤独里。

作为一部十九世纪的小说，它还是这么有生命力，虽然残忍。

我们中国人在戏曲里总是喜欢塑造团圆完美的人生结局——这种东方式的单纯，颇为可贵可喜，艺术家落笔前，总是体恤着，想着给予人慰藉之情……东方式的哲学永远指导人好好地活下去，也是民间所谓的知苦就苦，不知苦就不苦，让你浑然不觉地冷淡地漠然地活下去。西方的艺术形式偏向于福楼拜式的思考，它可以用来冶炼人的深刻性，让你洞悉身处的困境，永远走不出去的困境，到了然后呢，也还是要好好活下去的……

# 奇　香

除了中药的苦，苦瓜应是这个世上第二苦的食物。每次买苦瓜都挑老一点的，嫩的几乎不苦。清炒苦瓜，最好趁热吃，才够苦，凉了，苦味淡多了。一根苦瓜，正中剖开，去除籽粒，切两三厘米厚的段，配一只红椒，拍几瓣老蒜，锅烧至起青烟，倒油，猛火炝，激点冷水，口感爽脆，苦意袅袅。整个酷夏，可以就着一盘炒苦瓜吃一碗饭，别的菜皆可省略，那种感觉是奇香。

每次把苦瓜炒好，趁热搛一片放嘴里，越嚼越苦，苦意丛生，及至弥漫整个口腔——无比热爱这样醇厚的苦味，仿佛我的整个口腔都在演绎一部西方古典交响曲那般宏厚博大的苦，苦得隆重肃穆，苦得倒海翻江，仿佛整个精神之上的苦，都集中在这一片苦瓜上——我把一生的苦都呈现了出来，于舌上重温，辗转，食之慰藉……

其次，是苦菊，适宜凉拌。生姜、老蒜、小葱切至碎粒，入滚油中炸至金黄，晾一会儿，倒入苦菊，佐以醋、麻油拌之，食在嘴里，却是甘甜。女儿小时候总说：是苦的。小孩子的味蕾稚嫩，纯洁，精准，我的味蕾却再也触摸不到苦菊的苦意，这么多年遍尝酸咸辛辣，大抵早早退化了，品过苦瓜的厚苦，苦菊的微苦，则一笔带过了。

新春的马兰头也有苦涩。僻野之物，历风霜经严寒，苦是有一点的。苦原本就是用来积淀的。凉拌之前需焯水，再把它们团在手心挤干，杂以米醋、麻油凉拌着吃，苦味便淡了，隐了，不见了。莴笋叶也苦，与马兰头一样，焯一下水，再下油锅爆炒，吃起来甜丝丝的，非常可口。在春天，莴笋叶比青菜不知要高几个档次。

清明以后的蒲公英也苦，不宜凉拌了，可以挖回来晒干，煮水喝。还有我们小时候的苦苦菜，更苦。凉拌，包饺子都好吃。

这世间所有的苦味，几乎都可用来清火消炎之用。

我老家河塘的水中有一种植物，村人唤作“扛猫骨子”，生着细针一样的苍绿叶子，水下的根系铁锈红。若是谁患了牙痛，涉水挖一棵，回来煮水喝。所谓扛猫，即青蛙的俗名。青蛙喜爱将卵产在这种植物的细针样的叶子上，故名之——“扛猫骨子”。它一定有学名，被珍藏于《本草纲目》里。

春茶苦不苦？也苦。可是，苦后回甘的美，谁能替代得了呢？莲子芯苦吧，苦过以后，整个回甘的甜几乎把舌头淹没，让人久久沉醉，迷恋之。一小撮莲子芯，闻之，清气扑鼻，于开水中翻涌涅槃，自老绿变苍翠，仿佛一座山的碧色次第来到目前，叫人瞬间产生居山的渴念，梦境里均是溪流潺潺……

莲子芯属大寒之物。有一回，吃鱼上火，想起来泡一小撮，喝下去，不及半小时，胃疼难忍。胃寒的人消受不了这么好的东西。有一天，突发奇想，可不可以与枸杞同泡呢？后者温性之物，两两中和之，既消了火，又温了胃。

小时候闹肚子，也不见外婆送去就医，她烧中午饭时，将锅巴烧至焦黑，冲水给我喝。锅巴汤真香啊，把水喝下去，再嚼被泡软的锅巴，焦苦着，又格外透出余香——建立在苦味之上的香，是奇香，越吃越上瘾的香，至今留在味蕾的记忆里，适合于下雨的春夜打捞。

苦的反义词是甜。比起甜来，苦要有格局得多，它是醇厚的，有意蕴的，可以承担一切的不幸。中国有一个俗语叫虽苦犹甜——莫非吃尽苦头的人生才配得上日后的醇厚甜蜜？太过和顺畅达的生活，轻如鸿毛不值一提的，没什么建设性的肤浅的一马平川？而苦的，才是沟沟槽槽坎坎坷坷成就来的千丘万壑的洪厚，更有质感的，值得写进回忆录里留待日后凭吊的印刷品？

一年年，我们都在吃苦。古语云：知苦就苦，不知苦就不苦。活着，原本就是很苦的事情。我们在不停地学习，无非怎样将苦化为甜。可是，甜蜜的，总是短暂易逝的，比如爱。昨晚，和三五好友喝茶，女店主检查她儿子的作业，这孩子约八九岁光景。他妈妈边咒骂边干净利落地把写好的作业一张一张地尽数撕掉，声色俱厉勒令重写，小男孩眼含热泪，几欲哭泣。女店主给予孩子的爱是一种带苦涩的爱。

爱是苦忧参半，爱是酸楚杂陈，无非两种境地：得不到，得到了。得不到的，都化作了日后的天鹅肉，其不可多得的芳香长长久久飘荡在爱的祭坛；得到了的，都化作了骨碌碌的死鱼眼。比如，《红楼梦》里宝哥哥咒骂的死珠子鱼眼睛。

实则，说来说去，还是没有说到最苦的食物。不，不是食物，是药物。谁能苦得过中药？

一直喜欢翻翻《本草纲目》，不是没有缘由的。我的身体经常性出岔子，也非大病，但，终归引起不适。郁多伤身，一个身体欠佳的人，会反过来影响情绪，所谓情志郁结。气郁是少不了的——纵然这么几年也加入到锻炼中，但气息郁结，也非一日之功，得慢慢调和。许多病均来自气郁，郁则不通，导致不是这块痛，就是那块痒。我女儿很小的时候都知道“痛痒相关”这个词。

乐曲的回声急速划过空气，琴音与手指发生共振。我的身体宛如一部交响乐，什么样子的乐器共鸣均可承受住，是勃拉姆斯的第二钢协，叮叮咚咚中，日子一寸一寸流淌……窗外是昏阳，原本的光芒被浓重的雾霾所遮蔽，让人顿失眼界。困在钢筋水泥的建筑物里，深陷精神的空虚。最怕的就是这样的时刻，非逃离不可，去到深山，是不可能的；去到静雅的咖啡厅，坐在他们吧台的拐角处，用脑在心上写点什么。

尘世纷纷攘攘，你方唱罢我登场，人间的一腔热闹啊，真是苦。

# 重读三毛

2011 年，也就是一个普通得不能再普通的年份，如果 2012 的末日传说得到最终印证，基本上 2011 年也就是 2012 年的上一年或前奏曲而已，而对于曾经的一代文学青年“60 后”“70 后”来说，这一年可能多了两个热闹话题，那就是史铁生和三毛。

当年仙逝的史铁生以他的硬如轮椅的意志留给了我们永远坚强而充满感恩的背影，连同他的哲理小说和情感散文一同感动我们很多人，在此略过。我们还是来扒一扒离开我们已经足足 20 多年也曾经给我们深深感动的我国台湾传奇女作家三毛。

让我记住三毛，是因为她的《雨季不再来》，故事情节以其女性特有的知性、细腻叙述了怀春女孩那如雨季细雨的淡淡哀愁，烘托出了一种让人欲罢不能缠绵如雨的刻骨铭心的爱，最后雨季成了那一代文学青年永远的情殇，成了挥之不去的浪漫情怀，雨夜也成了年轻时代持续不断的青春疼痛，怀念不已。这也曾是本人中学时代最惊喜的发现之一，后来还在当时流行的手抄本里抄了又抄，爱不释手，如同至宝。记得为了买这本书，曾经疯狂地骑单车到县城的大书店去寻找，果然是读书也疯狂。

后来，又陆陆续续读她的其他书:《稻草人手记》《撒哈拉故事》《梦里花落知多少》《滚滚红尘》，听她讲新奇独特的撒哈拉故事，在二十世纪八十年代那种最后的纯真年代里，在她给我们洞开的纯美风景中狂醉不已，为她和荷西的善良深深感动，连同她的那首经典歌曲《橄榄树》，完全湮没在了这个弱女子构建的透明如水的童话世界里。

曾几何时，以流浪世界各地而闻名遐迩的台湾女作家三毛成了风靡大陆女孩的超级偶像。这个以“我笑，便面如春花，定是能感动人的，任他是谁”为座右铭的知性的传奇女性却以最灰色的自我了结来结束自己的传奇一生，令人不胜唏嘘。

难忘三毛，是因为她写过一首脍炙人口的《橄榄树》：“不要问我从哪里来，我的故乡在远方，为什么流浪，流浪远方……还有还有为了梦中的橄榄树橄榄树，不要问我从哪里来……”旋律优美动听，带着能愁煞人的淡淡忧伤，风靡一时，感动了当时多少恋爱中的少男少女，只差没有和心爱的人去浪迹天涯感受流浪漂泊的美丽，现在一听到这带着青春诱惑的老歌立马就有一种特别的温暖充盈心间，于是“不要问我从哪里来”也曾一时成了一种风行的口头禅……于是在这里又截头去尾只留下改造了的一句作为我的章节题目。哈，利用名家名言作点睛之笔，够爽，有点意思吧？据说这首歌在台湾被禁唱了十几年，因为当局认为歌词中的“远方”指的就是中国大陆。呵呵，现在都直航了，“远方”也成了一块生“金蛋”的投资热土，还真是有点恍如隔世啊。

# 梨花颂

春江花月年年有，各个中秋都不同，正如世上不会有两片完全相符的树叶。一轮团团的月儿初上柳梢，橙黄且小，暗隐着桂花树斑驳的醉影儿。不够美，借来的那三寸日光只够照亮孤零零的自个儿，全无往年挥洒自如落落如残雪的清雅月色。

素来不喜过年过节。平时能躲开的人，能逃避的事儿，年节时都不得不直面应对，忙活一天，还得落下一肚皮的不合时宜。我闺女在看中秋晚会，我给月亮点支檀香，供两盘月饼水果。闲拨拉着键盘，想写点什么，却又不知从何写起。浏览着文友们写的中秋月圆和茉莉花开等花团锦簇的好文，再看自己写的几段，颇有点儿无病呻吟的感觉。

百无聊赖之际，忽听丝竹轻启，一缕清音悠然入耳，如晚来清风拂过七月半的西湖，森森碧波，层层莲叶，驾一叶扁舟轻摇桨橹，逐影踏浪，悠然而至。看看电视，原来是梅葆玖先生的两位高徒魏海敏和胡文阁在演唱京剧《梨花颂》。

来自我国台湾的魏女士一袭红旗袍，婉转妩媚，风流蕴藉，娇波流慧，倒也罢了。梅派三代传人的乾旦胡文阁先生一出场，出乎意料地惊到了我。天下竟有这样儒雅风流的扮相！丰神秀逸，一袭灰布长衫，颈挂长围巾，宛若民国时期的一位书生，度林越波翩然到来。“梨花开，春带雨，梨花落，春入泥，此生只为一人去，道他君王情也痴。天生丽质难自弃，天生丽质难自弃，长恨一曲千古迷，长恨一曲千古思！”

明明是男生女唱，却又全无半分矫揉造作。百度一下，胡文阁先生 1967 年生，早过不惑，可脸部线条柔和，转盼多情，语言常笑，从声音到身段扮相，都有一种跨越性别的震撼美感。观之恰如碧叶丛中藏着的一朵茉莉，恍惚能听到洁白花瓣绽开的声音，嗅得到那丝丝淡薄辽远的清香！未见过梅兰芳先生年轻时的演出，想来也是类似的美风标。

京剧不愧是国粹，从视觉到听觉带给人的感受，绝不是那些流行歌手可以比拟的。那次看严宽版的电视剧《隋唐演义》，除了看张翰扮的酷酷的白马银枪小罗成，再就为听听片首曲，京剧《三家店》一段："将身儿，来至在大街口，尊一声过往的宾朋，听从头。一不是响马并贼寇，二不是歹人把城偷。杨林与我来争斗，因此上发配到登州。舍不得太爷的恩情厚，舍不得衙役们众班头。实难舍，街坊四邻与我的好朋友。舍不得老娘，白了头。娘生儿，连心肉，儿行千里母担忧。儿想娘身三叩首，娘想儿来泪双流。眼见得红日，坠落在西山后。叫一声解差，把店投。"

按声音推断，大约是京剧名家于魁智的唱段。每每听到，都感动得泪眼吧啦，戏曲有潜移默化的民间教化功能，这一点毋庸置疑。相信听完这一段，或是看完这段唱词，许多人都会产生回家探望自己的老母亲和亲朋故友的念头。人之所以为人，正是因为有这些优秀的文明传承。

看隋唐，最感动的莫过秦琼那些传奇经历，住店、卖马、北平认亲、大闹登州、走马取金提、困炀帝、助秦王……见过李少春先生原声，于魁智配像的秦琼，一身黑衣小帽的短打扮，手挥马鞭出场，一个亮相，感觉秦琼就该是他那样的。电视剧中严宽扮的，帅虽帅，那脸膛，那举止，当个天神般的大将或许能，却找不到秦琼的那股子平民英雄的风度做派。

再扒下去，是我最喜欢的翁偶虹先生写于民国期间的《野猪林》林冲唱段，风雪山神庙一折："大雪飘，扑人面，朔风阵阵透骨寒。彤云低锁山河暗，疏林冷落尽凋残。往事萦怀难排遣，荒村沽酒慰愁烦。望家乡，去路远，别妻千里音书断，关山阻隔两心悬。讲什么雄心欲把山河挽，空怀雪刃未除奸，叹英雄生死离别遭危难。"

"满怀激愤问苍天，问苍天，万里关山何日返？问苍天，缺月儿何时再团圆，问苍天，何日里重挥三尺剑？诛尽奸贼庙堂宽，壮怀得舒展，贼头祭龙泉。却为何天颜遍堆愁和怨，天哪天，莫非你也怕权奸有口难言。

“风雪破，屋瓦断，苍天弄险，你何苦林冲头上逞威严？埋乾坤难埋英雄怨，忍孤愤山神庙暂避风寒。”

翁先生不仅能写出《锁麟囊》那样柔美幽怨的雅词，也能写出英雄豪气的唱段，满腹诗书，一腔意气，志不得伸，写出的词竟雄壮如此！文辞华美，音韵和谐，由李少春先生唱出，更是一腔悲凉婉转，荡气回肠，实非语言所能形容。

那个外敌入侵、军阀混战的民国乱世，是什么样的不良遭遇和人间惨痛，导致文人骚客写出那样的戏词，再由演员们四处传唱，发此悲鸣！

不想写了，宁可看着那些水上梦幻般的演出，在“给你一个长安”的美词美句里，在一曲悠扬静美的《梨花颂》里，在故都西安大明宫角楼和大唐芙蓉园仿古建筑紫云楼组成的盛世美景里，跟着大家权且乐乐，暂时躲开那些恼人的俗事。

# 雨中又忆千岛湖

连日来一直是雨天，今天的雨下得尤其大，站在窗前回忆起雨中的千岛湖。2010 年到上海世博会游玩专程到千岛湖，千岛湖位于浙江省杭州西郊淳安县境内。湖是年轻的，1959 年建立新安江水电站时人工蓄水而成；城却是古老的，1800 多年的历史积蕴和文化积淀浸透淳安古城。

千岛湖湖区面积 573 平方公里，湖中拥有形态各异的大小岛屿 1078 座。湖水清波潋滟，平均水深 34 米，能见度最高达 12 米，属于可直接饮用的国家一级水体。因其山青、水秀、洞奇、石怪而被誉为“千岛碧水画中游”。郭沫若曾写下“西子三千个，群山已失高；峰峦成岛屿，平地卷波涛”的诗句歌其美，穆青赞其为“天下第一秀水”。

从黄山市区开车一个半小时的行程，就到安徽歙县深渡码头。我们就从这里登船出发。刚上船，小雨就跟随而来，且相伴一天。在车上时，导游就给大家讲，游千岛湖重在看水，而非岛也，后来也确实证实，观光登上的几个岛屿，都是人工的成分更多一些。蛇岛，是从各地捕捉一些奇蛇置于岛上。而所谓奇石岛、鸵鸟岛、情人岛皆同此理。

船起程而行，便见两侧青峰间闪出一座座房屋。有的坐落于山脚，有的坐落于山腰，甚至有一两间位于山腰之上。有的房屋密集些，像村庄，有的则错落有致零星分布。房屋中有典型的“白墙灰瓦码头墙”的徽式建筑，也有现代的小楼房，房顶多有人俗称的“大锅”。或许因为雨，山岚雾气在座座山峰间缭绕而行，缥缈神秘。远远望去，让人体味到“白云生处有人家”的意境。在山脚水边处，随意泊着三两小船，那句难为了无数画家的“野渡无人舟自横”便从心中冒了出来。

群山叠翠，不见登山小路，却更让人欣羡不已，曲径通幽便向家。

船驶出一个多小时后，仍是小雨，只是两侧山上人家逐渐稀少起来。山和水更随意地撞入游人眼帘，水是平静的、柔美的、清秀的，山是挺拔的、峻峭的、多情的。山不尽，水不尽，雾不尽。船行景移，可谓步步景、处处美。不时地，山腰处一练白瀑飞流而下，似乎传来水声汩汩，让人由惊而喜，由喜而叹。人都说，风景美如画，可身处此情此景，我却想，应该是画美如风景呀。画上的风景是静止的，怎能比得上现实中的变幻、层次和飘逸呢？我寻到游船尾部风稍小些的地方，就那么一直看，看山，望水，向往那山水间神仙似的人家。我完全陶醉于山水交融的长卷中，只是轰鸣的马达时刻提醒自己，我在山之外、水之上、云之下，是一个观者。

船越往湖中走，视野越开阔，水两边的青山，好像也拉开了距离。过了午后，雨越下越大，噼噼啪啪急一阵缓一阵地敲打着船上方的挡板，朦胧雾气像一张温柔的网弥漫在水面上，让人幻想身在烟波浩渺的海面。再远望时，便仿佛是天海一色，任你再睁大眼，山也隐约水也隐约。不远处，一叶扁舟停在水面，像一幅泼墨写意画。我们的船渐行渐远，再望去，小舟便像离开了水面，飘浮在仙雾中一般，最终融入海天之中。行驶约三个多小时，便来到了千岛湖码头，在这儿，有去往杭州的游客在此换船，我们的游船又沿原路返回深渡码头。一路上我手中的相机不忍放下，刚关上，又打开，如此反复多次，仍留下了遗憾重重。听见船舷边有人议论，只看这景，跟小三峡一样。没有游过小三峡，闻此语，便知此景之美。

湖上游船不时穿过，船的外观差别很大。看起来洁净一些的、优雅一些的，大多是杭州港的，而船体和内部环境差一些的，多属于歙县。经济上的差别也由此可见。

返回渡口时，已是傍晚六点多钟，雨也歇了脚。但见山上人家炊烟袅袅，一片恬淡安详。

打开千岛湖旅游图一看，才发现我们游览的不过是千岛湖的一个小角。“画船舷外千杯酒，醉问杭人几时回？”领略了雨中的千岛湖，却还惦记着春夏秋冬四季各异的千岛湖，惦记着阴晴雨雪风景万千的千岛湖，还惦记着古老淳安城历史中走来的民俗民风。

# 收　获

下班路过小街，看到卖酸辣粉的小店。竟一下子被它吸引，不由自主地走了过去，要了一碗。细品它的味道，真是又酸又辣。曾经我是一个一点儿辣椒都不能沾的人，几时变得如此贪恋辣椒了？连我自己也说不清楚，或许人是由着环境而改变的吧。

来高原小城近二十五年了，经历了许多事，见过许多人。不知道自己收获了什么，或者只是回到了二十多年前的起点吧。但我不后悔，经历是一种财富，我想我还是有收获的。

只是一天比一天垂垂老去，有些许伤感而已，心飘起雨，对了，是心雨。想起曾经喜欢的这首《心雨》，不禁潸然泪下。

思绪随着意识飘呀飘，突然想起了宗玲，那个我在湖北老家时的小表妹。一个天真可爱的女孩，跟我脾气性格特别相投，是一个比我美丽得多的女孩子，也曾伴着度过短暂的时光。如今的她还是远在老家，为人妻为人母了。好久没有联系，也只是从老家断断续续传来她的消息，说她和她爱人到广州去发展了。近年也没有她的只言片语，只是二十世纪八十年代末过年的时候匆匆见了一面，不知道她过得可好。也不知岁月是否也将她改变得面目全非，比如我，已从当年的嫩花花变成如今的老菊花了。以前在一起的时候，她是非常喜欢吃酸辣粉的，或许我是因为这粉才又记起了她，也或许一直都记在心里，只是不常拿出来想起？宗玲，我的小表妹，今天我只是突然很想你，好多年了，没有打电话，并不代表我没有想起你。我还依稀记得你对我讲你的初恋男友，记得你的男友给你买了把伞你执意要给他钱的情景，记得你美丽的样子，如今依稀

还在梦里。

还有海娟，也是我的一个好同学，好朋友，跟我同岁。她是个敢爱敢恨的女子，可最后还是屈从了现实，嫁了在一起两年的穷男友。只是她的穷男友不辞而别好多年，她独自带大儿子，我尊重她的选择，敬佩她对生活坚韧的态度，毕竟现在她过得是幸福的，有一个二十几岁的儿子，衣食无忧。海娟，我去年刚买的手机摔坏了，所有的电话都没了，我纠结怎么才能和你联系呢，你若来我居住的小城，一定要来找我。

陆续又忆起了一些人，是我记忆深处，也就是很久很久以前认识的人。今天不知为何竟一下子在脑海里浮现了出来，有刚参加工作时学校的同事，原单位的同事，曾经的同学。每一个人都见证着我的一段经历，在我由幼稚变为成熟的过渡期起到了重要的作用。我时常在想为什么我的记忆力那么好，还记得小学同学中学同学的名字或者是一些过往的事？或许这是我不愿忘记，刻意去记得的吧？究竟是什么，我自己也不得而知。是，我老了？

真辣！飘游的思绪被拉回到现实中。此时我已是满头大汗，但依然执着地把这一碗粉吃完了。好过瘾！

只是突然很想你们！朋友们，我们或许都不再有联系，甚至不会再见面，但我的心底依然是记得你们的，不知道你们是否还记得我？只愿你们过得比我好！

# 写给女儿的话

下午上班途中，听见麻雀的叫声，来自白杨树上。快到小暑节气，一天天热起来。真想麻雀的鸣叫，是小动物对于节气的呼应，只可惜我们这里是寒冷地区，麻雀一年四季都在叫。要是在南方，听到蝉的鸣叫，会想到节气的到来。天色银灰，乌云把阳光挡住了一些。

想着女儿小时候说的：“没有你们大人就好了，我们小孩就自由了。”我的心情不能平静。想是因为我没有满足女儿在电脑上打游戏的愿望吧，因为女儿很小的时候家里还没有购置电脑。现在我们一家三口每人一台笔记本电脑，这是后话了。小小年纪就要自由，不爱管束。可见，爱玩是人的天性。但，一放假，女儿不是看电视，就是出去玩。家里许多玩具女儿几乎无一感兴趣，最多骑一会儿车子了事，要么，就烦躁地在沙发上跳来蹦去，满头大汗。夏天外面闷热，出去玩，也不现实。我们上班就把女儿反锁在家里，后来我问女儿：爸爸妈妈上班你都在家里干什么呢？自己玩，看会儿电视，害怕你们发现我看电视，等你们快回家的时候就把电视关了，心里慌慌的。

我说：你6岁了，大人有大人的事情，不能每时每刻陪伴你，你应该学会自处、独处。

作为妈妈，就是想让女儿活得轻松自在，哪怕在深山与白云为伍，都不失望。对于所谓主流的价值观，妈妈一直心存鄙视。什么居高位、开好车、穿名牌衣服、出入高档会所、吃尽山珍海味，这一点，都不稀罕。

人之为人，首先得有精神生活，灵魂有所依傍，才谈得上活到圆满自在。哪怕当大厨吧，也不过是个糊口的工作罢了，剩下的时间，但凡心怀梦想，就一定可以到达远方。远方，并非报个团，去欧洲七日游，回来赚点见闻谈资，而是心里充满诗意与梦想。

人只要卸下功利心，安静地生活，思考，慢慢地，自会达到一种圆满。所谓圆满，在我这里，也就是一种精神上的追求吧。

比如，这个下着微雨的午后，我读着一本书，书页的递减间，渐渐地，到了远方，宽广无垠，邂逅无数宽厚的仁慈的伟大的灵魂，洗礼了日渐囿于柴米油盐中的小我，双眼格外明亮，从而觉出世界的明净美好。

某天黄昏，当我问女儿同学玉玉的外婆，玉玉在家怎么度过。玉玉外婆说，玉玉很少看电视，在家不是画画，就是自己玩过家家什么的。

想到后来家里购置了电脑，女儿打发时间的主要方式就是打游戏。我感到羞愧，觉得对女儿的放养政策大错特错。

我没有有效地引导女儿的兴趣，一味让女儿玩，导致的结果不是看电视，就是打游戏。这样最直接的恶果是让女儿小小年纪就戴上了眼镜。

我认为，看电视或打游戏，是最低等的娱乐方式。人要学会独处，即怎样打发闲暇时光。我觉得吧，哪怕去小区白杨树下吹吹风，去公园看一会儿牡丹和小鱼，都比打游戏强。没给女儿报绘画班、英语班，本意是不想让女儿过早地投入学习——在以后十几年的应试教育中，有女儿学的。没想到这样的美好初衷，反而局限了女儿。无画可绘，无琴可弹，无单词可背……女儿只有打游戏、看电视。

每次一想到每年两三个月的假期，女儿都要沉浸在电视机前，想给女儿报幼儿园暑期班。但考虑到同学年龄不等硬被关在同一个班级，老师更换频频，对内向的女儿不是很好，也只得罢了。

孩子的分别大多体现在怎样独处方面吧。这得仰仗大人的引导。我的本意是，女儿要么描描红，要么翻翻书，要么做做十以内的加减法，最不济，念念古诗……

女儿的好朋友蒙蒙每回只看 20 分钟电视。我了解到，蒙蒙妈对蒙蒙特别严厉，蒙蒙还要学英语，总是配合她妈妈。相比蒙蒙妈，我是不称职的。也没多少时间陪女儿，家务缠身，怎么做都做不完，有时情绪大坏，干脆不管女儿了，只要开心随意玩吧。

可见，若想要一个好小孩，必须先有个好妈妈，内心强大的妈妈。

现在女儿长大了，性格开朗，乖巧懂事。看到女儿如此快乐，我不后悔对女儿的放养政策，只是想到小时候没好好地陪女儿心里感到很愧疚。

记得有一次我信心满满地对长大了的女儿说，妈妈最欣慰的就是你小时候几乎没责难过你。女儿立即反驳，怎么没有？我上小学的时候，星期天我要和同学出去玩，你要带我去洗澡，和你洗澡的时间冲突了，你就不让我去。现在想起，我感到很愧疚！

感到愧疚总是杂务扰心，安静不得。想起长大了的女儿说过妈妈把我养大，妈妈做什么都是对的，就心里酸酸的，主要缘于我这个当妈妈的身上的负能量太多，虽然女儿小时候我不会大声呵斥她，女儿，也请原谅妈妈平时对你的呵斥敲打，原谅妈妈总是不晓得克制情绪，妈妈并非出于本心，想爱你都来不及，怎舍得责难你——是妈妈修炼不够，脾气坏，没有足够的耐心导致的。女儿，妈妈记得你小的时候对你的呵斥。请原谅了……

女儿，但愿，敏感如你——记得妈妈的好，把妈妈给予你不好的阴影自动剔除，争取多点快乐，少点愁烦。想起女儿乖巧的小模样，真想女儿再回到小时候。可是，再也回不到从前了……

# 一封写给女儿的家书

那是一封信，一封写给将要上大学的女儿的信，如今女儿再过两个月就完成大学学业了，现在读起来还是忍不住泪水涟涟。记得在信中我是这样写的——

孩子：

只记得妈妈已经许多年没有静静地坐在桌前，在台灯橘色的光芒里，为我的宝贝女儿写下一些满含深情的文字。今夜，天空阴郁，不见繁星，整个办公楼静悄悄的，远处偶尔传来几声机车的风笛声和轮轨间的铿锵声。此刻想不到吧，一向喜笑颜开的妈妈，会郑重地给你写信。

你是一个沉静而执着的孩子，生得眉目如画，冰雪聪明，从小就乖巧懂事，从小就是爸爸妈妈的贴心小棉袄。你循着父母求知的足迹，凭借自己的不懈努力，终于踏进了知识殿堂的大门，给表兄弟表姐妹做了表率，妈妈由衷地感到骄傲。当你满怀激情，拥抱自己的新生活时，在某些方面，当妈妈已走过之后，总想把生活中的酸甜苦辣，向你警示，但跟你平等谈话和交流的机会又实在少得可怜。

年少时很少有人对妈妈和你大姨小姨们进行帮助指导，在求知的道路上我们增加了许多不该有的坎坷。当中考来临的时候，在上高中还是就业的问题上，妈妈和姥爷之间发生了激烈的冲突，你姥爷坚持妈妈是个女孩子，早早工作了，家里姐妹多，也好减轻家里的负担，致使你妈妈委屈地就业了。好在妈妈以全县第一名的好成绩分配到都兰县的一个乡村中学当老师。妈妈的班主任很是惋惜，常在你姥姥、姥爷面前感叹：这丫头聪明伶俐，悟性好，不上大学真是太可惜了！多年以后妈妈才明白，妈妈没上高校就已经输在起跑线上了。这么多年妈妈很努力，努力地工作，努力地生活，尽心尽力地操持家务。每当妈妈想起这些酸楚的往事，就想把自己生活中得到的启示同你一起分享。

孩子，在妈妈的人生扉页中，最大的遗憾莫过于没有受过高等教育。不过，我想大学生活是人生的一个转折，在这里，你会发现狂妄的傲气逐渐失去，张扬的个性逐渐收敛，清高的自负逐渐平静。你会发现，这里既有绚丽的阳光，也有阴霾的风雨。也许你会遇到嫉妒、诋毁、报复、误解、冤屈、挫折，你要正视和善待它们，切莫自暴自弃。在大学里，你不能像高中那样埋头于书本，要全面地学习文化知识，学习做人的良好品德，学习参与社会的实践能力。孩子，大学包罗万象，是个大千社会的缩影，所以从现在开始，你要慢慢学会正视诋毁和误解，学会坚强和勇敢，学会掌握自己命运的技巧，学会培养承受挫折的能力，踏实认真地画出自己立业的坐标。

孩子，当今社会舆论、价值观念如此的多元怪异；人际关系如此的杂芜微妙，使人不敢多说一句话，多行一件事。内心产生的种种困惑与孤独需要向朋友倾诉，但朋友在感知上，不像师生、父母、手足那样明了。请记住："距离"是维系朋友关系最重要、最微妙的空间，也是朋友之间长久相处的秘诀，而我这里所说的，并不是让你离群索居，孤芳自赏，把自己禁锢在厚厚的铠甲里面藏暑纳雪。大学里，女孩子家，特别是性格开朗和漂亮的女孩子，身边不乏阿谀奉承的人，你要学会以坦诚之心正视别人，以细微之心观察别人，要努力学会爱自己，尊重自己，学会爱别人，尊重别人。你要明白，善待别人，就是善待自己，你憎恶的人，可以疏远他；你讨厌的人，可以冷落他；你猜疑的人，可以躲开他，但是不能伤害他，因为，说不定你正在被对方憎恶着、讨厌着、猜疑着。假如实在无法助人为乐，至少不要损人为快，每个人生活的环境、空间不同，难免有这样那样的缺点，你要学会忍让、宽容，要学会允许朋友犯错误，不要因为某件小事伤彼此的感情，更不要反目为仇。对朋友不能有一丝一毫的奢求，倘若，要求过高朋友做不到，友谊的甘泉会顷刻间枯竭，不图所报，帮助生活拮据的朋友是快乐的事情，朋友的聚散离合随时间空间的变化而

变化，不要在变化中索取承诺。

孩子，我们的家庭并不富裕，但即使是在二十世纪六十年代末、七十年代初贫穷的日子里，对钱财也从不顶礼膜拜。大学里，你身边不乏贫寒人家的子弟，你要学习他们的憨厚和淳朴，学习他们的艰苦和执着。不要因为你没有别人穿得时髦、吃得高档、用得奢侈就自惭形秽；不要因为别人出手大方，花钱如流水就羡慕不已。

孩子，大学四年弹指一挥间，希望你珍惜来之不易的学习机会，以渊博的知识拥抱美好的明天，让自己的生命如星光一样灿烂。这是妈妈对你的期盼。

孩子，记住啊，妈妈永远爱你。

# 又到严冬

又是冬天，斜风疏雨，盼雪却不见有大雪的迹象。这几日，气温骤降，西伯利亚的寒流以迅雷不及掩耳之势侵袭了整个城市，北风呼呼地刮着，在大街小巷呼啸飞旋，遒劲而凛冽地拍打着破旧的窗户，那单薄的窗帘也被从窗户缝隙里挤进来的风鼓荡得一起一伏，像暴风雨来临之前的海浪。他站在窗前，听着外面的地动山摇，心头突然掠过一股从未有过的恐惧，似乎觉得空气里弥漫着呛鼻和腐霉的气味，这些气味摸不着看不见，却以微粒的形式浮悬于流动的空气之中，传播病菌。流感、咳嗽、哮喘、白喉等常在这个季节发作，人们从家里从办公室从一切公共场所赶往医院。医院的病房、走廊里住不下蜂拥而至的病人，只好开了药，让那些症状较轻的病人回家去自己调理。

他就是那些病人中的一个，慢性喉炎外带神经衰弱。回到家里，病榻寂寞，取一册书来，煮药漫读。他喜欢这样的情致，和醺的暖屋，丝丝冒着热气的茶烟，空气中氤氲着淡淡的中草药的清香。这清香在他的记忆里已很遥远了。岁月的履痕也一帧帧在脑际里闪过。他记得小时候当他生病时母亲用葱头红糖煮一碗偏方汤给他驱寒，父母呵护左右，用掌心抚摸他的额头，眼睛里一片焦虑和怜爱。当时他浑然不知，现在回想起来那是多么的幸福啊。在外闯生活几十年里，他有过和朋友倚炉品茗和围炉夜话的经历，也有过酒醉后的失语或独自一人时的悲悯。而现在他明白了这种优雅生活的昙花一现，展现在面前的是无尽岁月里独自一人背负行囊踉踉跄跄跋涉的艰辛。他由此更多地把自己融入书本，企图在兴致悠长的阅读中体味人生的另一

番乐趣。关于卡夫卡、本雅明，关于海子、昌耀……他思索着他们留世的哲思睿智，却盘诘着人性的善恶和人生的意义与价值。把自己从渺渺无际拉回现实，又从现实溯向历史的源头。从前看山是山，看水是水，如今看山不是山，看水不是水，或许在披荆斩棘杀出一条血路之后，把满目沧桑收回，以童贞之心回眸往昔，就有可能看山还是山，看水还是水了。当然那必定是觉悟了的人了，精神弥漫于茫茫宇宙中，显现的是那种诸如大音希声、大象无形之类的曼妙境界了。

入冬以后的旷野更加的寂静，屋内暖气仍然倔强地升腾着，将冷漠世界阻隔在屋外。这些天他乘着兴致，读了不少书，如《阅微草堂笔记》《张竞生文集》《南渡北归》《叹凤楼枕书录》《2666》等，这些散发着墨香却一直顾不上去看的书，他看得当真是酣畅淋漓，趣味无穷。古人云，“书犹药也，善读者可以医愚”，他觉得读完这些书他的病也好了一半，至少神清气爽，头不沉胸不闷了，这是他生命中最快乐的一段日子啊，那温暖的混杂在空气中的中草药味儿让他莫名地感动。窗外寒风萧瑟，在他自我疗伤的日子里，问候却不时从远方传来。他听着那熟悉的声音，感受着人间的至真至爱，便想起那聚少离多的岁月，那时，他风雨无悔地乘火车在两地奔波，坐在窗前久久看着无边的土地和天空，在拥挤的人群中心无旁骛地展开他的梦幻和思念。他常常觉得这便是他的人生，情感随车轮滑动，他记起，他慵懒地坐着，伸不展手脚的方寸之地被他坐得很有味很舒服，打开一本书，打一个盹，然后看看表，再重又眺望窗外，他的眺望超越了火车的速度。“在夜幕降临的时候/多少次和你在楼梯口分手/长长的楼梯啊/往上是喜悦/往下/一步是一次深深的忧愁。”这样的诗他写得很苦涩，但仍然一往情深：“大街上车来车往/我从家里出来，望一眼那扇窗户/家从此就装在我的心头/我把生命深埋在你的怀里/知道思念从此生根/年华从此停留。”作家池莉说，人是应该冻透一次的。热透一次，冷透一次，爱透一次，恨透一次，苦透一次，甜透一次，醒透一次，笑透一次，哭透一次，于是乎，人生也就不那么平庸了。或许，在这些药方中，他只有其中一味。

这一味足以使人生丰满。

就好比春风夏雨秋霜冬雪，不同的境遇，需要不同的主题，四季更替却圆融，此消彼长仍轮回。在他，于这个寒冬生这场病的时候，需要的不仅仅是一盆火，一服中药，一个问候，或一册好书，或许只要一场雪就够了。

# 心 穷

据称，曾有人叹道："我穷得只剩下钱了。"这话虽带点儿夸富的矫情，但也的确道出了其自身的某种缺憾——心穷，它表现为知识贫乏、思想浅薄、精神空虚以及缺乏理想等。

不言而喻，心穷并不是一件光彩的事，不管你的财富多少、权势多大，一旦心穷，人的评价就可能是：此人心里没多少道道。

一个心穷的人，讲话干干巴巴毫无色彩，写文章词不达意，令人难以卒读，做事情则常常会陷入窘迫和尴尬之中。心穷则愚。《红楼梦》第28回写冯紫英请宝玉、薛蟠等人饮酒作乐。席间轮流行令，及至薛蟠，便有了一段笑柄。薛蟠道："我可要说了：女儿悲——""悲"了半天，不见下文。众人便催，薛蟠登时急得眼睛像铃铛一般，瞪了半天，才说道："女儿悲，嫁个丈夫是乌龟。"这段绘声绘色的描写，将薛蟠这个呆霸王的无知庸俗乃至无耻下流的内心世界揭示得淋漓尽致。的确，一个懒惰、顽劣、胸无点墨和热衷于追男逐女之徒，肚子里能掏出什么好货色来呢？这虽然是古典文学作品中的一个心穷的典型，但在现实生活中类似的例子却并不鲜见。

心穷，使人心胸狭窄，目光短浅；心穷，使人庸俗愚钝。比如有的暴发户，有了钱却不知道该怎样花，吃喝嫖赌，比阔斗富，修坟造墓，一张口满嘴金牙，吐出来的却是满口国骂……而自己却还以为够派、潇洒。

一个人的心穷与心富在很大程度上决定着他的生存质量和价值。一个智慧非凡、思想深邃、抱负远大的人，一般说来都能有所成就，有所建树；反之，则碌碌无为，一事无成。所以，人最怕的是心穷，心穷则无力。清代思想家、文学家龚自珍曾说过：“心无力者，谓之庸人。报大仇，医大病，解大难，谋大事，学大道，皆以心之力。”世人当以此为鉴。

# 妈妈，感谢你给了我生命

妈妈，时间过得太快了！

今天是 2009 年 5 月 6 日，是我 41 岁的生日。

一转眼女儿都已到了“红颜辞镜花辞树”的年龄了。可不是吗，你的女儿都是 40 多岁的人了！

从 2000 年开始你和爸就长久居住在四川绵阳了，虽然我几乎每年都回去看望你们二位老人，但离开你们的日子是那么的漫长，10 年了，因为忙于生计总是聚少离多，唯一不能改变的是女儿牵挂你的一颗悠悠寸草心。

一遍一遍拨着电话号码，妈妈，你知道吗？今夜我想你了，潸然泪下，当我抹去腮边的溪流，那感觉只有仰头看天。繁星点点，散乱地分布在一片黑色的静谧中，像我的思念般绵延不绝，又似我对你的记忆般凋乱无章。

花，开了十年，谢了十年……时间的日日夜夜，你离开我的日子太久了……

妈妈，我忘不了我每次到绵阳，离开你们回青海的时候，你和爸爸都来送我的情景：你拉着我的手问我什么时候再来。还有你和爸那一高一矮向我挥手告别的身影，直到列车开出很远了你们都舍不得走的样子。在列车上，我总是在哭！想到你们二老又要在盼女儿再来的时间里饱受思念的煎熬，我心里就像刀割般难受。有作家说：人从出生开始其实已经老了，短或者长只是时间的问题而已。有一天我也会成为一个龙钟老妇，我也会像你一样想念我的女儿的。是啊，人们都喜欢初绿的枝头，却总不敢面对枯枝败叶。就像所有的人都喜欢看美女帅哥，因为赏心悦目啊！

妈妈，我小小年纪便多愁善感，泪眼婆娑，总是咏念寻寻觅觅，冷冷清清，凄凄惨惨戚戚，我的眼里，你的脸是世界上最美的脸，总是印在我的心里，如水的思念，载不动许多愁。41 年前，是你从都兰县香日德镇徒步走到农场医院待产去生我的，你是经历了怎样撕心裂肺的疼痛生下我？妈妈，女儿知道的，是你赋予了我生命。妈妈，我们小时候，你为了补贴家用干零活，早出晚归。经常我一觉睡醒了你还在做家务，我常用小手使劲按你的小腿，一按就是一个深坑，你那是累的呀！我常想：“等我长大了一定再也不让妈妈这么辛苦了，我要给妈妈好多好多钱，让妈妈过好日子！”后来，我 18 岁参加工作了，总是从每月工资里拿出一定数目的钱给妈妈，20 多年来从未间断，在你身边时就尽可能地帮你多做家务，妈妈，女儿能做到的只有这些了。妈妈，你心甘情愿为儿女付出，等到老去的时候，却常常是孤苦寂寞。而如今，你们二老远在他乡，女儿无时无刻不在牵挂你们啊！我常给老公念叨：“等我退休了，第一时间就到绵阳伺候妈妈，每天都给妈妈做好吃的！”我原想从容尽孝的，可惜我忘了，忘了时间的残酷，忘了人生的短暂，忘了世上有永远无法报答的恩情！

妈妈，你身边的人总是在我身上寻找你的影子，时不时地就听见外婆把我错喊成你的名字，家乡人总是用那种饱含深情的目光指着我：“唉……长得跟你妈妈真像，简直一个模子刻出来般，多漂亮一个人啊……”说这话时，外婆的眼底就像一汪深深的潭水，充满了慈爱。看，大家如此爱你，妈妈，做你的女儿真好啊！妈妈，自你 18 岁离别家乡的亲人，从江南水乡来到青海嫁给父亲，现在已经69岁了，你阔别家乡的时间太久了！你和爸已牵手走过了50年，女儿要让你们再牵手走过 60 年、80 年、100 年……

妈妈，我清楚地记得你是二十世纪八十年代初到湖北老家去了一次，回来时为了省钱你从西宁搭便车赶到都兰，你从大卡车车厢上下来时都不会走路了，还急切地把从家乡带来的特产从车上往下搬，一个劲地向我们述说：“这是外婆给的，这是舅舅、舅妈给的……”当时正是快到年关，正值隆冬季节啊！我们姐妹几个握着你冻僵的手都心疼得哭了，那情景至今记忆犹新，恐怕一辈子也忘不了。现在你居住地离家乡近了，你总是说：“你外婆、舅舅们都

不在了，我就不回去了……”妈妈，每次你这样说的时候，眼圈都是红的！妈妈，你知道吗，女儿心里是多难受，多心疼你吗？

妈妈，先前我给你打电话，你说你近些日子胃口不太好，要是有什么叫我不要多虑、多想，你说我的眼泪最多了，动不动就掉眼泪。你还说我是最厚道的孩子。你老人家在说什么呢？你知道吗，放下电话我哭了多久吗？你要答应我，永远不会离开我。每次想起你的病我就会哽咽，重复无数遍的老套的那几句话，到了嘴角边还是情不自禁流出了眼泪。是啊，我知道，这辈子，你都将会在我的生命里缺席，每当想到这里，我心里都会是揪心的疼痛啊！妈妈，女儿要你健康常驻，欢颜常在，幸福安康，颐养天年！

过去的过去，是孩子般纯真的脸，现在的现在，女儿只剩一脸沧桑，一粒老心，一身病痛。我也41岁了，剩下的日子还是无尽的劳心劳力劳苦。妈妈，我不知怎么了，总有一种美人迟暮的感觉，因为我一个好朋友突遭横祸离去，近些日子我非常伤感。

妈妈，感谢你给了我一副曼妙的身姿和一张精美绝伦的脸。记得几年前我同单位非常有才气的女领导发给我一条国庆节祝福短信是这样写的：白驹过隙，共和国日新月异，赵美人沉鱼落雁，容颜妖娆……这条短信我拿给女儿看，对女儿说：“女儿啊！怪不得你老妈我总是钓不到鱼，原来是这样啊！”女儿愕然，一脸复杂表情地对我说：“呵呵，老母啊，你也太自恋了吧！”是啊，女儿说对了，我太自恋了，简直有些病态的自恋了。

妈妈，感谢你给了我41年完整的爱，因为有了你的爱，41年来我的生命和爱没有缺憾，有你在，我就是最幸福的女儿，我永远是上帝的宠儿。

我爱你，妈妈！我爱你，我最亲的人！

妈妈，在电脑上敲击完了这些文字，我已是泪流满面，泣不成声，想给你说的话很多很多……

妈妈，我要把这些话念给你听，这些都是女儿多年来一直想对你说的话……

# 一直幻想着

清晨，站在阳台晒衣裳，从遥远的地方传来麻雀的叫声：叽叽叽——！阳光正好，照在所有的花草植物上。一只花盆凭空生了一簇簇的花盆草，毛茸茸的穗子日渐壮硕，似乎用力过猛，随时要垂坠下来，类似一篇小楷写到最后一个“！”，或许悬腕过甚，一竖撑不住，黑墨淌下。晚春就是这样的急性子，有着太多的生命力和表现力。把衣裳挂好，一件件抚平。原地又站了一会儿，用目光爱抚一遍植物——无非一些梅科、葵类。石榴树有了花苞，隐在参差的叶子里，气韵流畅。

初夏是一首永远唱不完的歌。

麻雀越飞越远了，鸽子在小区浅涧上空翩翩——四季的嬗递，节气的秩序，一直由先知的鸟类统领，花草植物们只愿默默回应，不着一言，却风情万千。五月的绣球开到鼎盛，千楼万厦间歇脚的繁华，怎样的赞美，也不为过。小区里，有一家得了好品种，在二楼阳台热烈、雍容、繁复，千朵万朵压枝低，复瓣浅粉，幽寂在薄暮里熠熠生辉。复瓣蔷薇的这种美，闪电般摄人心魄。回回经过，不免仰望。其次是榆叶梅，大多种在楼畔空地，白色的，总归洁净，有不允触碰的神圣。黄色的，艳得不谙世事，接近于无邪。浅粉正得宠溺，或许有一场细雨，水滴于将开欲开的花瓣上摇摇欲坠，衬着脚下的草色遥遥地望——纵使万劫不复的深渊，也一样不可辜负。

楼前苗圃仅有的七八丛丁香生得端正，新叶日渐从容，配得起它们内心的成长。若三四只麻雀站成一排，可成一幅《丁雀图》，得大意趣。晚春的树木纷纷把自己幻为长篇小说，架构宏伟，枝繁叶茂，唯独芭蕉删繁就简，在原地长成一首五言绝句，简洁又不失张力，细雨和风中，有限可数的叶子约等于一页页诗心，也似反复忆及的不可得的故旧，需养在心上珍重呵护的……

夜里散步，走在杨树的阴影里，芬芳迷人。这种树的味道特别厚道，从不强人所难——月亮升起来，把杨树的味道细细打磨，等着你来，再镀上一层光，那么的婉约醇厚，几近米酒，甜而不醉人。人在树下走了一回又一回，彼此近乎旅伴，不着一言，却默默支撑。

一直幻想着——

拥有一块菜圃，一个花园。四周木栅栏上攀满艾蒿，五月的天空下唱着紫色的浅粉的绸缎一样的歌，沿栅栏一溜儿榆叶梅，什么色的都种上一些——人生的台阶抵达不了万紫千红的高处，那就凭借一双眼看尽花花朵朵冶冶艳艳吧。最不该忘记的，是要栽五六棵大丁香树、七八棵刺梅。如今豌豆当令，忽然想起冰箱里冻藏着的一块咸肉——于是，我坐在刺梅的凉阴下吃一碗咸肉豌豆饭，丁香花开得清淡。

菜园旁一定要有一口池塘，塘口有柳，塘面荷叶上蹲着几只绿皮青蛙。这是奢望，我们这里寒冷，青蛙是不会成活的。此刻柳絮翻飞，一如谁起了心思，总是苦恼纷扰。杜甫的五言派上用场：圆荷浮小叶，细麦落轻花。新荷抽叶小麦扬花，正是青瓠可摘之际，你我哪一年不吃上条把瓠子？瓠子就像一条平凡的绿袜子，纵然记忆里洗了又洗，晒了又晒，却也一点不褪色，值得留恋的永恒的歌。有了池塘，就要养鸭子和鹅。鸭子白里翻金的毛发于水面凫凫袅袅，是仙子君临，人生有幸；鹅是呆鹅，欧阳克般整天一袭白罩衫，黄金的足配黄金的嘴，要么站在草色凝碧的地里，似乎把一生的光阴都献给了吃草上；要么站在路中间望天，迎面来人也不让道，被撵打，张开大翅急于奋飞，一骨碌滚到坡底，爬起来依然站到路上呆望。鹅的呆是出了名的，《梁祝》里有一场戏，同样以鹅起兴，一句一逗，皆是经典。山伯送英台下山途中：

女书童抒情：你看前面一条河。男书童回应：漂来了一对大白鹅。山伯跟着接：公的就在前边走。英台以隐喻暗示：母的后边叫哥哥。山伯犯傻：未曾看见鹅开口，哪有母鹅叫公鹅？英台仿佛凄凉一指：你不见母鹅对你微微笑，它笑你梁兄真像呆头鹅。山伯佯怒：既然我是呆头鹅，从此莫叫我梁哥哥！英台长揖赔礼，山伯转嗔为喜，两位并肩前行……

这场戏把无情山水都唱得温软，我真是百看不厌。中国戏曲里，但凡世间有一口热气的，仿佛都寄予了长情，叫人低徊。这戏剧别有洞天，讲出生命中的两难。人生的悲剧莫非——想不到，得不到。

来说说我幻想中的菜园——当几十棵月季次第萎谢，我把残枝悉数剪修，恰好在枝柯的空白间点黄豆，是迟豆子，秋风起时剥来吃，挖一勺猪油抹在豆滴上搁水蒸。黄斛兰一天开到晚，醒来梦里都是它的香。我还会在初春插一垄山芋苗，等农历九月一棵一棵地挖，都是家乡的圆锥体，适合垫在竹笼里蒸渣肉。菜园不远处有山，翠竹郁郁葱葱，一年四季冬、春、夏三季里皆有笋吃。除了竹，还要有马尾松，闲暇，挎一只腰篮，一头扎入松林，一颗颗捡拾松塔。晚霞万丈的黄昏，架起铁锅，以松塔升火，煮饭，等锅巴焦脆橙黄，氽肉汤已好。米饭用罢，再来一碗氽肉锅巴汤，其滋其味，千金不换。

我的四季，就这样一年年，在看花与吃饭中倏忽而去。这样的平凡庸俗，果真是美好奇崛。

# 回乡下老家去

昨天，在菜场，一看见茄子秧、辣椒秧、西红柿秧、南瓜秧、瓠子秧……就走不动路。这些秧子们一把一把捆扎在一起，透出跳动的绿意，泛出毛茸茸的白，宛如昨夜的一层霜。所有的菜都买好了，我还是选择再光顾一遍那些菜秧子们的摊位。两元钱一棵秧子，我又厚脸皮问了一遍，不过是想多停留一下，恨不得伸手摸摸。心下揣测，也许被卖菜秧子的人鄙视了吧，她或许认为我买不起，转了两趟都没有掏钱的意思。其实，我不是买不起，是买回去没地方栽种。

每当这个时候，我就想回去。回哪儿去？回乡下老家去。是的，好多年前的清明回去一趟以后，连梦境都变得缤纷——河流、花香、群山围绕。梦里正经历着的事好像不再那么焦虑压抑愁苦——短暂的老家两日，应该把我滋养了一下，内心里很多东西翻涌，充盈。这么多年漂泊于城市，内心深处并不能算如意。舒心，更谈不上。

这或许是心心念念回去的着力点。

三十多年前的此季，我会跟妈妈一起去菜园，栽一畦辣椒，一畦茄子。黄豆也早已点下了——田间地头，凡有空隙处，都可长豆子。南瓜、瓠子一般都栽在田埂上，最好有缓坡仰仗的田埂，以便牵藤散叶。如果家里旱地旁恰好有一座坟，也是栽南瓜的好地段，农历三月把瓜秧栽下，五月就等着收获了。我们那里的南瓜，结成蒲团状，扁圆扁圆，憨厚敦实。南瓜老了以后，糯得噎人，与小麦面一起，可做南瓜疙瘩汤，至今回味有余甘；跟长豆角一起烧，也下饭。至今，再也没吃过口感那么好的南瓜了。

还有瓠子。瓠子生长周期比南瓜短，开白花，洁净无瑕，一条条青瓠子隐约在绿叶间。新麦动镰，挑到稻床，用连枷脱粒，新麦挑到机房碾粉，去菜园咔嚓一声摘一条大瓠子，做一锅瓠子面汤，沿碗边吸溜一口，鲜到舌根。老家麦子种得少，一年也就应个景，吃个三五回瓠子面汤，却令人记了这些年无法忘却。

好多年前清明回家，从曾经上过三年学的小学步行到村里，路过一条小河。河水，预料中的墨蓝色。怎搞的呢？周边农田经年累月施多了碳铵、尿素、磷肥，喷多了烈性农药导致的水体污染？还是别的什么？不仅小河这样，沿途的一口口池塘也如此，水体一律浑浊色。这些大大小小的水源，远看，依旧滔滔亮亮的，走近了，竟如此颓败。高低错落的稻田，同样荒褐色。小时候，每到清明时节，各家各户都会牵出耕牛犁田的了，可现在的乡村一派沉寂。整个村庄的人仿佛集体失踪了，剩下零星老人以及病弱，孩子也少，大多居学校，家境好些的，高中一般都去了县城读。我们村子真荒啊。有一座老房子，房顶被风雨掀掉了一大块，露出的洞口仿佛惊讶不已地张开的嘴合拢不起，那一种无言的破落，锥子一样刺人激人。这家长辈都去世了，四五个儿女各奔东西，一个家就散了魂。留一座老屋在原地，凄苦地凭吊往事。许多两层楼房把这座破败不堪的房子包围着，典型的以荒凉衬繁华。

村子里，虽然花在开，许多房子造得漂亮，却没了气质。没人居住的地方，就不再有流动的盛宴，呆板的，标本一样枯索，比荒芜更加荒芜。

往年我看油菜花，绚烂芬芳，宛如盛世的滔滔激情。那年，到底不能，当我站在村口，远眺田畈里金黄的油菜花，它们开得如此凄清，仿佛哭泣，声声断断。一直少有观众，油菜花只有自己开给自己看……

城镇化的大潮呼啸而来，没有人可以去阻挡，也没有人静下心来认真思考一下土地的感受。我们那里原本可以种两季稻，还另有一季当季晚，但，现在省略到一季了，人们都去到城里打工，没时间回来折腾。再说，水稻也不能卖上什么好价，够糊口就行。

一个原本农业大国的广袤良田就都集体撂荒在那儿了——人们受到引领，争先恐后跑到城里追金逐富。田埂上，真是荒草没路啊，马兰头、荠菜，以及一些叫不出名字的野草闲花，一起把路封起来，仿佛无声的静坐，也是跟人赌着气，让你无法下脚，走一段，鞋帮上都是绿汁。

田野这么一个具有强大气场的“存在”，正一点点地被时代所挟持着，渐渐地仿佛不再自信，就都往颓唐的路上走了。那些羊肠小道，我少年的时候，一次次通过它们，在夜露下到达邻村，蹭电视看，《射雕英雄传》《神雕侠侣》《魔域桃源》《霍元甲》《陈真传》……这些香港生产的电视剧宛如知识的化身，为一个个荒瘠的少年启了蒙。如今，还听甄妮、罗文，《桃花开》《世间始终你好》《一生有意义》，还有一首叫《无一可比你》。这些，何尝不算爱的启蒙？

每次听，都是时光倒流的幻觉。人到中年，所要历经的，也都历经；所遍尝的，仿佛都已品咂，不觉又回到起点，再来听这些少年游，都是百感交集。

这么讲，我回不去了。家乡的水被污染了，每个人都心知肚明。我的家乡算什么代表——当今的中国乡村，三亿人正在饮用着被污染的水源，地下水也不能幸免。这些没有体温的数据，令人心悸，继而悲凉——多少无辜的生命葬身于这些冰冷的数据前。不知是时代的悲剧，还是土地的悲剧，是势不可当的悲剧。

忽然想起初中的时候学古诗，其中有几句：兴，百姓苦；亡，百姓苦。

写到这里，终于明白，为什么在菜场一看见茄子秧、辣椒秧、西红柿秧、南瓜秧、瓠子秧……就迈不开步子。骨子里我想种它们，可是，城里无处可种，我又再也不能回到老家去了。老家水质出了问题，致消化道癌变，我们村里许多人死于食管癌、胃癌。我没有做过统计，估计离癌症村也不远了。

感到悲伤，因为无能为力。

# 美食正逢时

喜欢四季的原因，并非可以看见天和地，而是一年四季美食正逢时。

平日里，无外乎三菜一汤，红烧肉、清炒油麦菜、素炒大白菜、清炖莲藕小排，一碗米饭被富足地送进胃里，抹抹桌子，揩揩嘴巴，所谓有食万事足，不过如此。

红烧肉，要用冰糖和八角烧出来才正宗，如果有头天没吃完的红烧肉加进去，味道更足。

油麦菜，油要足，把油麦菜切成段，清水洗过之后，要把里面的水用手挤掉，避免草腥气。锅热，倒油，入蒜瓣、京葱段、姜片若干，先大火烹炒，除掉草腥气，然后加醋、酱油、盐翻炒，变色后，加开水，再倒入回锅肉，小火焖，约摸十分钟，基本入味了。醋要放得足，是独一味，让油麦菜保留了韧劲外又携带了柔软，吃进去不醋心。

大白菜的好，是早年就发现了，整个冬天都在吃它，一直吃到春天，它的口感鲜且柔软，不像上海青，无论怎样的烧法，到头来吃进嘴里，无非硬邦邦的，有杀伐之气，像一个没经过风霜雨雪的人，总是刺刺棱棱，硌人得慌。



上海青之类的绿叶蔬，只有在历经几轮霜雪过后的深冬，于口感上才会变得鲜软下来，宛如一个人临到中年，繁华也看得，挫败也历得，往后再面对什么都淡定，性情上也就不再那么硌人了，一如入冬的上海青，又恢复了原有的温柔敦厚——其实，每一个人的底子里都是温柔敦厚的，杀伐之气，不过是面对挫败之后的无意掩饰，也是一种御寒。未曾历经风霜雨雪的青春，谁不是这么小心地将自己掩藏？

# 奔向厨房

关于饮食方面，我这人有点二货精神，讲究起来不惜时间成本，会不顾一切奔向厨房。倘若遇到情绪不稳，做一锅手擀面放些青菜豆腐打发一顿饭的潦草，也是常有的。

先说讲究的。要想吃到好口味，必须寻找好食材。家居市区最南端。听说最正宗的牛羊肉远在市区东北角的三角回族居住区后面的某个巷子里。于是，有一个星期天，全家起个大早，就为了去三角地带的某个巷子买牛羊肉。

那天早晨冻得瑟瑟的，终于走进了某个小巷，可真壮观——红猩猩的牛肉挂在钩子上，一排排硕大无匹，一律黄牛。拿鼻子凑过去，稍微闻闻，便知商家没撒谎。黄牛跟水牛，有本质的不同。怎么说呢，就是黄牛身上散发的味道重一些。羊是山羊。山羊远比绵羊口感佳。怎么个佳法，也是千人各味。我认为的山羊，第一膻味重，第二肉紧实，第三味更香。听说内蒙古有一种羊，平常吃些野蒜，就自动把身上的膻味祛除了。我没吃过，但即便吃到了，也不觉得有多好——羊肉不膻，如同小女没有了乳臭，是多么不纯洁不正宗的事情。

早年，吃过羊肉耢耢（青海特色的小吃），认为是天下最难得的美味。土豆炖得绵软，羊肉有韧劲，咬在嘴里，先是皮的劲道，接着柔嫩的羊肉糜迅即化开，摊在舌上，间或飘出来一点膻味，不仔细闻，不知觉，若有若无那种，像一个涂了香水的人走开很远那种淡淡的香。

把羊肉买回来，飞水，加黄酒。差不多了，捞起，分袋装，入冰箱冷藏。当然，每次吃新鲜的更完美。装一大碗备用，锅烧红，倒一点素油，加姜片、葱段，爆煸一下，加水，滚开，倒入高压锅。胡萝卜不能少，一下加两根进去。

文火慢炖，半小时搞定。然后把羊肉块捞起，再次入锅煸炒，略微加点酱油，吃起来，格外香糯，感觉吃起来没个足的时候。汤搁在那里，随舀随喝，任何佐料都多余。至于羊肉汤里搁胡椒粉，我认为，那是最没劲的吃法。任何时候，天然、纯粹都是饮食的本源。羊肉汤里撒胡椒粉，简直好比文章里堆砌了数不清的形容词，原本要表达的东西扪住了出不来，是很扫兴的。我们家孩子姥爷热爱食鱼，他最绝的做法是，把一条不去鳞的鱼直接丢入沸水里，然后下面条。据说这样的鱼汤鲜到无可匹敌。

牛肉也是差不多的做法。黄牛肉比水牛肉紧实，需要焖。差不多的时候，加土豆块，二者迅速相好起来，手挽手地一起焖啊焖，最后汤汁成了糊状，里面分别有肉沫和土豆沫，浇在饭头上，哗哗哗一碗米，一霎时扒下去——回头来思念牛肉什么味，概因吃得快，忘了！那就再把筷子伸进盘里，夹一肉块放进嘴里慢慢体味……每到这个时候，就想起我们家挂历上的劝谕——一贯知足，心怀旷远，得意如风。

风是最骄傲的，愿意到哪就到哪，无以阻挡。

今年冬天，也真是的，大风一直没送来一场大雪，好多人都在害感冒，唯独我例外，很是侥幸。这个冬天害我一直没能吃到紫菜薹。分别去过几家大菜场寻找，均不见紫菜薹身影，次次失望而归，也不气馁，生活继续过下去，茼蒿也是蛮好的替代品。我最看不起酒店里拿茼蒿加咸肉同炒，简直败坏了人家一世青碧的气质。这年头，气质跟节操一样珍贵稀少，渐行渐远了。

那么，还有最好吃的——水芹。那种白生生的品种，吃杆不吃叶。略加青椒丝，稍许豆干，在锅里迅速地飞一下。所谓大火炝，必脆而嫩。吃罢水芹，口腔里遗留下中药香。水芹与芦蒿是同气质的，基本上走的是朴素路线，嗜好大鱼大肉的，必定嗤之以鼻。

如今，大寒未到，菜价已经涨起来了——这个年头，无论国家还是个人，都在一心赶超欧美的路上，一副急吼吼的样子，连蔬菜也受到了感染鼓舞，都等不及立春了，就感觉要早早把薹抽起来。抽薹的菜不好吃——春天到了，所有的叶类菜都将失去鲜美，入嘴即柴。这陪伴了我们一整个冬天的蔬菜，渐渐

地，也就不入味了。

我们从蔬菜的变化中，慢慢感知季节的脚步，一寸寸地相逼，忘了从哪里看来的——逢到新年哭一场。今天不知什么好日子，同事老姐送给我一副春节对联，很是喜庆。从凌晨始，鞭炮声此起彼伏，巨大的声响在空中久久回荡。又是年末，有一种凄惶不请自来。算了，时间不早了——生活不是抒情，生活永远要奔向厨房，系上围裙——永生的一日三餐。

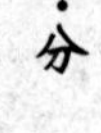

# 安静的力量

在格尔木，我一般借助于三条路完成日常生活。偶尔，也会因某种机缘，拐至另外的路上，我会把它想象成一次小小的远行，充满着对不可知街景的探求与喜悦……

构成我日常生活的最重要的三条路分别为：泰山路、察尔汗路、柴达木路。我家居泰山南路，单位坐落于柴达木东路与察尔汗路交叉处。除去休息日，每一个午后，自南向北，我一贯穿行在泰山路上，十几分钟以后，便完成了一次居家至单位的旅程。黄昏的时候，再自北向南折返，每每驱车至柴达木东路与察尔汗路交叉口，无论红灯绿灯，我总要下意识抬头，瞥一眼高悬于宽阔柴达木西路口的西天落日。再看看南边的昆仑山脉，心情顿时豁然开朗。北方的日子，大多晴空万里，运气好的时候，还可望见万丈彩霞给西天染上金边，画报上泰国宫殿一样霞光闪烁。每当这个时候，人就会产生抒情的幻觉，如置身盛大焰火，身体内每一个细胞都或多或少呈现出跳跃状态，从而导致热血上扬。彼时，抒情的意味势必一气呵成，然后，面南的归家之旅如驾北风，一路逶迤而去。

我把对于日常生活的满足，屡屡寄托在西天落日上，祥云出釉，霞光满天，季节盛大，我的内心被无限的抒情鼓荡着，长风浩瀚，树影婆娑。

早些年，晚饭后，在我的怂恿下，一个大人和一个小女孩会随我一起在居住的小区进行身体锻炼。羽毛球、篮球是必备的体育项目。篮球是最消耗能量的一项体育活动。每每，我像一条因缺乏营养而瘦骨嶙峋的狗一样在暮霭里低首躬背，两只手直抵膝盖处，手腕酸疼，张嘴大口呼吸……而如今，女儿在省

城工作，我很少出去锻炼了，晚饭后主要功课就是死命看电视，从前锻炼身体的日子离我远去了，我终于找到了生活的症结所在。

以往，我对于日常生活的相当看不起，是建立在一直抱着规避的态度敬而远之的厌憎之上的，好比一棵植物固执地远离水与阳光，愚蠢地陷入怎样方可加入参天大树行列的思考中，最后，是所谓高蹈的精神生活彻底毁掉了一棵本该绿意葱茏的植物。而我的身体大抵就是被过分拔高的精神生活彻底摧残致伤的。

以往，大口喘气之后，我平静地回复到常态，回到书本，或者电脑前。

第二天，依然如故，踏上去往柴达木东路的方向。常常，踏上柴达木路办公楼前，扭头向左，一个叫"红柳巷"的路牌总会吸引我无限的好奇心。我常有一探究竟的冲动，但，末了，都被完好的理智恰当制止。我被反复的好奇心驱使着，一次次又被理智强大地堵截住，迷宫一样循环往复，深不可测。原来我每天来来去去经过的巷子叫"红柳巷"。

有一天晚上，我又发现一个名曰"育红巷"的白字蓝底路牌，余光顺着路牌指引，一直往里细究，小巷曲折、幽深、迷蒙——仿佛一桩艳事，静等我的探访，我常来这里探访，因为我要常来这里购物……

我对于这座城市的新鲜感，始终倾注在那些尚未一探的小巷里。那好比是一次次将要出发的旅行，我计划着，想象着，迟迟不曾出门，是故意把她们藏在我伸手可及的地方，那么远，又那么近。因为她们的美丽名字，因为那些不曾抵达的小巷，对我，始终是一种无形的滋养，更是一种生活的底气。——它令我始终抱有一份对于生活的天真纯粹，而我，对于生活寄予的无限诗性，也正根植于此。

这份对于生活的无限诗性，恰恰是我对格尔木抱有新鲜感的强力后盾，它也强调了我的心性，永不停踞在眼前物事上。一种生命的厚度与力度，恰逢彼此成全——所有生长的与埋葬的，一切均显歌声朗润。

再说泰山路。格尔木是我生活过二十几年的地方。格尔木被誉为盐湖城，走在这条以"泰山"命名的路上，仿佛回到往昔生活的绿阴处歇脚，它似乎不断地提醒着我，一个人的生活历程注定了他的生命历程。

等将来离开这里，对于盐湖城格尔木，我会渐渐没有了本质上的联系，也许只是一年仅回转一次。这是彻底与盐湖城扯断瓜葛的体现。——她，曾经那么熟悉地流淌在我的血液里。

在格尔木，我频频驱车穿行于察尔汗路繁茂的绿阴下。有时，一阵风过，致使乱发穿空……我偶尔会陷落红尘禁不住凡俗的一个念头，为自己的散发披头自卑理屈一番。但，大多时候，当我在察尔汗路中段的树荫下，内心均是平静的——《圣经》言：女人最重要的不是美丽的发辫和衣裳，而是安静的心灵。

偶尔，我会去市文化活动中心二楼图书馆杂志区逡巡一番。好几次，我被一个女子的娴静打动着。她在桌前埋首，认真地往小笔记本上誊写着……她面前摆有几本养生类杂志或者最新出版的美食菜谱——她一定是在为她的孩子和丈夫准备着的。四周有一种安详的光韵笼罩，阅览室平埋阒寂。我站在满目琳琅的文学杂志架前，偷偷打量一个女子的从容娴静，她在专心抄着菜谱，她是彻底安静下来的女子。而我的血液内，始终埋伏着匪气。母性的光辉，是一种最为静气的东西，她源于一种力量，安静的力量。她有一个安静的心灵，可能是一个不坏的人生，不要狰狞、灼疼，不要辗转、颠覆……

离开图书馆，路过中山路，那条路上，白杨端肃，垂柳纷披，公园水面有一种鱼腥气升腾不息——这让我想起遥远的乡下日月：盛大夏日，我们村庄里所有孩子在门前的大河里扑腾一下午的美妙光景——生命被慢慢拉远、拉长，而所有的记忆又重新回到起点，那个被称为“河润”的地方，铺满金边的西天晚霞映照在一条大河之上。

走过中山路斜坡，穿过建设路，就是绿树掩映的迎宾路，稍微走一小节，便到家。濒临泰山路的环城路边，棵棵沙枣树上隐有无数小沙枣，状如鸭梨，它们顽童一样径直把自己攀在树叶间打秋千，一攀就是一个盛夏。偶尔，我把树丫拽弯，摘下一只，鹅卵石一样沉甸甸。我边走边玩，不一会儿就能遇到一棵巨大的杨树，它太老了，老得没有力气撑起所有枝杈，那些碧绿的树叶快要坠到地下，伸手捋一下，发出轻微的低吟……前面不远处，就是丁香树，她们齐齐把花朵开在最高的枝头，灯盏一般的造型，有看尽一切的小小孤傲。走过几株丁香树，就真的到单位了——我把右手食指重重摁在矗立在门口的指纹打卡机上。完成这个仪式，然后，泥鳅一样悄无声息潜入大厅的人流，开机，登录网络。我暗自思忖把我的个性签名改成——珍爱生命，拒绝闲聊。

# 牵挂

丈夫出差了，我觉得他不在家的日子是那么漫长，心中充满了牵挂。常打电话给他，就是想天天听到他的声音。记得六月份我到上海的那段时间，丈夫也是牵肠挂肚放心不下。

牵挂是一种生命形态，是所有人都要认真寻找、都会万万珍爱的精神场所和心理磁场。那“孔雀东南飞”的美丽传说，“孟姜女哭长城”的哀怨愁肠，“梁山伯与祝英台”的悲欢离合，“张生与崔莺莺”的日夜思念，“思君如满月，夜夜减清辉”的妙章杂句……都描写着因牵挂至极，面容日见憔悴，甚至为此付出生命，这一幕幕感天悲地的故事，无不留下了至真至诚的千古绝唱。

在人生漫漫的长河中，无时无刻不充满了情感的寄托，这便是牵挂。“慈母手中线，游子身上衣”，是充满亲情的牵挂；“少小离家老大回，乡音无改鬓毛衰”，是洋溢着乡情的牵挂；“但愿人长久，千里共婵娟”，是徜徉着恋情的牵挂；“遥知兄弟登高处，遍插茱萸少一人”，是渗透着缺憾的牵挂；“劝君更尽一杯酒，西出阳关无故人”，是流露着孤独的牵挂；“愿君多采撷，此物最相思”，更是心与心相通、情与情相连的牵挂。

牵挂别人是甜蜜的，被别人牵挂是幸福的。父母对子女的牵挂，就像天空中的片片白云，随着振翅翱翔的山鹰四处飘荡，穿越千山万水，萦绕在子女的心头。兄弟姐妹之间的牵挂，犹如山间清澈透明的小溪，只要青山不老，它就会淙淙流淌，不停不息，唱一路欢歌，撒一路深情。夫妻之间的牵挂却似一首缠绵幽远的小夜曲，唱时让人温情脉脉，听时让人思绪万千，常会使人泪沾衣裳。还有朋友之间那份不含有血缘关系，更不掺杂私心杂念的牵挂，常能给人以无穷的力量和勇气，使人精神振奋，一路高歌。

牵挂的形式是多种多样的。它是能够感应的，是可以感知的，它是无私的奉献与慷慨的给予，是深深的祝福与默默的祈祷。同时，它也是一种实实在在真真切切的细节与作为。问一声“早上好”，道一声“晚安”，都是对牵挂的良好表达；一张贺卡、一个留言、一封家书、一个电话、一个 E-mail 等，都是牵挂的体现。

生活需要阳光，需要春风，需要雨露，需要牵挂别人和被别人牵挂。但愿我们每一个人都能够领会牵挂、学会牵挂、感受牵挂、品味牵挂，使人生变得更加有滋有味，丰富多彩。

# 聊食之美

我不是一个美食家，甚至不是一个好食客。吃多了要发胖的，要保持身材，虽然把吃饭当作愁事、郁闷事，但对美食的兴趣依然情有独钟。我记得 18 岁刚参加工作时，买裤子是一尺八的腰，和现在一样。每次试穿中意的时装都还满意。这也是我常年刻意减肥的结果，很是得意。但是，人生一世，食色，性也，虽不是美食家，不是喜好酒肉的食客，但对吃的享受仍然兴致盎然，主要目的不是吃，是为了得到感官上的享受。食之美，在我何为？今日又静不下心来读书，于是想起美食，端坐在电脑前，做这忘忧的精神体操。

食之美，必有一套干净的碗筷。店堂不必豪华，包间也不论大小，惬意就行。但一定要有沙发，吃醉酒的人可以躺一躺。店堂华灯彩饰，装金镶银，还是竹椅木几，青砖土瓷，土炕草席，都不当紧，当紧的是一套干净的餐具。干净有三，一是没有水渍油渍，二是没有裂纹缺口，三是亮白轻透。美食应有美器。大堂有美貌小姐弹琴，耳畔仙乐袅袅，低头却见水杯口一道浅黄的渍迹，筷子上有斑斑锈迹，这一餐，开局就坏了胃口。

食之美，先敬一杯茶。茶可优可廉，不必精细，但最好是免费赠送。每次到大餐厅，问要什么茶，若不是免费，我总是宁可要白开水。服务生，无论是小姐还是先生，先提着一壶茶走上前来，将茶沏进面前的杯子里，定会向客人问好。问出一个好心情。如果上来位服务生，立马就递上一本菜牌，拿着笔准备写下菜名和价钱。买与卖一目了然，少了许多该有的美意，多扫兴！

食之美，餐间有花。好的包房有花盆在身边，比一个漂亮的餐厅小姐站在身边好。自己大快朵颐，让小姑娘呆若木鸡立在一旁，于心不忍，也不是美事。不一定房中都有花，窗外的庭院有花更好，回廊花窗，风送花香，目食美景。如果是家平民百姓的小馆，是家快餐店或者大排档，桌上有只小花瓶，插上一枝小花，哪怕是一枝绿叶，甚至一根茇茇草，也赏心悦目。千万不要放一枝塑料假花。现在有的餐馆桌上就放有这物件。客人来了，把它收到一旁，食客付了账，就摆回桌面，叫人想起那些爱盯梢的小人！多稀罕啊！

食之美，桌上有酒，同时有个不劝酒的主人。酒嘛，随量就好，能喝多少喝多少。早些时，喜好红酒，红酒美容，小杯慢饮，心宽气爽。现在胃不行，对酒不敢当歌，小酌即可，最怕人劝。时下，最盛行喝苹果醋，所以，每次坐在桌前总是抢先给自己倒一杯果醋。生怕谁多事给我倒白酒，要是没人多事，我的心情爽歪歪。曾写文章，声称酒是好东西，但非常反感勉为其难，使劲劝酒的人。酒和喝酒的人，两相情愿才是花好月圆，有一方勉为其难，就不是美事。所以千万不要做那个使劲劝酒的人。

食之美，同桌食客特别是身边没有出现一个爱替人夹菜的人，你又不知道我爱吃什么菜，你凭什么给我夹菜？甚至有的人用自己正用着的筷子给你夹菜，别提有多恶心！

食之美，是桌上总有趣味不俗的谈资。真能得到这样美食也难，谈话都会有，谈的多是俗事。应酬吃饭，交友吃饭，聚会也吃饭，所以叫饭局。设局请客，谈话少不了。因此，一餐饭吃下来，没有两三个小时打不住，胜似上半天班，累。上班体累，赴饭局心累，心一累，血糖高了，血脂高了，血压高了，都是饭局上自己找来的毛病。别光是批评首长忙在饭局上应酬，那不全是好活儿。人在官场，食不由己。一次饭局上，我亲眼见一哥们儿不管什么名目的敬酒，一概不喝，“对不起，我‘三高’！”简直帅呆了！

食之美，是一处安静的地方。不听车笛，也不听流行歌手的声嘶力竭。静不是哑。天不哑，有风声，有雨声，也许还有雷声沉沉闷闷地从远而近。地不哑，水边听波涌，山旁听松涛，老园旧宅听蟋蟀，都是美事，只怕这等安静比美食更难求，求不来的是心静。席间，有歌喉优美者，清唱一曲何尝不是美事？随意就好！

唉，食之美，何止心静难求。其实一粥一菜再加一副好心情，就是一餐美食！好心情，又是什么佐料烹出来的呢？

# 聆　听

初秋的夜晚，天色渐渐暗得早，读汪曾祺的《人间草木》，于我恰是一段好时光，最适合煨茶捧读。《人间草木》常常是伸手可取的枕边书，一册在手，目光穿行在文字间，恰如聆听一位性情和蔼、见闻广博的老者娓娓而谈，虽是极平常的家常，却往往散逸着果蔬的清香，一草一木无不关情，读来均是饶有趣味的故事。

翻开首篇《花园》，就把我带到了回忆之中。“在任何情形之下，那座小花园是我们家最亮的地方。”马上眼前就浮现出了老家门前的小院子，那些埋在童年中的记忆，仍有和作者一样缤纷的颜色和悦耳的声音。草木虫鱼，在作者恬淡的笔下，亦是摇曳生姿，意态旁出。我也跟着他了解花草的缘由，感受生活的情致。

他写道“枸杞到处都有。枸杞头是春天的野菜。采摘枸杞的嫩头，略焯过，切碎，与香干丁同拌，浇酱油醋香油；或入油锅爆炒，皆极清香”，文字里春天的清香跃然纸上。他说，“秋葵不是名花，然而风致楚楚”。植物和人相比，也是另有风趣，他赋予了植物以人的精神，通篇满溢着人情味的风物，便蕴育了人生最丰盈的底蕴。读着这些文字，我仿佛回到那遥远的童年，我们采摘枸杞的嫩头，略焯过，切碎，与豆豉同拌，浇酱油醋香油。在《玉渊潭的槐花》中，他先给你说：“玉渊潭洋槐花盛开，像下了一场大雪，白得耀眼。”接着放下花事，闲话家常。说一说养蜂人的生活琐碎，说完了，那“玉渊潭的槐花落了”。读来多么像一场人生啊！关注民间，放低写作的姿态，书写小人物的日常生活，“人间送小温”，这既是汪曾祺的写作理念，也是先生人生的道德信条。他把半个世纪的人生苦楚经验揉碎在自己的文字中，再滤去苦涩，注入温情，流出的便是岁月沉淀后清醇晶亮的琼浆玉液，散发着幽远的醇香。

汪曾祺无疑是一个达观主义者，自然，清逸，洒脱而乐生。他写饮食，日常艰辛的生活中也透着平淡的闲适，岁月的苦楚便慢慢淡出。在《端午的鸭蛋》中他写道："平常食用，一般都是敲破'空头'用筷子挖着吃。筷子头一扎下去，吱——红油就冒出来了。"在《故乡的食物》中说："腌了四五天的新咸菜很好吃，不咸，细、嫩、脆、甜，难可比拟。"阅读者的食欲就这样被他用文字的钩子钩了出来。

就是写师长和联大的求学生涯，亦是兴致盎然，不时也让人莞尔一笑。他说："听闻先生讲课让人感到一种美，思想的美，逻辑的美，才华的美。听这样的课，穿一座城，也值得。"穿一座城，也值得。这是学生对老师最好的敬意。在《跑警报》写道："联大同学也有不跑警报的，据我所知，就有两人。一个是女同学，姓罗。一有警报，她就洗头。别人都走了，锅炉旁的热水没人用，她可以敞开来洗，要多少水有多少水！"多么原生态的生活啊，即使在战火纷飞的国难里，也大多只记逸事而少哀感，人世的达观和温情，尽在素如棉布一般厚实的文字里铺陈着。读罢，掩卷沉思，书写文字就该学汪老。他笔下文字如涓涓细流，温润而有暖色，是汪曾祺散文的特色，也是他人生的底色。随着他的娓娓道来，让我们看见文字里的柔美，平淡中的深味。草木有情，人生有味，读一本《人间草木》，蓄一蓄人生丰盈的底蕴，过一种散发草木清香味儿的日子，也是有福的！

# 艾 蒿

我家楼前正对着的一单元的老两口在楼前空地上种植着一小片艾蒿，到春夏之交的时候长势煞是喜人。这个季节我总是要一小把，插在花瓶里，除掉栀子花香以外，数艾的味最美，一种有品位的香，是整个中药家族的香味代表。

只是今年小区物业不让住户种植物，统一规划种其他花草，把这一小片艾蒿铲除了，我很是惋惜！

下个月的这几天就是端午。

中国的节日里，可能这个节日最与节气无关，蛮人文，源于纪念一位沉水的诗人。

民间，端午这天，家家门头插艾，避邪，也就是把鬼赶走。人间这么好闻的味道，到了地府，却是鬼怕的吗？

跟艾配在一起的，还有一种植物，菖蒲。长于水泽，色绿，形状似箭。它们一同被插在门上，均作驱鬼之用。

端午前后，可以有新鲜的蚕豆吃。一粒粒，串在线上，打一个死结，洗净，于饭上蒸熟。挂在脖子上，一粒粒饱满圆润，扯下，塞进嘴里，清香软糯，“扑气”一声，蚕豆皮飞出老远……

在植物书里，艾是这么被形容的：

多年生草本，具匍茎。茎直立，具纵棱，背灰白色棉毛；中部叶卵状椭圆形，深或浅羽状3裂，边缘具锯齿。头状花序钟形；总苞片4～5层，外层总苞片较小，中层及内层较大，密被棉毛；小花10朵生于花托上，外围花雌花，中央花两性与雌花等长，雌性柱头2裂，裂片顶端呈画笔状；瘦果细小，椭圆形，光滑，无冠毛。花期 7 ~ 10 月。生于山坡，路旁，草地，旷野。

“生于山坡，路旁，草地，旷野。”深藏无尽诗意。

若把随笔写好，植物花草类书籍，是最好的参考。遣词造句，起承转合，简洁，明净，像一位小姐姐，一个运动头，七分裤棉 T 恤的打扮，不拖泥带水。

# 定 数

每个人的一生都有定数，譬如性格、性情，以致俗世里的接物待人——并非完全来源于血脉遗传，后天的力量才是巨大而不可摧毁。一切的源头，回溯童年的足迹，去寻，大抵均有些影痕，千丝万缕缠绕，是跌伤时碰破的疤，皮肉虽已复原，可每当阴雨寒露之日，总会隐隐作痛，嵌在骨子里，一点一滴，它提醒你，这是一块无法完好的伤口。

每次去人众的场合，我均无意识捡最偏僻的角落坐。一旦将自己暴露在一堆陌生人前，无端地惧怕，老是有幻觉，有一个人突然会跳出来指着我：你怎么啦？你的衣服不好看，你怎么搞的……总之，接下来，在不确定的未知里，一定会发生令我难堪的事情……

我常常陷入这种无休止的精神困境里不能自拔。还有就是饭桌上，别人出于善意，略夸几句，我就非常难堪，这难堪更多的源于一种自省精神，因为，我并非这么好。好比偷了东西被当场捉住。我从未偷过东西，这也是我所能臆测到的最隆重的不堪了。尽管看见的都是熟人，可是依旧害怕，生怕他们拿我说事儿，甚至拿我开玩笑。还非常反感酒桌上一些女人劝酒，站在男士身边一定要叫人家喝下去一整杯酒，对于别人的难堪不管不顾，这种问题，莫须有的，非具体的，悬浮在无边的空气里，魔鬼一样纠缠着脑神经。客观上压根没有。可每一次，均苦不堪言。这种对人的恐惧心理，总是无法克服。确切说是对丑恶人性的恐惧心理，无法克服。

为了避免这种局面的频频出现，我尽量避免外出赴宴。但这也不是主要原因。因为凉薄，不愿欠不该欠的人情。对谁，仿佛都没有好到要吃饭的地步。

尽管我也总是请客吃饭。一天，在小区散步，有个好打麻将的居家小媳妇无限同情地说：听说你不爱交往，可不能这样自闭啊，哪天我约一帮朋友喊上你，我们打麻将去，你一定要多出去活动活动……

回来，我就坐在桌旁生气，拉上我打麻将去，简直是鬼扯瓢！来这个小区居住时间不算短暂，我是不和这些居家的麻婆们来往，常听到她们在楼下喊“三缺一”……

除了看书，我是不喜欢交往，连居家的麻婆都晓得我的事。莫非天天拿望远镜窥视我？我不出门，她们都知道，然后三五个麻婆在一起议论？这个人世，谣言传得比流言还快。

人的劣根性极端体现的几点，无非是打听别人的隐私，好奇，围观，看笑话，缺乏宗教情怀，从无悲悯之心……

我对人性充满着恐惧，情非得已，确属正常。一直克服不了。常常寻找各种心理学书籍。无法找到答案。于是就分析，可能源于童年的遭际。

二年级那年，我鬼使神差又回到妈妈身边读书。好象只读了半学期。后来又去了外婆家，三年级下学期又回到妈妈这里上“向阳小学”。我的初中就读的是“都兰一中”。

上小学时，在班上，我看到有男生拿铅笔戳女生的手，疼，忍住，却也不敢报告老师。女生还不敢哭。我冲上去就给那个男生一个灌风耳，因被欺负的女生和我十分的要好。那男生哭了，奇怪的是没报告老师，也没告诉家长。我想，那个男生拿铅笔戳女生的手，是因为自我感觉好，他爸爸是村长。村长！了不起啊！我爸爸还是厂长呢！哼！

人类为何惧怕无教养的言行？后者是无耻的，应该鄙视，而非害怕。若那男同学真的不依不饶，我该怎么办？

如今回头看，轻薄如鸿毛，挥手挡挡也就过去，可是幼小的心灵无法接受。我骨子里天生没有惧怕的成分啊！对人的恐惧心理大约是那时埋下的。

离家不远那条路边有一条大河，曾经淹死过一位老人。据大人们说，是她媳妇推下去的。晚上，媳妇与儿子吵架回娘家，做婆婆的，跟在后面劝其不要回。结果媳妇回来说，婆婆自己跳下河里去了。

小学升初中，我的分数迟迟不见，就被妈妈送回老家去看外婆了。暑假结束，一到操场，就听见教我们的语文老师嚷：赵阿姨，你家孩子考上了。我听着，觉得无比壮烈，很是得意，思忖过一瞬间，言下之意，看看，整个班级里，就我一个女生考上了初中。那个只会欺负女生的男生也没考上。

后来，我表哥跟那个拿铅笔戳女生手的男生做了好朋友。那都是后话了。1989 年，我爸爸退休回乡下，村长同志送了爸爸几条巨大的鱼。我回去听说这事，真是匪夷所思。那个欺负女生的男生的爸爸做了许多年的村长，相当于港岛行政长官的位置。小时候，我们喊他“大官”。

# 种子和泥土

萝卜的种子遍身滚圆。头天晚上把它们浸在温水里，第二天看，浑身虚胖。一把捞起，湿湿的一行一行地埋在楼前的空地里。空地有土，非常肥沃，种子埋入后，把土掩起，抹平，最后略铺一小层枯草——每天要过水，有了枯草的阻隔，泥土不至于板结。

几天工夫，就有芽破土了，白里泛碧，像一个个对称的问号，从土里钻出，穿过枯草的阻拦，每一天去看，都是新姿势，慢慢地，问号舒展开，成了小巴掌，两面合在一起，像一双手呈上，对折，再摊开，承接夜露白阳，再过几日，小巴掌就会变成对称的两片绿叶——满满一地萝卜苗郁郁葱葱。接下来，要出嫁了，它们的去处或是圩埂，或是山坡。到了那里安家扎寨，或许在它们身边栽几棵向日葵——依着攀缘，一直到凌霄处开花结角。

前年种在空一角的马兰长得煞是喜人，一丛丛、一簇簇都结花苞了。

我们家的蚕豆是上好的品种，俗名“大豆”，肥大，遍身白嫩，稍微摘十几颗，就够一碗。我沿着空地种了一圈蚕豆，想象着到夏季它们郁郁葱葱的样子。

还有南瓜子。老家俗称番瓜的。扁平的白子是头年留下的，与扁豆种一样，需泡一整夜的水，然后秧在盆里，铺一层草，日日过水，破土时也是带着问号的，仿佛自忖——我怎么就这样来到了人间？满腹狐疑，不几天，也就明白过来，人世的暖阳熏风实在好，就彻底把身体舒展开，分别成了对称的两片肥绿的叶子，摸上去肉乎乎的，怪有意思的。你不要怀疑一个幼童蹲在地上与一地南瓜苗对视半小时是荒唐的事情——那种幼小的生命与幼小的生命之间的好奇，是长久的，永不衰竭的。

在老家，把种子放在泥土里，叫秧苗。找不到对应的字，可能就是这个“秧”，名词活用于动词罢了。

头年存下的许多种子，辣椒籽、茄子籽、丝瓜籽、葫芦籽、瓠子籽……晒干后分别放在一只只小布袋里，吊在屋梁上，为了防止可厌的老鼠偷食，在布袋上方遮一块弃用的木锅盖。远看，就像“请死”的人头戴斗笠把自己吊在房梁上，尤其黄昏的时候，煤油灯尚未点亮，黑黝黝的，相当瘆人。二十世纪七十年代的煤油灯造型相当好看，蜂腰，肥肚，上面有笔直的玻璃灯罩，擦得雪亮，搁在灶台，搁在桌上，隔着几十年的时光望去，简直堪比一件件艺术品——当年，怎么不懂得收藏几盏？

前一阵，我在家频繁翻日历，找节气，叫惊蛰。凭着早年的经验，每当这个时候，种子就该下土了。由于严寒的关系，家里一些花没有捱过冬天，空出的花盆虚位以待，该不该埋一些种子下去呢？去年春天，我秧活了几棵葡萄苗，搁在北窗窗台，抽出的蔓一直攀上钢筋柱，一直延续到盛夏被晒成秧子。今春又复活了，长得郁郁葱葱的。

生命的神奇是无法窥探的，一颗坚硬的种子一旦遇到泥土，就会发芽，像两个人的心思终于对上了，从此生了根，土黑须白，盘根错节，像年老的胡须深深扎根于时光转角处，一居数月，临到盛夏，终于结出果子。古书上说：天生万物。这么讲，就不是泥土的功劳了？是天的功劳，要不，怎么不叫“土生万物”呢？天是什么呢？天是自然的规律。生老病死，就是自然的规律，是无常的，宗教的，不以人的意志左右的。天上有云，有鸟，有飞机，这是明白的天。除此之外，还有冥冥之中的天。这个天就是看不见摸不着的规律——惊蛰也是规律，它跟四季配合默契，提醒人们什么时候应该把种子埋入土里，什么时候应该收获……

人们惊叹的时候，往往情不自禁喊出“我的天呐”，西方人是说“我的上帝啊”。上帝也是天。宗教的，让人敬畏的，就是天。

当年，种子们回到谷仓，或者被中国的人们吊在房梁，它们一直在静静地等，等着天的分配。然后熬过春节，终于迎来了翻身下地的时刻。

央视《同一首歌》有一首片尾曲，每当蔡国庆领着孩子们唱：

甜蜜的梦啊

谁都不会错过

终于迎来今天这相聚时刻

阳光洒满了所有的童年

风雨走过了世间的角落……

我特别感动，仿佛热泪盈眶，认为这支歌分明是唱给种子和泥土的。它们相扶相惜，彼此感恩。夕阳西下，仿佛处处“大漠孤烟直，长河落日圆”的壮阔宏伟。

我想，人一定要身体好，身体好，气场就好，这是一定的。身体好的人，写出的文章不仅肥，还沃，就像茁壮生长的种子。

# 记 忆

早年了，一日，丫头忽然挂电话来报告：妈妈，我爸决定把你那些书卖掉，那个收书的就要来家了，他们讲好，一块钱一本……“嗦”一下，满腔热血火箭升天般往上涌，要发作，但碍于在单位影响不好。若在家里，我会嚷出决绝之语，譬如，你转告你爸，他要敢卖掉我的书，我非把他的脸抓成洋芋丝不可。这是最狠的话了，因为气极。

那些书到底没有被卖掉。那是十几年小城生活唯一的积蓄，是我少女时的记忆，也是往昔的读书记忆。不很多，但它们的来历均不平常。那些年，但凡买一本书都不容易，先打电话去出版社敲定邮资及定价，然后再去邮局汇款。等一些日子，书才能飞到桌前。那时，对所有布满汉字的纸张都存有敬畏之心，每一本，每一页杂志，都被细细摸索过。对，是摸索。还写读书笔记，那些汉字，飞舞着，如漫天大雪，一点点地化在手上、心里。

至少保存了 100 多期《读书》杂志，《书城》、《万象》和《散文》也多，一直珍藏在女儿房间的书架那里。我一次次清理，一次次重温，最后，它们都被留下来。虽然明了，这些书往后不可能再有机会碰触，但，依然舍不得弃之。与其说不舍得，不如说是为了一种纪念——对往昔读书岁月的纪念。

阅读的习惯，也是自那时慢慢养成的。如今，夜夜，若不能阅读，总觉着缺少什么，心神不定，站在书架前，检索一遍，或可抽一本出来，坐下，一颗心兀自沉下。若论每个人的品质的话，那么，我的品质便体现在阅读上。在阅读里，那里站着一个我，镇定自若，自主浮沉，潜心恋慕，世间所有的一切不过是一种过往，风一吹，都要散去。书依然在那里，等着我。

2005年，我用一个春天的时间段，反反复复读阿城，每一次都是新天新地，书阅五经，广阔博大，似金庸笔下的六脉神剑，一通百通，最后什么都明白，随便一指，眼神儿便化了。夏天的时候，将张爱玲搬出来，系统地重读一遍。再然后就是《金瓶梅》，是借来读的，惊诧不已，到李瓶儿濒死那一节，竟有悲声传来。那一段，一有空就读书，所有的细枝末节，明镜似的，一呼百应。别人看的都是热闹伧俗，唯有深入内里的人明了——哪里是仁爱，哪里是悲哀。

有一段，一边写东西，一边挂在网上听央视《百家讲坛》。每一次，刘心武老师都把头发梳得水光流滑的。他孜孜不倦讲妙玉与宝玉之间的精神之爱。我开一个小窗口，一会儿看一下刘老师的神态，一会儿又关上，写自己的东西……日子如琴弦，拉的均是轻音，滋润舒泰——真是逢上了好时候，资讯发达空前，我们一边干活一边也不耽误“读书”。刘老师的“红楼系列”，我就是这么“读”完的。那谁说过，论“红楼”，我只认胡适和俞平伯。张爱玲的《红楼梦魇》开篇冷不丁来一句，许多人做研究都是站着读书的，唯有她自己安心坐了下来（大意如此），一声惊堂木拍下，把众生震一下，重新端起身子，一头扎进去，像高空跳水，拼尽胆魄把自己一头栽入深瀚浩渺的大水。

上次，去书店，往中国现代文学架前，一路摸至周作人跟前，还是决定把他老人家重新请出来，系统而有序地重读一遍，那些版于1992年的文集，太厚了，拿在手里似灌铅之感，密密麻麻的汉字在他的调遣安排下，都有了气象。他晚年发福，与那些寒瘦的字们一点也不相称。文人堆里有几个胖子的？他真是个例外。钟鸣说：我一点都不喜欢胖子。文字的胖子。文人大多神经衰弱，没几个是胖子的吧。

我也不登天子船，我也不上长安眠。这话说得拽，有大气魄。能说这话的除了愣头青，就是书呆子。他不登天子船，因为十有八九一册在手，神乎其神，至高无上的享受了，还恋什么天子船？至于天子呼来不下床，也是躺在床上看书的衰人，忘乎所以了，所以他不下床，就读书。我们平素看见了，一般这么招呼：最近看什么好书呢？宛如街坊里弄两个买菜的老嫂子遇着了：哎，今儿买的啥菜？对方答：没买啥子的，一对猪腰子，给那个短命鬼的补补。补什

么？补肾！我们读书，就是补肾，精神之肾。不然，就会萎了，一日不如一日。

《三字经》里有“如囊萤，如映雪”，说的是晋人如何刻苦读书的故事。囊萤的人叫车胤，因家贫，夜里没灯点，就拿白练缝一只囊，在外面抓几十只萤火虫回来，放进囊里照明；映雪的那个人叫孙康，他跟车胤一样家贫，也买不起点灯的油，到了冬季，就借用积雪的反光读书。当然比他俩更著名的例子是匡衡的凿壁借光。到了后来，也不知怎么回事，可能是车、孙二位得罪了何方神圣，于是就编笑话，说是孙康一日访车胤，大白天的，车胤没在家，家童报言：我家公子捉萤火虫去了。后一日，车胤回访孙康，见孙康背手立在院子里望天发呆，问道：如何？孙康说：看今天这天色，不像是要下雪啊！

下午下班的时候，天扬大雪。走在路上，忽然想起这个故事来。觉着最可爱莫过于孙康。人们都爱魏晋的人、晚唐的诗。那是两个最好的时代，有趣而癫狂，激越成颓迷之色，如烟，如幻，如雾，如梦——王菲唱：千言万语随浮云掠过。这一句过去，几千年消逝了，转眼到了这样的 2012，看这样的天色，是要大雪的样子。我们在灯下读书，无须再看老天的脸色。夜色清冷而温柔，饿了，热一只馒头，白雪一样的馒头，纷纷扰扰的麦香，踏夜而来……

# 女儿，妈妈想对你说

每一个女儿，都是妈妈的天使，即使她离开妈妈嫁作他人妇，她依然是妈妈最最牵挂和放心不下的。女儿幸福，妈妈就会快乐，女儿悲伤，妈妈就会焦灼。

所以，每一个嫁作他人妇的女子，为了母亲，为了自己的孩子，无论婚姻幸福与否，都要好好地善待自己，好好地爱自己。

社会的进步，生活节奏的加快，人们意识的开放，价值观在发生根本性变化的同时，交织着残存的传统势力陋俗的碰撞，摧毁了很多人的心态，也迷离了很多人的视野。这本身就是一件悲哀无奈的现状，几乎麻木了我多年来柔软的心。

我无法再保持沉默，也无法再麻木下去，我很想跟你，跟所有妈妈们的女儿们说说我的想法。

我要跟你们说的是：你们和所有男孩一样，也是妈妈十月怀胎辛苦生下的宝贝，你们也是妈妈含辛茹苦，用汗水和父母的所有精力感情带大的，你们同样是走到哪里永远是妈妈心里最疼的牵挂，所以，无论在任何时候任何处境，希望你们永远不要轻看了这份爱！

你们长大了，有了一个爱你的男人从妈妈手中接过了这份爱，作为妈妈，是非常感谢这个男孩的。偌大的一个世界，只有他，给了你一个完全属于你的新家，众多的人群中，是他让你成为一个完整的女人。也只有他能够替代妈妈陪你走完今后漫长的一生，在没有了妈妈的日子使你不会感到孤独。因此妈妈是发自内心地感谢他的，你也要全力地去爱他，爱他的父母，这是妈妈对你的基本要求。

分晓 

两个完全不同家庭长大的陌生人，当你们褪去了恋人之间的那层暂时美丽的很可能是虚假的面纱时，你们会发现对方的面目也许跟原来看到的有很大的不同。锅碗瓢盆、柴米油盐、洗衣叠被、吵架怄气、生活压力……，这和恋爱时的浪漫缠绵时看到的完全不一样，如果你无法认清这点，那你很可能会被残酷现实的婚姻生活折磨得体无完肤！因此，在你结婚之前，你就应该认真地想到这一点。

婚姻能带给你很多快乐，让你不再是个小女孩，让你觉得人生从此有了一个坚实的可以依靠的臂膀，让你一下子成熟了起来，让你增加了许多女孩子不会有的魅力，二人世界的甜蜜是妈妈无法替代也无法给予的，也只有这个家才有可能成为你一生的归宿！

但是，你要知道，得到与失去永远都是守恒的，得失，就是一对形影不离的孪生姐妹，在你得到这些单身女孩无法得到的快乐和幸福的那一刻起，你就失去了很多原来并不觉得珍贵的东西，单身的自由，和父母任意的撒娇任性连声“对不起”都不需要说，不需要收敛你的任何生活习惯，不必细心地观察谁的脸色和心情，随心所欲地逛街购物，如此等等。而最需要让你明白的是，从此你将要用你一生的宽容来接纳对方以及他的家人太多太多的不尽如人意的地方，甚至陋习。为此，你一定会忍受在妈妈身边不可能忍受的很多委屈。

婚姻是个很现实有时甚至很势利的东西，绝大多数的婚姻是无法逃脱经济利益的枷锁的，价值观的相距甚远，两个完全不同的家庭的行为习惯无一不在具体而细微地消磨着两个人婚前的感情，这将是导致双方对婚姻的失望、冲突甚至危机解体的关键所在！你要在婚前认真地去思考。

正是因为这样，我要跟你说。

爱情和婚姻是世界上最不可确定的东西了。从天堂到地狱都有它的存在，你绝对不能把自己一生的幸福全部筹码推上桌面，不给自己留有退路。所以你要在任何时候都要在内心为自己保留一个安静的小房间，你可以在那里休养生息，舔血疗伤……

无论在婚前还是婚后，你一定要在经济上做一个独立的女人，无论在任何情况下都要有独立生存的能力，你要有自己的经济来源，有自己支配管理的部分财务，你要明白，在这个世界上只有你自己才是最靠得住的。那样，在你的爱情和婚姻发生变质的情况下，你不至于无处可去，连生存都发生困难，那样的悲惨结局，不是不可能发生的。记住：绝不要为了钱争吵，除了一次次的伤害彼此的感情之外，不可能给你增加一分钱的收入，努力保持自己的经济来源是重要的。

无论在婚前还是在婚后，你一定要做一个精致的女人，一定要疼惜自己，一个不懂得疼惜自己的女人，很少有人会珍惜她。你要学会用不多的收入给自己买一两件合体的衣服，学会在经济不那么宽裕的日子里跟你的闺中密友喝杯咖啡，吃顿下午茶，不要活得没了自我。

无论在婚前还是在婚后，你一定要做个果敢的女人，上善若水，无处不在，爱和宽容也是一样的，用这三样法宝来经营你的家庭。但是，当你用尽了自己的善良，自己的爱，自己的宽容，仍不能挽回对方的时候，你就只有认输，面对一个舍得对你拳脚相加的男人，你的选择只能是果敢地离开，不要活得没有尊严，没有尊严的女人永远得不到尊重。爱，不可能用乞求换取，委曲求全可以一时，但绝不可以一世！请你记住，你永远都是妈妈的宝贝，你的眼泪落在妈妈的心里滴滴都能变成滚烫的鲜血！

婚姻中的双方没有了爱还可能有感情亲情，没有了感情亲情还可能有责任，没有了责任还可能有尊重，但是当连尊重都不存在了的时候，除了果敢地离开，请你不要再有其他的留恋和犹豫，它不值得你再留恋，不值得你再付出，更不可能成为你永远的归宿，拖拉一天除了让你更加多难受一天之外，不会再有其他！

在这个时候，你千万不要再去考虑“沉没成本”（心理学的解释大意是指在一件事情上过去曾经花费的时间、经历、金钱等），你的将来远比过去要重要得多，你的快乐远比无休止的伤害重要得多！

你不要太过于相信爱情的力量，婚姻不可能从根本上去改变谁，婚姻不过是一种合同，需要双方遵守的一个合同，用双方的自由来换取责任。这个合同

随时都可能因为一些内在或者外在的因素而解除，你只有坚持自强自立，才能在婚姻中付出你能付出的，得到你能得到的。绝不要让自己成为一个怨妇，屈辱失落，谁都可能经历，重要的是学会自己修复伤害之后的痛楚，这个世界上，谁离开谁都可能活得更加精彩。

最后，请你一定记住：上帝是公平的，舍得和得失是守恒的。你在这里舍弃的一定会在那里得到，你在这里得到了，也一定会在那里失去，请你永远珍爱自己，永远做个坚强精致的女人。当岁月斑驳了人生所有的辉煌的时候，能带走的只有一颗明明白白的心！

这是世上所有妈妈的希望。

# 念 想

苏州，是一阙湿漉漉的宋词，平平仄仄，有着婉约的韵脚；是梦里的古道、西风、瘦马、小桥、流水、人家，每一行都是一处迷人的风景。读着读着，唇齿间有清脆的声响，就像雨滴打在荷叶上，一叶叶一声声，一直到天明。搂着苏州入睡，梦都散发着香气。天空飘着细雨的六月，忽然生出了去苏州一睹芳泽的念想。这念想，像雨后的草，在心里蓬勃开来，绿了满腔的心事。苏州，我来了。

想到苏州，眼神在一瞬间温柔。想必是个与沈从文笔下的文字一般美的地方吧，青山绿水，雨意氤氲，浅淡着色，让人舍不得大声喧哗，唯恐惊扰了她的沉思。于是把念想折叠起来，和同事们上路，穿过高山流水，向着苏州行走。脚踏上这个温柔的地方时，她的呼吸在一秒间醉了我的心。朦胧的烟雨，笼着宁静的城。这不是一首会流淌的诗吗？

在苏州行走，有远古的故事穿过时间的门，微笑着向我走来。屏着呼吸勾勒这如诗如梦的地方：古老的街道，淳朴的人们。美哦，对了，美女，还有美女，不是说苏杭出美女吗？时间的节奏在这里晃悠悠的如一首缓慢的曲子，让人觉得呼吸都可以慢下来。细雨一直在飘，湿了街道，浸润了这个小城的面容。穿着鲜艳服饰的少女，天天亭亭玉立地从身边经过，对我扬起了妩媚的笑脸。苏州，我来了。

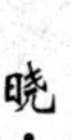


静的夜，独自一人投宿在古老的吊脚楼上。听带我上楼的老人讲，这楼很快便会被拆除了。它太老了。老人的句末含了浅浅的叹息。或许不久，吊脚楼就只能活在书本或老人的记忆里了。我也暗暗叹息。时光总是不断地将美好的

事物一一摧残。而苏州，在以后的日子，会不会也渐渐走失在岁月的风沙里呢？

有风远远而来，欢迎这个异乡来的过客。我并不属于这个沉静的城市。这里的毓秀山水，养育的是才子佳人，而我，不过是个误入仙境的薄凉女子，千里迢迢奔赴，来投靠这一方山水，想濯洗去心间的薄尘，于行走山水途中染一些雅意。挂在楼角的铃铛，清脆作响。我睁着眼睛，聆听着苏州的呼吸。轻轻浅浅，若风拂过水面的轻微声响。于是，我也安静地睡了。

六月来苏州，逢了连绵的雨季。一开始心是烦躁的。因在外行走，淅淅沥沥的雨总让心事也潮湿一片，使我容易感伤，容易怀想，于是平素都偏爱阳光明媚的天气。可在苏州遇上了雨天，却使我开始喜欢上了这湿润的日子。雨丝缠绵，打湿了凤凰的衣裙。带了油纸伞，换了轻盈的草鞋，去和苏州亲密接触。这草鞋，是在一个傍晚从一个当地的汉子那儿买来的。他笑起来很温和，有着白白的牙齿。

在雨里行走，看千百年的时间从古墙上滑落，心里生出了苍凉。脚下是安静的河流，水波不惊。我说不清它到底流走了多少个朝代，流走了多少往事。呼吸也开始潮湿起来，心想，若能一世居于这宁谧的小城，伴河建一座吊脚楼，看夕阳，看烟雨，该是三生修来的福气了呢。从青石板路上走过，用眼神贪婪地抚摸着这个小镇。有神情安谧的老人，坐在门洞里朝外观望。见我望过去，便善良地笑了笑。或许，他已经习惯了每天都有陌生的旅客稀里糊涂地侵入这个小城来。这慈祥老人看我们同事小余的 8 岁儿子十分的可爱，拉起他的小手问："你家在哪里呀？""我家在新八幢。"所有人都笑！小孩子说的是炼油厂的新八幢啊！

一路行走，一路观望，时间成串滑落，留下断裂的声响。打一处乱草丛生的院落经过，断梁颓垣，有小花于树上兀自绽放。这院落的主人是故去了，还是背井离乡了呢？若只是飘落他乡，会偶尔惦记这儿吗？在异地，还会做水波荡漾的梦吗？我不得而知。我的祖辈也一样，一直像候鸟一样迁徙，直到遇上了故乡，一个江南鱼米乡的小城，漂泊的脚步才停了下来，从此繁衍开来。到我这一代，已是第六代人。我喜欢家乡，一旦习惯了某个地方，便舍不得轻易离开。久而久之，便扎了根生长，等时间长了，呼吸都是小城的味道了。甚至说话的方式、相貌服饰，都是小城的特有的风格。

站在断墙外，隔着乱树张望院内。

有不知名的鸟在草丛中跳来跳去，我好奇地打量着它。它也回望了一眼，然后飞了起来，远远地融入了天空里。或许这处院落很久之前也是一片乱树莺飞的林子，后来被建成庭院罢了。如今破落了，又有了旧时的风韵。自然，还是乱一点比较好看。沿着弯曲的青石板路，又复走回河边。这时的小镇稍微热闹了起来。有妇女携着儿童，欢喜地归家。雨若有若无，我收起了伞，站在河畔吹风。

河上泊着一艘古老的木船，用粗绳索系在木桩上。它肯定很长时间没有使用了，安静地卧在水边，仰头凝望着这小镇的一草一木，看人们来来往往，将日子过得波澜不惊。这是众人追寻的凤凰啊。不论烟雨朦胧，抑或斜阳满街，都一样地令人着迷。它就是这么喜爱地看着这个小城，直到岁月斑驳了它的思想。

于是，当我站在岸上观望的时候，这条木船觉着自己累了，于是在我的眼光里沉沉地睡去，甚至没来得及跟我讲起它在这河上游来驶去的故事。这样，我只能看水轻轻地摇晃着它，兀自猜想关于它的岁月。我想将苏州这本书一页一页打开，慢慢地阅读，在那些遗落的旧时光里行走，读山水，读风俗，读人们的故事。时间一路丢失，于是，今天很快也成了书里的故事。

# 无言的祝福

过了三十岁，大家都很少再提爱情，仿佛再说就太矫情了。同学朋友到一处，说的是老公孩子，男人吹的是自己的事业和老婆，没有人说爱情。多年后的同学聚会也是这样，大家嘻嘻哈哈地笑着闹着，说当初为什么没追我呢？说当初为什么相恋了，没有成为一家人，生生世世相爱呢？说为什么没有以身相许私订终身？但是没有一个人和他们俩闹。

因为他们的确和大家都不一样。上学的时候只有他们有过那么一段初恋，还被老师点过名，但是谁也没有说破，但是大家都知道，他们彼此喜欢过，所以，没有人和他们开玩笑。后来，那个男生工作了，到了海西，那个女生去了西宁，很快就结婚了。他们后来很长一段时间没有联系过，去年男生来格尔木，同学们一起吃饭还说起他们的往事。

那次聚会，后来大家都喝高了，说话更是不着边际，MTV 放着《同桌的你》，反反复复地放，提醒着我们的青春和回忆。喧闹着的声音渐渐越变越小，连最爱闹的男生都安静了下来，有的女生眼圈红了。那个男生突然笑了，来来，大家每人祝福我一句，谁祝福对了我就喝酒。

于是，大家都很踊跃，有的祝升官，有的祝发财，有的祝健康，有的祝快乐，有人竟然祝他早日找个老婆（前些年他离婚了），还有人说祝你长生不老，他都没有喝。

那满满一大杯酒一直在他眼前。后来人们又开始热闹起来，忘记了他的话，人人喝得人仰马翻，有人去唱《雁南飞》《小花》，全是我们青春时候的歌。这时候我看到那个女生坐到他的身边，然后低下头，那个男生一下子端起酒一饮而尽。这个细节几乎没有人看到，我那时十分感动，不知道她对他说了什么，从一开始他们就没怎么说话，好像要故意躲避什么，我知道往往越是想逃避的东西越是最真实的，每一个相爱过的灵魂一定知道那种真实。正因为爱过，我才看出了他们之间的躲避和尴尬。

后来，我坐到那个男生身边，他淡淡地笑着，问我，想知道我为什么喝了酒吗？想知道她对我说了什么吗？我点点头。他说，你也笨了，你是何等聪明的人，怎么会不知道？我一下子悟到，那个女生什么也没说。是的，她什么也没说，只要她坐到他身边就是最好的祝福，有时祝福是不需要言语的，言语说出来的毕竟是有限的有所指的，而无言的祝福才是无边无际的，仅仅为年少时的那份朦胧的情意，仅仅为相对时的那种尽在不言中，那杯酒也值得一饮而尽的。

有的时候，爱到痛处，不是死去活来，不是天崩地裂，不是山盟海誓，而是无言的关怀和祝福。

我突然想起有句宋词是这样写的：曾经沧海难为水，除却巫山不是云。

不是吗？悠悠往事是那样的刻骨铭心！

“疼痛，是青春期必需的一步！”

# 我和妹妹

去年 5 月到温州去看妹妹，她开着奔驰车来接我，挎着 LV 的包包，身着世界名牌时装。我很自卑，妹妹怎么那么富，我怎么这么穷。我一直苦恼于自己根深叶茂的穷人的劣根性，譬如，随身的包里总要装上几千元钱。早年，被偷过 N 次，也不知道减少一点现金的存放。去年，我要到上海看世博，出发前带着一沓一沓的钱，遭到文友的奚落，他很不解，为什么要带这么多钱出去？多不方便啊！带卡不是很方便吗！我才到银行办了卡把钱存进卡里。我买东西付款，看到我钱包里一沓现金，也被文友嘲笑过，说刷卡很方便啊，干吗带这么多钱在身上啊！后来，我买东西时，都很自卑地从包里往外拽钱，感觉这样人家就看不见那一沓钱了。

每当包里有这些钱的时候，上班或者外出，就会安心一点，所谓安全感的获得全部在“金钱”上。这可能跟我一个人从 18 岁参加工作第一个月的工资只有 99 元，因没有走过从大学到工作工资起点就很高之路，以致挣的都是辛苦钱，深知钱的得来不易，一般不喜欢花光每个月的工资，总要节留一些，算着存进银行的尚可抚慰心情的利息，沾沾自喜。像我们这样的叫“余钱族”，一辈子被钱所奴役。我和老公都是工薪阶层，用来买房、供女儿上大学和赡养老人的钱都是这些年辛辛苦苦攒下的血汗钱。

我妹妹不同，她刚工作时，钱不够花，但她胆大，先借一点花，然后再还。我妈妈那时对她充满着鄙视之情，断言她以后的日子是灰色的，妈妈总是拿我做榜样：看看你姐姐，她都存了多少多少钱了，你一无所有，以后怎么办呢？那时我扬扬得意，像我得意于自己的美貌，浑然不知这本是短暂的自然主义。尽管妹妹比我貌美，但妈妈夸我时，我依然很得意。

我向来是很低调地活着，喜欢素雅的衣服，喜欢干干净净、自自然然的生活，总是非常尽心地做每一顿饭菜，陶醉于腌咸菜腌得有滋有味，熬粥熬得相濡以沫的日子。对于吃喝穿戴的过分追求，我深以为耻，那仿佛是一种原罪。多年以后，实践证明，我妹妹生活得光鲜明媚，而我，则成了“一无所有”的人。当下，我自己都对自己的行为充满了鄙视，常拿妹妹做我的参照：妹妹白手起家，小小年纪，拥有了自己的房子，自己的汽车。爸爸妈妈在绵阳住的楼房也是妹妹买的，我这个做姐姐的真是没用得很。春节妹妹打电话来说给我买了件一万多的皮衣，已经寄给我了，我心说我这辈子恐怕都不会买这么贵的衣服。尽管如今我的包里不再装有几千元外出，可是，我也自卑得很。

我整天对着一本书在家“谋心”，早已被时代的洪流甩出老远。我和妹妹跟读书是一样的，她读书，为了谋生，而我则是为了谋心。就像我这些年的旅行，我想，旅行，并非纯粹感观上的享乐，它同样也是谋心的一种吧。古人说，行万里路，读万卷书，这说的都是谋心。不停地旅行，不停地读书，有什么用呢？它可以用来吃饭吗？但，人，不仅仅是为了吃饭，才要活在这个世上的。我妹妹在天上飞来飞去，先后在中国最好的城市工作……可见，最没用的就是我这样的人，无能，守旧，依靠钱来防身，最后活得土不拉叽的。虽如此，和妹妹比，我也有不自卑的地方，我能写出优美的文字呀，妹妹不是也很羡慕我的文才，夸我是才女吗？

# 怜 惜

《呼兰河传》，我是十八九岁的时候看的，曾经的旧书早已无了踪影，后来又重新购置。最近，我又拿来重读。一本经典的书，是可以印证心迹的。这二三十年，因为爱人，因为孩子，吃了很多难言之苦……而今再来读萧红，又是不同感受，句句贴心入骨。她的眼界真高啊，置身那样混乱的年代，一直不为政治意识所左右，写自己认为值得写的一切。多少年过去，浊浪淘沙，她的昔日好友，如今一个个地成了“古人”，唯有她历久弥新，永远光芒四射。她天生就是写小说的胚子，把呼兰河街上的一个大水坑，都表述得如此神奇，是抽离的、冷淡的，一点点地描摹，犹如一个顽皮孩子，看着众生在水坑前尴尬辗转，都是引车卖浆者，贫苦的人，赶大车的人，卖豆腐的人。

说起贫苦者，没有人有萧红那么垂怜他们，一字一句里都饱含着爱意，是广大的慈悲一点点地分布。

一个平凡人家，想吃一块豆腐都得忍住，实在忍不了，撂下一句狠话：“不过了，买一块豆腐吃去！”萧红在后面添几句：“这‘不过了’三个字，用旧的语言来翻译，就是毁家纾难的意思；用现代的话来说，就是：‘我破产了！’”

无比淘气灵性又老成持重的写法，真是爱死人。

贫苦之人，吃一块豆腐，都要下这样大的狠心……往深处读，字字血泪。

可是，萧红却以如此轻松俏皮的语言去描摹，足见其功底有多深厚。

我一章一章往后读。读着，读着，又倒过来，回头再翻，一遍一遍重读，翻来覆去的，不过是无比欣赏，这样好的文笔，每一个字，每一个句子，都是那么平凡，为什么她把它们这么随意地一组合，则发出了这样奇异的光彩，叫人如此难舍？

难怪鲁迅那么爱惜她，皆因她是世间不可多得的聪明女子。

可是，她在处理自己的感情生活方面，却又那么的糊涂，一步错，步步错，一路错下去。她太弱了，无力挣脱命运的牢笼。我不太懂得她的心意，也不可妄说——说得不对，反而是对她的折辱。

喜欢萧红的文字，也因她是个美丽的女子，她身上有一股子侠气。与端木婚后，朋友帮她搞来一张离开重庆的船票，她竟给了端木，让他先走，自己挺着个大肚子借居在小友杂志社里，就那么旁若无人地，于人来人往的走廊上铺一张席子，两手后撑着地，艰难而缓慢地坐下去……朋友们都不解，简直生她的气了。她这是为的什么呢？在许鞍华的电影里，看着那一幕，我一点也不替她难堪尴尬，反而看出了一种地母精神——她如此的艰难不便，却把唯一的船票让给那个原本照顾自己的人。看到影片里萧红挺着个大肚子摔倒在通往轮船的便道上，拼尽全身气力起不了身的情景，我的眼泪掉下来了，隔着屏幕想去扶她起来。

端木照顾萧红，那个人一直挺欣赏自己的，这就够了嘛。这一张船票里，有无尽的恩情。这世间，有多种爱，男女之爱，原本算不了什么了不得的情爱。

爱情是不堪一击的。

我一直欣赏林贤治先生的那本《漂泊者萧红》（许鞍华电影里每一个细节几乎都来自这本书），以一个男性的角度去写一本关于女性的传记，满目里皆是慈悲怜惜，真的难得。

这几天，看看萧红，看看方方，看看格非，又忍不住看看汪曾祺。一样爱不释手。

汪老头的小说，惋惜的是没有全涉猎过，这次重读，还是有新意。

他的东西为什么好？

因为古拙。

一个卖馄饨的，挑的担子都是楠木制的，精巧，耐用，整天挑着这副担子走街串户，别提多有古意了。

汪老头的这一副文字的担子，可真有来历呀。

# 秋　雨

这样的天气，忆起几年前，在父母居住的天府之国四川绵阳度过的那年秋天和与秋雨为伴的日子。

连日秋雨。乍到小区，南门口一地桂花，水泥地的黝黑衬着碎花的橘红，幽秀而壮美，仿佛一床碎金的被子在雨声中滴答。

秋雨落花，原本有一份时不我予的孤单凄清落寞，未曾想，还能给人如此强健的审美力。自美学角度分析，这世上所有的美都是有底蕴的，这种底蕴恰恰都是在落寞、失败、孤独、凄凉中生长起来的，相比于喜悦、圆满等良好的人生境遇，落寞、孤独作为一种人生逆旅，则慢慢变成了腐殖土，自觉去滋养一种美，这种美才是永恒的。

那年秋季，雨水多，桂花繁密，放眼而望，简直一派壮阔，气势汹汹地开，犹如一种不可言说的野心。目力所及处的行道树，大多栾树，栾树下必栽桂树，每到秋来，这两种乔木商量好似的，栾树枝头挂满硕果，自粉青慢慢过渡至铁锈红，桂树疯狂无节制地绽放，细碎的花粒洒了一地，人人都在赶路，没有人停下驻足一眼，桂花它就在自顾自地开，自顾自地落，是有那么一点凄清的恍然。

无非金桂银桂。实则，说金桂是不合适的，颜色里分明是橘红的层次多些，比金色要高好几个档次。金永远是俚俗的，橘红要脱俗雅致得多。

橘红也是残阳的颜色。几年前在云南，向晚时分，一群人站在亭上望远，落日悠悠，恰好被一朵乌云迎接了去，橘红的光削弱了些，光芒幻成无数直线，顿时有了质感。四周几万公顷茶园，默默然不着一言，极目处青山隐隐……天还是那么青，一种身心被放空的喜悦，令人无以挪步，徘徊了又徘徊。不晓得谁说了一句：江山如梦。

脱口而出这四个字的人，简直通灵了，一颗心与天地自然相契相合，激发出灵慧之气。“江山如梦”这四个字出现在那一刻的昏暝时分，太当得起了。那样无以言的至境，唯有“江山如梦”来配。以往，书本里遇见的这四个字，它投影在心间的都是清浅的间接的涟漪，并不能触及内涵。只有当你于生命中的某一刻，去往那样的境地，才会对“江山如梦”这个词有深刻体悟。

# 又到端午节

杨絮如雪花般漫天飞舞的时节，端午的脚步渐渐走近我们，也勾起我惆怅的思乡之情。

记得故乡的老屋前有一条清澈的小河，河边芦苇一片片立着，青翠的叶子仿佛一面面旗帜，在微风的吹拂下，呼呼作响，似乎在向世人诉说着汨罗江里投放粽子的故事，又似乎是在倾诉对屈原永久的怀念。河岸边，一拨拨绿涛此起彼伏，波澜壮阔，形成一道美丽的风景线。

小桥流水，碧波荡漾，村里的姑娘小伙笑着闹着划着小船打粽箬来了。白净的臂膀，尖尖的手指，把苇叶一片一片掐断，一把把放在船上的水桶里，青翠欲滴，新鲜碧澄，散发出一阵阵清香沁人心脾。等到夕阳西下，鸟雀归巢时分，打粽箬的人们也已经在谈笑风生中荡起小舟满载而归了。守候在村头河边的孩子们欢呼雀跃，一人抢一片苇叶，或折成笛，或叠成哨，绕着村庄追逐打闹，并吹出婉转悠扬的音乐。此刻，整个村庄又沉浸在一片欢快愉悦的气氛中了。

人们在夜灯下开始忙活起来。他们用剪刀把一片片苇叶修剪整形，再放上一勺糯米和馅料，慢慢地包扎、绑缚，棱角分明。粽子包好后，再用绳子将一个个粽子串起来，每串十个。浸泡在盆里边，让人看了馋涎欲滴。等到粽子包完，孩子们都已经在甜美的微笑中进入了梦乡。第二天，天还没亮，村妇们就起床了，点燃灶膛，将粽子放在锅里煮上。约莫半个钟头，粽子在锅里沸腾了，一股特有的清香扑鼻而来，溢满整间屋子。孩子们在梦中被这香雾撩醒，赶紧跑到厨房，口水近乎流到了锅里。妈妈捞出热气腾腾的一串粽子，放进孩子的书包，他们这才满意地上学去了。

中午时分，村里那条宽敞的大河里，几条狭长的木船已泊在河边，新涂的桐油在阳光下熠熠闪光，着装整齐的姑娘小伙们已分列船上，整装待命。刹那间，“水手们”不停地挥动着手中的木桨，小木船像离弦的箭一般，争先恐后向前冲刺，河水被激起层层的波澜；河岸上，彩旗飞舞，鼓声震天，热情的啦啦队使劲呐喊助威，情绪激昂。赛场终有胜败，在最后的疯狂和骚动之中，那支年轻气盛的代表队最终到达终点，掌声、鲜花、拥抱接踵而来，胜利者得到了观众的崇高礼遇，失败的选手只能用羡慕的目光看着他们，可心里却还是有点不服输，心想：明年这个时候咱们再来比试一次，到时一定要赢你们。

热闹的场景，喧嚣的气氛，涤荡着人们忧伤与苦闷的心灵。端午节，带给人们的只有欢乐与幸福。

# 思 雨

雨淅淅沥沥，走走停停，山川原野烟雨葱茏，飘絮般的雨丝似一把弦，在空灵的天地间脉脉斜斜地弹奏着，如泣如诉地飘洒着，草被打湿，树被打湿，心也被打湿……

余光中走在雨中，唱着一支雨中的歌，衣衫洋洋，思想灵逸，我却无法穿越时空与你相逢，错过的总是翩翩的你……你不撑油纸伞，也会与雨巷失之交臂，你是雨的精灵，我是你的丁香，你侵入了我的领地，我却靠在别人的怀抱。

雨的歌在继续，你的思想在继续，耳畔回想的是你的《听听那冷雨》，模糊的却是你的容颜。奏一曲《高山流水》吧，你却不用琴；弹起了《春江花月夜》，你依然不用琴……

叮叮咚咚，咚咚叮叮，行行复行行，重重行重重，音乐的美妙没有人能够拒绝。我是真的喜欢，喜欢你雨中的清唱，飞翔在夜空的灵魂，带给夜一位浅唱低吟的女子。“等你，在雨中，蝉声沉落，蛙声升起，一池的红莲如红焰，在雨中。”想必这就是你笔下的江南女子的爱情吧，在白露山前、斜风细雨中绽放出了如火的激情，开成一片如火的红莲……

雨的歌在继续，回旋环绕成一支激情的歌，那些跳动的音符并不将身心托付给形色艳异的伞儿，蜻蜓点水般一沾而过，厚实的大地，是它们最真实的包容者，而最真实的包容者才是最好的归宿。这歌唱延伸到花园、草丛，又是另一番景象。情投意合奏响爱情之曲者，该是那些经历了风雨的洗礼更加英姿飒爽、从容招展的花儿、草儿吧。情切切，意浓浓，一幅真爱情的最美写照就这样展现在雨水的淋漓尽致里。那么，就等于一个雨人吧，让他在雨中为你而守候，看他的身影为你企盼成一尊不倒的雕像。

雨的歌在继续，一个凄美的故事正在上演。她撑起的红雨伞在她与车相撞的瞬间飞舞、坠落。雨在飘，飞过她的肩头，落在她的心里，心在疼痛与绝望中下坠，沉入无底的黑暗！就在两分钟前她坚持不让他陪，独自一人穿过街道代他给他的父母寄一封家书，他还没有来得及告诉她，信里写的是他俩准备下月结婚的喜讯。雨毫不留情地将她鲜红的心撕裂开来，肆意流过信的身体……

雨在飘，从昼到夜，从夜到昼，飘得风愁雾惨，天地失色，凝成了江河湖泊边上一股哀怨的愁绪，一片深重的灾难，它在咆哮，在怒吼，荡然无存了初时的美妙、优雅、曼舞……该停止时就停止吧，分寸很重要，没有人喜欢太过恣意张扬的你，把每个人的心都蜷缩成一片潮湿，浸入透骨的凉意，就是你的过错……

# 阳　台

这是一个美好的空间，刚刚装得下我的梦。其实，阳台只是我生活空间的一部分，和其他的居室空间相比，它该是什么呢？卧室是最基本的，无论居室大小，没有卧室就不能叫家。书房是工作的，它是我们职业的需要和精神的需要。客厅是体面的，虽然它对客人开放，但主要是家庭成员的公共区域。厨房是务实的，每一件物品都是现实主义的代表。卫生间是温馨的，我们总是带着麻烦进去，然后走出来的时候轻松畅快。那么，阳光是诗意和浪漫的，那是冬日里的阳光，橙色的阳光让心情像一只多汁的橘子，甜蜜地想剖露给每一个人；那是夏天的风，早晨的风还带着露水和青草的气味，傍晚的风则提前通知月光的消息，清凉而撩人心扉；那是天天看不够的风景，像邻家的调皮的女孩带给我的少年诗情，更像一叶风帆，让我的目光追寻着李白的韵脚……

对于我这样二十世纪六十年代末生人来说，阳台也是最晚的一个梦想。中国老百姓，城市的大多数居民，他们的"家"，也有这样一个"成长轨迹"。最早的家，就是一间卧室，如果是楼房，就是被称作"筒子楼"的简易楼房。后来，公共食堂不时兴了，住平房杂院的人盖起了一个小厨房，住"筒子楼"的人就在公共厨房和走道里支锅做饭。在北京，这个时期的小厨房如雨后春笋般地冒了出来，彻底地把四合院改造成了大杂院。改革开放给老百姓带来了住宅新格局，三居两居，单门独户。有了自家的厨房，有了自家的卫生间，虽然都很小，但袖珍的，也是自家的。这种格局，仍以卧室为主，面积最大；而小厨房放下一个煤气灶，小卫生间放下一只小马桶，小客厅放下一个折叠饭桌，也就心满意足了。这时候谁家有个小阳台，几乎无一例外地把它变成杂物堆栈。然后，人们要大卫生间了，生活质量越来越高嘛。然后，人们要大客厅了，日子越过越体面嘛。然后，人们想一个大阳台了，想把头伸出这个水泥堡垒，想让目光无阻挡地远眺，想让阳光直截了当地亲吻自己，想有一个与自然亲近的空间。

从解决睡觉，到厨房，到卫生间，到书房，到客厅，最后人们关注起那个几乎与诗歌一样并不太实用的阳台来了。如果到北京的街头看一眼，各式各样的楼房，虽然这两年都粉刷一新，但我们仍然大体能够猜出它们的年纪大小。那些完全没有阳台的是老前辈，那些有小阳台又全部封闭起来的是中间代，那些有各式精美阳台的是城市新秀。越是后来崛起的一代，越是在阳台布局、朝向和大小，显示出新的市民趣味来。阳台成为新的家居重点，这也体现了市民精神世界的变化。他们都见过这样的居室，堆满了各种有用和无用的东西，特别是公共通道、公共阳台这些地方，更是被纸箱和杂物塞得密不透风。像乞丐贪心地收集每一块剩馍，像收荒匠把所有的破烂当成宝贝，也像我们曾让头脑装满了过时而无用的知识，却自满自足于有一颗背得下四书五经的脑袋，其实那在今天看来，只是一张十元钱光盘可怜的容量。啊，一个不断更新知识的头脑，一人向着世界敞开的心怀，也许这样的人才知道，一个洒满阳光的空阳台，要比堆满了“值钱宝贝”的杂物仓库更有空间的价值。当然，阳台还需要合适的外部环境，简单地说，就是一个值得面对的外部世界。是啊，在我的，也在你的阳台梦里，有阳光，有清风朗月，更有一个安宁祥和的世界，像诗一样的世界！

# 释 放

大雨，白日下，夜间依然下，总是睡不踏实，爬起来看书，把郦波的唐诗简史看上几十页，方才浅睡而去。梦里雨水滴答，一夜天明。凌晨，雨似更猛，分明敲窗：怎么还不醒？怎么还不醒？早已醒了——中年伤于雨声，怎能睡得着？

人活着，仿佛简单得很——莫非吃饭、睡觉，读书、行路，然后深刻地懂得？就应该这样单纯天真。来了复杂的事情，你也不具备那个广深的道场接住啊——还是简单好。

被雨声所扰，一夜没睡好。

暴雨里，到乡间游玩，旅游的游客们端伞如端枪，抵御围拢而来的风暴，行于葳蕤的麦秧之中，身心为之喜悦，童年又复活了。小时候我们湖北老家稻田里有浮萍、蚂蚱、青蛙。如今老家的稻田，则大大不同，养着小龙虾、螃蟹，还游荡着麻鸭——那么多的鸭子啊，平素过寂寞简淡日子惯了的，最多也就遇见一两位农学院教授以及村支书，忽然风雨大作中，冒出一大群衣冠楚楚的城里人，众鸭们慌得直窜，呼啦啦马蜂一样从这头挤到那头，众人望之，哈哈大笑。我们游玩的乡间麦田的道路上也有成群的鸭子，真想扑上去逗它们，抓它们玩。小时候每见一群鹅颠颠迎面来，立马丢掉扁担水桶，扑上去逗它们……可是，这么多年于城里养成的矜持适时拦住了我，终归不敢放肆。城市文明禁锢人的天性，渐渐地，我们乡下人的天然之气逐渐被异化了，比如笑不露齿啊，不可狂笑啊，要懂礼数啊，告别时要握手说再见啊，等等装模作样的事情，罄竹难书……

鸭子没扑成，体内的快乐没法释放出来，风雨里，颇感空虚寂寞。

当下的中国，早已不闻暮鼓晨钟。六百年前，也是这样的落日，广场上的钟音，一声追着一声，前奏是春天的故事，人们低头赶路，坐下吃饭，各自活在各自的日子里。莽莽苍苍的钟声敲起来，余音袅袅，隆隆轰轰，富于仪式感，人世何等庄严！

下得楼来，天完全黑了，大妈们在小区高楼林立的广场上跳舞，狗坐在边上默默地看，婴儿躺在童车里吮着肥胖的手指头，专注而天真。音响里放的是我为祖国献石油的音乐，伴着舞乐，跳舞大妈们投入地扭腰送胯，一脸的陶醉。我暗思忖：把歌词改成我为祖国献广场舞是不是更贴切？

# 逆袭

俄罗斯世界杯淘汰赛，克罗地亚连续踢完三场加时赛，连续三场先落后再逆袭晋级，相当于多踢完一场比赛，这支巴尔干铁军，当之无愧又创造了世界杯的一项历史。

“曾经的欧洲桑巴，远去的巴尔干雄鹰”，在神奇的西伯利亚大陆上，克罗地亚队用自己世界一流的技术，以及天生的顽强意志，上演着一幕幕激情与反转，时光倒流二十年，一代人仿佛又回到了南斯拉夫足球的高光时刻。

而在决赛中，由于伤病和体力透支所累，加上幸运女神稍微的偏倚，这支球队最终未能一黑到底，人们期待的奇迹也终未发生。克罗地亚仅仅只是南斯拉夫地区强大到令人害怕的运动精神的缩影。如果你还记得 2016 年伦敦奥运会女排决赛中把中国女排逼上悬崖的塞尔维亚女排，网球场上嘶吼的巨星德约科维奇……就会明白，在群雄林立的运动场，杀入决赛圈的克罗地亚，一直在用绝对的实力和超强的意志说话。毫无争议的亮眼表现为克罗地亚队在世界范围内俘获了一批又一批忠实粉丝。没有悲情，不成英雄。战火中淬炼的克罗地亚队，褪去足球外衣，演绎的是一段段传奇的英雄故事。

人们四处传颂克罗地亚队核心人物莫德里奇身上的励志故事，这位被称为当下最优秀的中场球员虽然个子不高，却灵活得似螺丝钉、坚韧似野草。莫德里奇刚刚对这个世界有点记忆，就被猝不及防的战争打断了宁静的生活。不用提童年生活、更不用说什么田园时光，战争之下流离失所，5 岁“与狼共舞”，7 岁父亲奔赴战场，祖父被枪杀，尔后不得不以放羊为生。幸而少年被伯乐相中，一路踢到世界顶级豪门俱乐部皇家马德里，与 C 罗、本泽马等巨星成为队友。看到这里，网友不禁感叹：如果是我，大概现在还在放羊。成就今日克罗地亚队的，还有一名关键人物，那就是临危受命的克罗地亚队主教练达利奇。世界杯预选赛最后一场与乌克兰的比赛，达利奇被任命为临时主教练，在比赛前 48 小时才见到国家队球员，短暂磨合之后他带领克罗地亚队战胜乌克兰，并且在附加赛上战胜希腊队，拿到了最后一张俄罗斯世界杯决赛门票。

这位总是穿白色衬衫，梳着中分头，在场边不苟言笑的沉默男士，在球员时代只是一名成绩平平的中场，作为国家队教练却为球队绘制了一套漂亮的战术，在与英格兰半决赛的殊死搏斗中，将战争淬炼出的坚韧激发到极致，发布会上忍不住感叹："没人想要退缩，没人说自己踢不了加时赛，没人想要放弃。这展现了我们的精神，这让我感到骄傲。一切皆有可能。"

被誉为足球诗人的央视解说员贺炜在克罗地亚与大力神杯擦肩而过后，对达利奇做出了一番可以载入足球史册的评价："胜，不妄喜；败，不惶馁，胸有激雷而面如平湖者，可拜上将军也！"

竞技场是残酷的，胜者王、败者寇。竞技场也是魅力十足的，在比赛中拼尽全力，一次次试探并突破个人极限，一次次逼自己做到最好，既要又要还要。足球的魅力正是在此。

对于中国球迷来说，尽管母队常年让人失意，但这丝毫阻挡不了对足球的热爱，中国球迷没有追涨杀跌，阿根廷在八分之一决赛输给法国后，天猫手机碎屏险下单量迎来开赛至 30 日的最高峰，阿根廷球迷在怒砸手机的同时，仍然勇夺球衣销量榜头名，紧随其后的是小组赛即爆冷出局的德国队。梅西和 C 罗都很可能再也无法率队再战世界杯，但直到二人离开赛场后，印有他们名字的球衣都一直是天猫球衣销量的前两名。可以说，天猫球迷用行动打造了一份属于他们的英雄榜。一位买家在评论中附上了自己身着梅西国家队球衣踢球的照片。他写道："不求你带阿根廷夺冠，只愿你能够踢得开心，踢得漂亮，不要在逆风时候轻言放弃。"

在决赛夜，克罗地亚英雄莫德里奇的名字也是天猫搜索热度最高的词语之

一。凌晨一点过后，天猫“克罗地亚”关键词搜索量飙升至世界杯开赛一周平均值的 400% 以上，不仅是克罗地亚队周边球衣和运动产品，克罗地亚和附近的东欧国家相关旅游服务也一跃成为热门。输了球赛，赢得了世界尊重，中国球迷通过买买买，在天猫上选出了心中的无冕之王。再听克罗地亚狂想曲，脑海中泛起的是在一个有世界杯的夏天，电视里是身着红色格子球服的球员，金色的头发跟随大腿节奏跑动，好像永远都不会累，直到哨声响起。

# 纯　粹

久居青藏高原小城，喜欢喝青菜汤。每一顿都端上来一大钵子——碧幽幽的汤上漂着碧绿的青菜，望之深刻，不比西红柿蛋花汤，伧俗浅白，无有无不有。我聚精会神地喝，舀一勺子，再舀一勺子，停顿下来，纯粹的美感，简直没有饱胀感，这些菜汤略略以我的胃为路径，一霎时分散到全身的骨头缝里了，让人甘之若饴。这样的汤，无须油，略微撒点盐即可。不仅自己喝，还劝身边的人喝：喝一点吧，对身体有好处呢。俨然中医九段的样子。还真有人调侃，不劝人吃大菜，却要劝人喝菜汤。我还依然劝，过后，又后悔不迭，未免不得体吧。或许，一颗赤子之心，不过是明月照了沟渠？应了那句“我身一心待明月，无奈明月照沟渠”，过后，也就算了，只自己喝。

芥菜汤也好喝，实则，云南人叫苦菜，学名芥菜。在内地，我们老家湖北一般都把芥菜腌着吃，极少听说谁吃新鲜芥菜的。芥菜有春芥、冬芥之分，没有人想起来做一碗菜汤喝。春芥，好像北京人称之为“春不老”吧；冬芥腌成之后，在我们这里，北方，又得了一个新鲜名字——雪里蕻。这个诗意盎然的名字足以把寒冬灰黑的云层照亮。

云南的芥菜肥硕，叶子尤阔于人脸，杆子粗如婴儿手腕，一律嫩粉粉的，没有渣滓，吃它，好比明月映在了宣纸上。倘若哪一餐饭硬了，还可以拿芥菜汤拌拌，也可以慢慢把半盏饭嚼下去。长途旅行，不吃，是扛不住的，强迫自己吃，以便有体力走完剩下的旅程。

云南山多，汽车总是打转，一忽儿左，一忽儿右，晕车，把虎口都掐肿了。有一天，当地一个导游小伙子拎来一袋腌制的青梅与芒果递到我手里，我连忙道谢，留意了一下，小伙子很年轻，很帅，也很胖。

一颗青梅入嘴，天呐，世界上怎么存在这么好吃的梅子呢？如若一场恋情——遇见即喜悦。一车人似乎不太感兴趣，只我一人吃，简直是狂吃，一颗又一颗，肉吃完了，核子都舍不得立即扔掉，我要继续把附着在核子身上的酸味也要吮进胃里去。吃着吃着，奇迹出现，晕车惨状自行消失，可以把曲里拐弯的山路平安地走下来。

梅子吃到后来，我非常理智地劝自己停顿一下，做人要节制这把尚方宝剑一直悬在头顶。就问那胖兮兮的小伙：是你妈妈腌的吗？他说：不是，街上买的。哎，想必他妈妈做得更好吃些吧。不过，买来的已经了不起了。又问：你们怎么想起来的，要把芒果腌着吃呢？他说：芒果不仅可以腌着吃，还可以蘸辣椒吃呢。

闻所未闻。新鲜的芒果切成条，拿它来蘸辣椒吃，肯定是一场奇异的口感享受吧。云南这块土地奇崛得很，雨水充沛，温度适宜，什么样的植物都那么有情有义，永远对得起人。果子那么甜，甜至发齁。

在茶马古道的那柯里驿站游荡时，一家饭店后厨正在清洗圣女果，流水哗哗，天蓝如洗，此情此景，依稀往事似曾见，心内波澜现。遂上前打探：可以让我尝一点吗？大姐笑得无邪：尝吧尝吧。从水盆里捞出两个，一齐包进嘴巴里，半天说不出话，酸甜适度的汁液把我呛住了，深感幸福，就是那种失传了多年的天然味道重新回来，在味蕾上纠集了三十只喜鹊喳喳喳叫个不停。

他们的炭火上正烤着牛肉干巴，一千里地之外都能闻得到的香。天然的好牛肉随便放锅里烀烀，都是美味，何况先把它们以香料腌制了，晒至半干，以火烤之呢。火候很重要，那柯里那顿晚餐的干巴明显老了，嚼之如干柴，要湿润一点，才好。临走时，我特地跑到后厨禀告大姐：今天干巴烤老了。她依然笑嘻嘻地：哦，太忙了，没照顾好呢。反正也是闲着，倘若知道她太忙，我肯定过来帮她烤干巴的。

操心的命，走哪里都操心。

在云南，可以不用去超市买那些五花八门形迹可疑的食用醋。

他们有天然的提味剂——将木瓜切成片，晒干，水煮之，就是一盆醋，用来调凉粉、米线吃，愈发带劲。有一种食物的酸，袅袅如大提琴，哦，不！并非笼统的大提琴出来的音色，必须是贝多芬第三大提琴第三乐章，温存，静谧，美好，无以抗拒，唯有沉溺。我端一只碗，本着饮食要节制的原则，略微挑一筷头米粉，舀了若干木瓜水，加一点水辣椒、盐、香菜，顺时针拌几下，滔滔迭迭入了嘴。旁边端着空碗的同伴问：味道怎样？我答：不吃会后悔。其味无与伦比，无以形容，但味蕾一直记得它的奇妙，永远不能忘。

木瓜水的酸是出尘的，堪比云南的云，纯粹脱俗，纵然近在眼前，但与心上的距离却也是万里之遥，我们之间是隔了银河的吧，只可瞻望，无可抵达。想着往后无有机缘重回故地，忍不住还是又去挑了一些凉粉，就为了把这木瓜水拌它一拌。我吃它，并非贪心无节制，而是为了日后的纪念。

凉粉、米线算饭前甜点。正席上，是有歌声的，他们端了自家酿的苞谷酒，闻之甘冽，簇簇新新的香，热爱喝酒的人真是有福了。天上飘着好看的云，西边的阳光忘我地普照着这一群人在尘世唱歌，以植物起兴的古老的歌，与《诗经》里的句子一模一样的，快乐的，挑达的，诙谐的，一字一顿，句句情深……我坐在矮凳上，手拿一片橙黄的烟叶使劲闻着。未曾加工过的烟草的味道实在美好，如彩云出釉。村里有一座古老的寺庙，那样的地方当真值得留下来，坐看雨歇云飞，这才是人世啊——凡人的人，普世的世。

云南的鸡，实在好吃。当地鸡种，一律乌皮，白肉。煨成汤，清清亮亮的，喝起来是甜的，且加了黄精。古代和尚辟谷几个月，靠的就是这种叫作黄精的植物块根。若把鸡煮了，做成白斩鸡，口味愈加上乘。鸡肉，嚼劲十足，韧、糯、弹牙，奇异得香。有一天中午，在一个绿阴如盖的山庄，拿了半只鸡翅啃，忽然歪了头看见窗外，山谷里种了几亩地的花，叫不出名字的花。它们开它们的，我吃我的，皆默默然不作一声。

食毕，大雨倾盆，花木扶疏间遍布清气，雨水滴答间，双手抚撑于栏杆，与山谷、云岚对望良久，不免有深深的喟叹，又一个终老之地啊。

# 山芋

大表姐的朋友在电话里说要回到当阳去，我真想叫她给我寄来几只老家的山芋角，最终还是难以启齿。山芋的美味，那样的味道，二十多年，已然不见。是真的好吃，糯得无可辩驳，直至要攀上高枝，与板栗媲美。也不知当阳那个地方的土质跟别处有何不同，怎么养得出如此甜糯的山芋？太糯了，甚至，不小心会噎着。是红皮，晚霞一样绚烂的红，剥开来，晶莹的白身体，入嘴，板栗一样润糯。大多呈锥形，尖尖地，富士山一样耸立。

挖山芋，是我小时候最喜欢干的农活之一。把将枯的藤，用锄拂掉，像双手拂开晚霞，一畦畦窄窄土垄裸露而出，有些分明裂开了，山芋粉红的身体，于其间若隐若现，一锄下去，吱呀作声，我是把一只完好的山芋拦腰截断了，流下了甘甜的汁液。

牛特别喜食山芋藤，叼一嘴起来，串串，长长，纠缠不休，无止无境，嚼得唾沫四溅。牛咀嚼山芋藤的姿势非常骄傲——头是昂着的，双眼微眯，惨绿的山芋藤水顺着嘴角汩汩而下……可是，牛一点也不觉得丑，它把所有的心血都用在了饮食上，何丑可言？阳光正好，打在当阳的平原，平原上隐隐约约散布着挖山芋的人。后来，我看见凡·高《挖土豆的人》，特别知悉。

也是冬季的天气。家家开始了加工山芋粉的工作。男人们起得早，将山芋一担担挑至河边，堆在那里，女人们也没闲着，将早饭烧好，就也随后来了河边，开始了洗刷山芋的过程。一只只捡到水桶里，加水，拿棒槌戳，上上下下，里里外外……把脏水滗掉，重新加净水，反复戳洗。那些被冻僵了的山芋，哪里敌得过女人手上的棒槌呢？它们身上好看的红皮一点点地被戳掉，露出生生的白。一只只红山芋，一霎时，重新又穿上了红白相间的花衣裳，后来，又被男人挑到绞山芋的机器前，轰隆隆倒进去，一会儿，淌出了软绵绵的山芋渣。女人在家门口早已备齐三两只巨缸，以及无数的水桶，里面盛满河水。

看她们是怎样把山芋粉洗出来的。一只纯白的纱布袋，在那里伺机等候着绞好的山芋渣。搞一坨入袋，扎紧，被女人投入到一只盛满净水的大缸，上下来回搅动，一霎时，满缸清澈的水成了粉白。那粉白便是山芋的精华部分——淀粉。女人来来回回换水。缸上横搁木板一块，女人把汰洗好的纱布袋搁在木板上，用力挤压，滤水后，再次把那只布袋放进水桶里漂一下。淀粉被彻底洗出来，剩下了真正的山芋渣，堆在那里，廉价地受着冷风吹。男人若勤快一点，就会把那些山芋渣团成一只只巨大的粑，放在屋顶上，晾晒。乌鸦若适时经过，也会偷偷来啄几口。

第二天，浑浊了一夜的水终于清澈，那些淀粉悉数沉入缸底，比霜还要白。把水舀掉，挖出山芋粉，要找个背风的地方，晾晒。否则，干了的山芋粉会随时被风带跑，就像乡下的某些叛逆女孩，一不留神就会随心上人远走高飞，连个招呼也不打，我们是听了她母亲的号啕时方才知晓——原来，她就这样子走了，怪念想的呢。知道山粉圆子有多么好吃吗？黑咕隆咚的，一口咬去，滑爽，流油。乡下原本没有什么好吃的，所有的东西皆取自于泥土——我们就用这个法子，把它们加工得尽量可口一点。

冬季，人的心事，分外颓唐，孩子们也不例外。那些春花夏月都远去了，冷风把鼻涕逼得无处可逃，随时都有流下来的危险，我们也不快乐，就那么随手一抹，仿佛把所有的希望都寄托在饮食上。在大灶的死灰里埋一只山芋，过一会儿，掏出来，芳香四溢，这是冬天的小小惊喜，味觉的可遇不可求。

我们在冬天里，可以找着什么样的有意义的事情来转移一下心境的颓唐？四野荒草，众枯，意味着再也不能放牧，彻底截断了与外面世界的联系，刺激与惊喜，也随之而去。我们一直躲藏在巨大的草垛边，取暖，聊天。有时晚归，还要挨一顿咒骂。我们的尊严，自小就被大人们漠视着，甚至还要踏上一脚——就是这样，我们才渐渐学会了忍辱。

有些人家特别节俭。将晒干了的山芋渣拿到地宕里碾碎，回头做山芋渣粑。贴在锅沿，滴一点点油，煎熟。吃起来，没有什么味道，权当抵饥之用。

但，比起山芋渣来，山芋片是好吃的——因为淀粉没有流失之故。拿它们与米一起煮粥，分外香甜。每一回，皆算饱食一顿，小小的胃，分明有惊天动地的满足。

寒冬腊月里，女人们更不闲着，她们想方设法在山芋身上做文章。新年来临前的最后一篇文章，就是搞山芋角。

山芋角是怎么样的好吃呢？尤其用当阳那个地方的山芋做成的山芋角有多么好吃？我真的不愿意告诉你们……

每每岁尾，我爸都要回来，或者，他人不回来，但，礼物也要寄回来的。一些水果糖，还有绣花的新衣服什么的。水果糖我一般不吃它们。其实，它们跟山芋角比起来，简直小巫见大巫。

某天，黄昏，我的口袋里揣满水果糖，心照不宣去到大伯家的院子里，堂姐堂弟的口袋里也是鼓鼓囊囊的。然后我们开始了交换程序。我把糖果给他，他把山芋角给我。每次，他无比兴奋，涨红了脸庞。而我呢，总觉内疚——因为在我眼里，山芋角远比糖果好吃万倍。我这不是占了他的便宜嘛，况且他又比我小好几岁呢。当我把所有交换来的山芋角吃完时，堂弟的糖果总是还有一部分。我暗暗替他的愚蠢感到可惜。但我心里面也不时滚过阵阵惊悸——怕他回家告诉我的大妈。她会怎么看我呢？下次该不会阻止她闺女和儿子跟我交换了吧。我爸千里迢迢自上海带回来的糖果，就是这么被我悉数糟蹋掉的……回望岁月，简直不堪回首。

我还以为自己占了多大便宜。这所有的一切都要怪罪我妈。她小时候在我外婆家吃怕了山芋，以至等她当家做主时，便将那些地大半种上了白菜和豆子，留很少一两块地供山芋生长。所以，我们家的山芋总是不够吃，谈何奢侈地用来搞山芋角呢？

在我的记忆里，我妈从没搞过一次山芋角。而制作山芋角的过程，都是我自大妈和婶娘们那里看会的。

把山芋搁水煮熟，撕皮，揉烂，像擀面皮那样地擀，直至成了薄薄一面纸，晒至八成干，再用剪刀剪至条状，彻底晒干，拿沙子一起炒，黄如金箔。

如今，那些黄如金箔的山芋角一去难返……我分明听见大表姐的朋友在电话里说要回到当阳，我才又一次想起它们来。它们都睡了吧，在记忆深处，一直没有醒过来。

人在酷夏的心境，大多是颓唐的。没食欲，几天前在小区门口吃早餐，要了一碗小份的小米粥、一个小笼包子。感觉对桌一个女子总拿怪异的眼神看我，我留意了她的早餐，一笼小笼包子，一个肉饼，一碗大份的胡辣汤。我想，她到单位一定会把我当笑话讲。她觉得我可笑，我还觉得她可笑呢，一顿吃我一周的早餐！哼！尽管我的样子实在不好看，纤纤细细的，像死了没埋一样。在我颓唐的时候，大多是回忆自小吃过的那些美食，浅浅抿过，以慰肝肠……

# 故乡小镇

我生在一个小镇——故乡小镇，与其说是镇，不如称之为小岛。四面环水，只西北方两座石拱桥与外界相连，一条青白色的河流从远方奔涌而来，临到这里一分为二，沿着小镇的腰部轻轻一勒，而后，蔓出无数细长的枝丫，交织成纵横密布的水网，过了此地，又聚拢成行，轻飘飘地打了个圈奔涌南去。可以想象，在若干年前的某一天，当一个人甩去发角上一团白汪汪的河水，走下夕阳辉映的小渔船，在小岛上张起渔网时，这里注定了会有炊烟升起，在宿命中，小岛终会成为一个熙攘的小镇。

一条笔直的长街横贯小镇的腹部，一律是方方正正的青石板铺就，街面早已被零零碎碎的脚步敲打得坑坑洼洼，毫不张扬的起伏有致，如长剑上斑驳的锈迹，平添几分古朴凝重。街的两旁高低不一地铺开一片灰色的民居店铺，墙壁上的白垩早被岁月风干脱落，裸露出大片大片的土灰色伤疤，时有扑哧哧的灰尘掉落，在墙角边堆积，风一吹，飘飘洒洒地扬在空气中无踪迹。我家在小镇的西首，河水在这里伸出一只手臂揽住堤岸，护坦的石阶在河水日复一日温柔的舔舐下生出一丛丛密密的青苔，偶有细小的游鱼静卧其上，只一个黑点随潮起伏，不多时，一阵浪花涌过，黑点一扭身躯，倏然不见。

在我的童年记忆中，印象最深的莫过于小镇的秋夜，月亮在胶汁般又浓又黑的云层中载沉载浮，露出脸来，月光筛云而下，石板街便涂满了青幽幽的釉光，月亮轻移了脚步，那青光也随之灵动地在街道上滑，明暗交错，在错落的石板间滚动，此刻的石板街便有了生命。一层银白色的水光在街道上肆无忌惮地流淌，因为路面的不整奔涌起伏，层次分明，这边静卧着一方银水，颤巍巍地晃动，一不小心就能漫溢四散，幻想着能用手指去搅动，碎成一地的光影，那边的月光恰好陷落在街道的坑洼处，吞吐着幽的寒芒，棱角分明，蓄势待发，还有一团蜷缩在树影的间隙，像是不小心顺着树叶滴落，不敢声张，风一吹，树影摇晃，那银光也如散乱的碎瓷，光芒若隐若现。

因了这如水的月光，石板街也喧闹起来，然而这喧闹总是短暂的，月亮偶尔会躲进云层，收尽天地间所有的银色丝缕，月光就此敛形匿迹，再寻不着半点影子。街道上安静下来，重又回到墨色空气的围绕下，再不流动，街边小阁楼半开半合的窗开始摇晃起来，被风早已吹碎的窗纸沙沙作响。仰头看看天空，被月亮逼得敛去光芒的星星重又闪烁起来，天与地，再无明确的界限，浑然一体。这样的夜晚，月亮在云层中疲惫地穿行，逐渐地黯去光芒，星星也淡了踪迹，唯有东方一颗星星愈显明亮。在那片天空泛出一片鱼肚白，湖面上升腾起茫茫白雾，把黑夜笼罩成不再通透的灰色毛玻璃，岸边的小船也一条接一条地亮起了灯，白雾在灯光映印之下越发得浓，一刻不停地翻滚起来，越升越高，越过这层帷幕，那边的天却亮出一抹微红来，白雾就此撕裂出一个小口子，上浮下沉，在浓淡之间挣扎，红开始涨大起来，一点点吞噬着雾的边缘……

天，也开始亮了……

# 流　年

重读汪曾祺，读着读着，心也慢慢静下来了，那一股气息一直贯穿着，那么好地被保存下来，玉一样停于绿丝绒上，光阴的漫漶里，渐渐有了浅醉色的光，一直照亮你，使你不再彷徨，不再患得患失。他这么好的定力，总叫人想起萧红，在炮火连天的香港静心写下不朽名篇《呼兰河传》。读《鸡鸭名家》，读《受戒》，读《晚饭花集》……这个老头不止是一个士大夫，他的气息恍若一个玉匠，默默挑着一副担子走，不作一声，自带光芒。

反正夜里睡不着，醒着也是醒着，双目就在书上浏览，一颗颗文字似一颗颗跳动的心，密密麻麻。《受戒》结尾：

芦花才吐新穗。紫灰色的芦穗，发着银光，软软的，滑溜溜的，像一串丝线。有的地方结了蒲棒，通红的，像一支一支小蜡烛。青浮萍，紫浮萍。长脚蚊子，水蜘蛛。野菱角开着四瓣的小白花。惊起一支青桩（一种水鸟），擦着芦穗，扑鲁鲁飞远了。

这段白描有多厉害呢——读一次，惊叹一次，画一样悬在半空，惹人心心念念，说不尽的乡野之美。现在的小说作者都不晓得来向汪老头借点气息，真是可惜。

《八千岁》里，我喜欢看他列的菜单：烧乳猪、叉子烤鸭、八宝鱼翅、鸽蛋燕窝……也算在意念上吃过一回了。八舅太爷喜欢京剧，常把县里的名票名媛约来……找人刻章，阴文：戎马书生；阳文：富贵英雄美丈夫。语出《紫钗记》，中国文学里最美的词句，此人还有一匹乌骓马。

整个破落的中国深深埋藏于恩恩义义的文明里，虞小兰就是那个扫榻留宾洗妆谢客的美人。乌骓马与美人，无比合衬的一对细软，是可以在苏州园林搭台唱三天三夜《游园惊梦》的奢靡，朽烂而没有光明的古旧日子。

灯下摩挲这些，生命仿佛被文字合成一体，似暮暮霭霭的钟声，回荡在一地明月上，也像“一个个音符走进了谱子里”，煦煦然的，所有的春天一起开了花。

《鸡鸭名家》里，有我爱的荸荠慈菇、芋艿山药、鸡头薏米……有茅棚瓦屋，以及绿缸中的凉茶，有垂杨柳、脆皮榆，有一条小船顺河而下，都是古意以及生命的欢欣醒活……读这些，我对生命的绝望渐渐淡了，就是这一点淡，帮我涂改了掩藏已久的焦虑、失控以及怨怼。忽然，汪老头写：蚕豆花开得紫多多的，斑鸠在叫。

仿佛日本的俳句，把我湮灭日久的灵性重新唤醒过来，一霎时有了信心，蠢蠢欲动地计划，明天我一定也能写出一篇东西了。每当这个时候，我变得非常强大，不再懦弱无助，仿佛成了自己的王，赶着千万只鸭子来到河边，我的灵感，一路啾啾啾地叫着，睡梦里都不踏实。

读汪老头，逐渐获得了人的气息，真是相慰相劳。慰藉的慰，犒劳的劳。是淡淡金光覆盖了沉沉暮霭，小小生命一点也不孤独，反而是一种放逐，前面是一片茫茫大水，虽孤身一人深入寥廓，却一点也不值得惧怕。

《黄油烧饼》里，一个孩子自小跟着姥姥长大，姥姥死了，爸爸把他接回一个叫沽源的县城。孩子不舍得走，起先抗拒着，跟爸爸特别生分，牛车一路滚滚，终于到了源上，这里没有树，也没有高粱、玉米，只种莜麦、胡麻。

莜麦干净得很，好像用水洗过，梳过。胡麻打着把小蓝伞，秀秀气气，不像是庄稼，倒像是种着看的花。

夜里，忽然读至此处，心上似有一根弦被轻轻拉扯到，觉知人的一生都是空无的，无法拥有。童年时到田埂上挑野菜，躺在圩埂地上，我的眼界里就是一个很蓝很大很空的天……

一夜一夜，用读汪曾祺来平复内心的躁动。每夜，读上三两时辰，倦意渐趋围拢过来，模模糊糊里看看书角页码，掖好书签，摁灭台灯，沉入睡眠。

一颗心算是踏实点，又一天过去了，人渐渐老去了，无以挽回的。人的存在是如此短暂，在宇宙之眼中只是一瞬，眼开眼闭之间，花开花落之间，香消玉殒，灰飞烟灭。如果不曾细细体味，细细咀嚼，细细观察，真是对自己这个生命的大不敬。但，这又何所惧呢？除了流年，我还有自己啊。

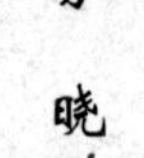

# 休　闲

每逢长假，千万人出行，各旅游景点早已人满为患，山河早已承受不起，我就不添乱了，静静在家里，做点好吃的，抑或去郊外逛逛——只要内心有景深，在哪儿，都是一场行旅。

喜欢去距家不远的菜地，看老人挖洋芋。坐在地上，闻着熟悉的泥土味道，与老太太闲聊……一分钱没花，也找到了放松心灵的休闲大法。老人微躬着，一铁锨一铁锨地将覆盖在垄上的泥土挖开，拂到旁边去，再轻轻把浮面上的泥土拨开，黄澄澄的洋芋便露了头，复而趁势一掘，整根洋芋就出来了，须根上坠有若干小洋芋，铃铛一样可爱，仿佛有阵阵脆响，犹如弹琴而歌。秋风掩面，空气新鲜，白云远树……默默坐在地边，回望一年的岁月去得也快呵，转眼，秋杨萧条大雁南迁，天，越来越高，越来越空，越来越蓝了，风把白云扯细，白练一样絮絮游走，不得不在心底叹一口气，拍拍天上的白云，发到朋友圈里，顺便调侃——天气特么真好，人人仰天拍照。你看朋友圈里，白云到处乱飘。



屋后有大片荒坡沟渠，大理花开了整整一夏，妖艳而热闹；这会儿，玫瑰盛开得正旺，红的，粉的，白的，各种颜色的都有，一日娇艳似一日；沟渠里芦苇纷纷绽出笤帚样的白花——每见芦苇吐絮，一颗心便有了远意。沟渠里的灰灰菜、蒲公英、苦苦菜一齐枯萎倒伏；夹杂着几株鲁冰花，紫色小花沉沉静垂……此情此景，与荒野无异。坐在荒坡草地上，长久观瞻这眼前的植物，随手拔一棵巴根草，放嘴里嚼嚼，润甜润甜；身后树林里的鸟雀不再聒噪，仿佛一起有了心思，集体蹲在树上发呆。这寥廓的秋天，何止人呢，连万物都一起陷入沉思，仿佛找着了自己，静静与灵魂独处。草地上坐久了，腿酸，爬起来走走，一走，又到了小河边。河里薇秧子枯了，渐变至黑褐，几场秋风秋雨过后，便腐烂了，正好喂了鱼。鱼也不再腾挪跳跃，只静静游，一忽儿摆一下尾巴，让整个身体没入水深处。世间一切，都静静的了，仿佛梦里昙花……

东逛西走中，两三小时倏忽而去，转眼夕暮，该回家吃晚饭了。电压锅里焖着一锅好粥——粳米与板栗同煮，秋天至味。一盘撕了皮的山芋梗，与老蒜瓣同炒，佐粥好搭档。这么一顿简餐，吃得人一下歪倒于沙发，久久不便起身，比海天盛宴还要滋养人。板栗这个东西，好吃是好吃，但费时，只有等到闲暇才有大把时间侍弄。买三五斤回来，坐在小凳上，不要急，把心定下来，借助剪刀，一颗一颗剥去外壳，再放开水里淖烫一两分钟，慢慢把每一颗栗子上的绒皮撕下来。差不多一上午时间，才可以把三五斤板栗剥净，分装于食品袋，搁冰箱冬藏，随吃随取。板栗粥虽好吃，但，仔鸭烧板栗，更是一道绝味。鸭子斩块焯水，姜、蒜、八角等，入油锅爆香，老抽上色，滚水没过鸭肉为宜，大火顶开，倒入适量板栗，改文火慢炖……约摸二十分钟后揭锅，芳香扑鼻。上班的日子里，每一个国庆长假，倘若不做一道板栗仔鸭，那真对不起微风振枝熟果坠地的秋天。板栗有多样吃法，炖排骨汤时，也可放一把进去，再添一根甜玉米，微火咕噜咕噜一小时，味道鲜甜，汤色澄澈，舀一瓢饮，可慰肝肠。

板栗花样吃尽，还有一样东西不能少。我们这里地处青藏高原，菜市里菱角少得很，少之又少的菱角都是从南方运来的，一望便知死水塘里长大的，寡味，不值得吃。吃菱角，要吃活水河里的才好。在我们湖北老家，每逢深秋，菱角铺天盖地。市场上大多卖的都是剥好的，一个一个囫囵囵的，胖鼓鼓的，色呈米白，好看得不得了，可与肉片同炒；老一点的，与粳米同煮。小时候吃过外婆煮的菱角粥，四十多年往矣，那份甜糯清香日日如昨簇簇如新，至今难忘。一直想写一篇短小说，讲一个不足十岁的乡下女孩子，挑一担红菱乘船去城里售卖而后发生的故事……每年秋风起时，我便默默构思，许多年了，一直没写出来，跟童年一起封存起来了。但，那个挑着一担红菱的女孩一直在着，与秋风一般，年年都会回来，把世间万物轻轻抚拂……

每年秋假，最渴望回到老家乡下割晚稻去，稻铺子一丛一丛，扇面一般散落于田里。田埂上秋蓼开得正好，绿蚂蚱四处逃窜，日薄西山，蝼蚁唧唧，直至夜色把整个人淹没……夜露即起，蹚着枯草尖的露珠慢慢回家，一路上兴许还可背背欧阳修的《秋声赋》，或者杜甫的《秋兴八首》：香稻啄余鹦鹉粒，碧梧栖老凤凰枝。似乎至今仍旧活在古老缓慢的中国，可以看得见梧桐与凤凰的中国……

我以往上班的日子里，每一年就这么游着荡着想着，大多时候在家宅着，不曾去过远方。现在退休了，与我而言，每天都是假期，可以随时有闲暇做任何美食。于上班族而言，7 天的假期就这样忽忽而过了，暗自思忖，我现在的日子是多么的逍遥自在啊！

# 残 酷

马伊琍、姚晨主演的电影《找到你》是一部震撼灵魂的影片，这部电影讲述的是三个不同阶段女人的故事，虽然主要讲的是女人的故事，可是我前所未有地觉得，应该要让更多的男人看到它。

这部戏太真实了，每一个场景、每一个镜头都是那么刺痛人的灵魂，赤裸裸地撕开了中国女人生存现状的残酷。

孙芳在医院陪孩子度过最后的时间。

丈夫却始终没有出现。

马伊琍扮演的孙芳长期遭遇丈夫家暴，她一直盼着孩子生下来会好点，可是她的孩子生下来，肝却有问题，住进了医院，然而她的丈夫却要她一个人承担一切。

孙芳只是一个农村来的妇女，自己没有钱，但是要她看着自己的亲生孩子去死，她做不到。

于是，医院的欠费把她逼成了一个疯子，每天起床第一件事情就是筹钱，借遍了身边每一个可以借钱的人。

为了钱，她什么事情都愿意做，甚至是一次性喝下二十几杯酒，可是她在医院为孩子拼死拼活、手足无措、失魂落魄的时候，她的丈夫始终没有出现。

在影片中，有两个场景让我印象深刻。

孙芳没有钱买盒饭吃，她就一个人偷偷摸进楼道的茶水间，吃别人的剩饭剩菜。怕别人笑话自己，有人在的时候她就佯装一下，没人在的时候，她就狼吞虎咽。

还有一个场景是外面下着瓢泼大雨，她打着一把破伞，孩子命悬一线，要送到医院去抢救。

没有一个人帮她，她的孩子就在那一场大雨中死去……

她克服了所有困难，可是她克服不了疾病，她战胜了一切，可是最后还是输给了贫穷。

孙芳的一生，就在丈夫的冷漠和医院的催费中消耗殆尽，她对这个世界彻底绝望了，最后在船上一跃而下。

有人说，这是电影，真实生活中不存在这样的情况，可是真正的生活比电影还要残酷。

2017 年 7 月 18 日，年轻妈妈何某一直不停地哄着 9 个月大的儿子森森，她的儿子得了重病，带来的钱全部用完，而爸爸已经消失了整整一周。

2018 年 5 月 8 日，李雪莲被推上了手术台做肝脏移植手术，把肝脏移植给自己的孩子。在医院欠下了大笔费用的情况下，她的丈夫已经有半个月联系不上。

生活不是电影，生活比电影还要残酷。医院里带孩子来这里看病的，如果是小病，大部分情况下很少见到爸爸的身影，如果是大病，大部分情况下最先放弃的也是爸爸，妈妈永远都是坚持到最后的那一个人。

记得一位妈妈曾说过：如果孩子一生中真的罹患疾病，治不治得好那是老天爷和医生的事情，但是因为一些原因而要放弃，那会是我永远的痛，我会永远无法原谅我自己！

很多时候，我们总说女子本弱，为母则刚，可是我觉得不是这样的，不是女子本弱为母则刚，而是她身后空无一人、不敢倒下，不得不变得刚强。

妈妈是孩子的最后一道屏障，如果连妈妈都放弃了，那么孩子就彻底失去希望了。

她生儿育女，付出所有。

可丈夫却转移财产，包养小三。

朱敏是电影中一个悲剧性的人物，她为了家庭生儿育女，放弃事业，可是却换来了丈夫在外面勾三搭四，最后还想让她净身出户，甚至失去孩子的抚养权。

影片中，她被丈夫逼到自杀。

朱敏戏份不多，但却是中国很多家庭主妇的一个缩影。

家庭主妇，在这个社会饱受歧视，似乎也成了这个社会最危险的职业。

一不小心就被丈夫抛弃，“我的老婆是个只会做家务的黄脸婆”。

一不小心被社会抛弃，“与社会脱节太久，所有的东西都要重新学”，甚至还会被孩子嫌弃，“我的妈妈是个没用的中年妇女”。

没有人愿意做家庭主妇，可是总有一些人不得不选择做家庭主妇，她们为了孩子、为了家庭，甘愿牺牲自己。她给了孩子稳定的生活却被骂成不配为人母亲。

影片最能引起共鸣的角色，就是姚晨扮演的李捷。

警察问她，为什么孩子白天丢了，晚上才报案？

她说，我白天要上班，下班才知道。

她正在和丈夫闹离婚，她的丈夫骂她不像个女人，她的婆婆骂她不配为人母亲，这一切都只是因为她没有“顺从”家里人的意思，当了一个职场女人。

她是一个律师，为了工作陪客户应酬，被灌酒甚至被油腻男人揩油，这一切她都只能忍受，她只要能够有份工作保障孩子的稳定生活。

她请了保姆带孩子，白天为了工作拼尽全力，回到家却发现保姆把孩子拐跑了。

孩子丢了，家里人将所有的过错都怪到了她的身上，“谁叫你不好好带好孩子，还去上什么班？”

影片最让人心碎的那一幕是姚晨在垃圾堆里面发疯一样翻找，孩子丢了，她已经濒临崩溃，够悲痛了，可是外人还是不肯放过她。

姚晨让我想起那个 32 岁带着孩子出来面试的妈妈，为了防止孩子在面试中吵闹，面试公司员工将孩子带出去看管，后来孩子发生意外，网友对这个妈妈一片骂声。

“既然有孩子，为什么要出来找工作？就不能好好在家带孩子吗？”“你生了他，却不带他，你配做一个母亲吗？”

我不明白，既然公司员工把孩子带出去看管，那么监管孩子的责任就是公司的，这其实就是一起普通的意外，为何一定要定义成妈妈为了孩子就不能出来工作？

电影的最后，姚晨的一段话点出这部电影的主题：

这个时代对女人要求很高，如果你选择成为一个职场女性，会有人说你不顾家庭，是个糟糕的妈妈。

如果你选择成为一个全职妈妈，又有人会觉得生儿育女是女人应尽的本分，不算是一个职业。

孙芳为了救孩子，竭尽所能地赚钱，从事最低贱的工作，她赢了所有人，可是却输给了自己家暴、酗酒的丈夫。

朱敏为了孩子放弃事业，当起家庭主妇，可是丈夫却外遇不断，甚至在争夺抚养权的时候，被指责成没有能力抚养孩子。

姚晨为了能够有能力抚养孩子，在职场拼死拼活，可是却被骂成不配为人母亲。

这三位妈妈，没有一个被他人认可为合格母亲。

你去上班，别人就会骂你不带孩子，你在家里当家庭主妇，别人就会说，当家庭主妇没有价值，写到这里，我真的不知道女人应该要如何做才不会被骂。

这个社会需要的妈妈，是既能站着把钱赚了，又能站着把娃带了，要相夫教子，要家庭幸福，要经济独立，要美貌伶俐，为了工作不带孩子不对，只带孩子不工作也不对。

这样的妈妈是神，不是人！

作者凌睿说得好：你必须在陪伴孩子的同时还能赚钱，还要拥有巨额存款来应对疾病和困难，否则人们就会说你不是一个合格的母亲。

三位母亲热爱孩子，无私奉献，得到的反而是颠沛流离，惨绝人寰的结果。这不是电影，这是许多中国女人的真实写照。

现在的社会，要做好一个女人，真的太难太难了。

“马伊琍”“朱敏”“姚晨”其实不是电影人物，而是生活中的你我她，是一个个活生生的人物，人们在对她们横加指责、百般要求的时候，又有谁真正关心她们？又有谁能体会到她们的不易？

这里，我想说一句，请给妈妈们多一些包容。

当她们在家里全心全意带小孩的时候，不要骂她们没有价值，当她们出去上班的时候，不要骂她们不顾家。

她们也是第一次当妈妈，也会犯错，但不管是对孩子还是对家庭，都是付出了自己最大的热忱，你们不懂她们的心酸，但至少不要刻薄冷血。

愿这个社会对她们温柔以待。

图书在版编目（CIP）数据

分晓 / 赵海勃著 . -- 秦皇岛 : 燕山大学出版社 ;
北京 : 社会科学文献出版社，2019.12（2026.1重印）

ISBN 978-7-81142-851-3

Ⅰ . ①分…　Ⅱ . ①赵…　Ⅲ . ①散文集 - 中国 - 当代
Ⅳ . ① I267

中国版本图书馆 CIP 数据核字（2019）第 155744 号

分晓

著　　者 / 赵海勃

出 版 人 / 陈　玉
责任编辑 / 柯亚莉　王玉霞
文稿编辑 / 刘如东

出　　版 / 燕山大学出版社
地址：河北省秦皇岛市河北大街西段 438 号
社会科学文献出版社
地址：北京市北三环中路甲 29 号院华龙大厦
经　　销 / 全国新华书店
印　　装 / 廊坊市印艺阁数字科技有限公司

规　　格 / 开本：787mm × 1092mm　1/16
印张：19.25　字数：291 千字
版　　次 / 2019 年 12 月第 1 版　2026年 1月第 3 次印刷
书　　号 / ISBN 978-7-81142-851-3
定　　价 / 78.00 元